僕たちの正義

平沼正樹

Masashige Hiranuma

SHC

目次

第1話　雨季の終わりを告げる妖精

医師は患者が抱えた病気やその症状を治す専門家である。そして医師は患者との間で一致した明確な共通目標を立て、その治療にあたる。たとえば腕が骨折している患者が病院へ行けば、その痛みを緩和させながら損傷した部分をできるだけ元の状態に近づけ、支障なく動かせるようにすることが医師と患者の共通目標となる。医師も患者もその目標に疑いを持つこともなければ迷うこともない。あくまでも自然科学に基づき、数値論的営為を行うことが医師の務めであり役割である。

だが臨床心理士は違う。臨床心理士はクライエントが抱える問題を外在化して心に影響を与える専門家である。また、臨床心理士はクライエントとの間で一致した明確な共通目標を持っているとは限らない。彼らが抱えた問題はレントゲン検査では見つけることができないからだ。だからこそ臨床心理士は数値論的な先入観を捨て、クライエントの心や体のありのままの状態を観察し、彼らが語る言葉に耳を傾ける。そして彼らが置かれてきた環境をできるだけ客観的に把握し、さらには彼らの物語を主観的に受容する。クライエントという二人称の物語に寄り添いながら、それを共に紡いでいくことが臨床心理士の務めであり役割である。

僕は長い沈黙を埋めるために、綿谷《わたや》教授の言葉を頭の中で何度も繰り返していた。

静かな雨音が一〇畳ほどの相談室に染み込むように聞こえている。少しだけ開いた窓から時折入る風が、レースのカーテンを揺らす。外光を吸収したそのカーテンは部屋中に柔らかい光を届けていた。

窓辺には角が丸い木製のテーブルと座り心地のよい四脚の椅子が配置されている。入り口付近にもテーブルはあるが、そちらはソファー席となっている。ソファーやカーテンなど随所には同じグリーンの素材を使った家具が配置されており、訪れる人の誰もがリラックスできるようにデザインされた空間である。

ちなみに今僕が着ている夏物のベストもグリーンだ。ただ部屋のあちこちに配色された鮮やかなグリーンとは違い、グレーに近い暗い色である。色落ちしているわけではない。あえてこの色を選び、今日のために新調したのだ。

テーブルに座る僕の前には、なかなか明けない雨季の終わりを告げに現れた妖精のような女性が座っていた。

レースのカーテンのような素材で作られたブラウスの上に水色のカーディガンを羽織ったその人は、背もたれに軽く寄りかかり、両手を膝の上に置いてしなやかで美しい姿勢を保ったまま僕を見つめている。

肩先まで伸びた彼女の艶やかな髪が風にそよぐたびに、僕は思わずその瞳から目をそらす。先ほどからずっとその繰り返し。

残念ながら僕はこんなにも長い時間、人に見つめられる経験を持ちあわせていない。いや女性経験の少ない僕にとって、この状況は何かの試練ではないかと思えるほど居心地が悪い。この相談室をデザインした人には申し訳ないが、ここは僕にとってリラックスできる空間とは言い難かった。

僕は自分の顔が赤面していないだろうかという気恥ずかしさと不安を、テーブルの下で手の甲を抓《つね》って鎮めた。

不安を抱えているのは彼女のほうなのだ、と僕は自分に言い聞かせて再びその妖精と視線を合わせる。

まるで窓の隙間から入って来る風を待ち焦がれる少女のように、彼女はじっと僕を見つめていた。

カウンセリングを始めてどれくらいの時間が経過したのだろう。僕は姿勢を正すふりをして、自分の腕時計を盗み見た。

もう二〇分もの時間が経過していた。

「少しの間、何も話さないで欲しいの」

この部屋を訪れた彼女はソファー席を勧める僕を横目に、窓辺に配置されたテーブル席を選んでそう言った。

それがクライエントの希望ならば受け入れるしかない。僕は後に続くようにテーブル席に着き、彼女が話を始めるのを待った。本来ならばカウンセリングを始める前に説明事項を伝えなければならないのだが、今のところその機会さえも失っている。

「その時間内、何も話をせずに帰っていくクライエントもいらっしゃる」

僕は綿谷教授の教えを思い出していた。

「クライエントは本題を話すための予行演習に来られた可能性もあるし、逆にカウンセラーを値踏みしに来られたとも考えられる。我々にできることは焦らず、じっと待ってあげること。その人が自発的にいらしたのであれば、いつか必ず本題に入る時が来る。待つことも大切なカウンセリング。カウンセラーは相手が言いたくない話を聞き出そうとしてはいけないし、それを言わせようとしてもいけない。こちらから質問をするのではなく、クライエントが話したいことだけをじっくり聞いて差し上げることが我々の仕事だ」

頭では理解しているつもりだ。だがこれは僕の人生において初めてのカウンセリングである。もちろん今日に備えてどんなクライエントにも対応できるよう、頭の中で何度もシミュレーションを重ねてきた。しかしこの状況は想像していたどんなケースとも違っていた。目の前には思わず見惚《みと》れてしまうような女性がいて、しかも彼女は僕をじっと見つめているのだ。

僕の動揺は彼女にも伝わっているだろう。彼女がもし僕を値踏みしに来たのであれば、きっと失格の烙印《らくいん》を押すに違いない。僕は壊れた時計の中に閉じ込められたような長い沈黙に押し潰されそうになり、先ほどの倍の力で手の甲を抓った。

痛みのおかげで少しだけ気を取り直した僕は、あらためて彼女の視線の意味を考えてみることにした。

彼女は先ほどと変わらず、そよ風を待ち焦がれているような表情で僕を見つめている。こちらがどのような反応を示そうと、その表情は変わることがなかった。

ふと、彼女の瞳に映る人物が僕ではないような気がした。その視線の先にあるのは彼女自身なのではないか。彼女は僕を通して自分を見つめているのだ。

優しい光を纏《まと》う妖精のような彼女の外見から解き放たれた僕は、ようやくその内面に意識を移すことができた。

僕は彼女のアセスメントを頭の中に浮かべた。

アセスメントとは医師が使うカルテのようなものである。臨床心理士は医師ではないため診断ではなく査定という形でそれに記すことで、クライエントの心や体の状態を把握しているのだ。またアセスメントにはそのクライエントを今後どのように援助していくかといった道しるべとなる計画も記載されている。

彼女のアセスメントは綿谷教授が作成したものである。彼はこのカウンセリングの前にインテークと呼ばれる面談を行っており、教え子である僕がカウンセラーとして彼女を引き継ぐことになったのだ。僕は今日のために、頭の中で復唱できるほど彼女のアセスメントを読み込んでいる。そこでこの沈黙を利用し、そこに記載された情報を頭の中でもう一度整理することにした。

彼女の名前は掛井《かけい》沙耶《さや》、二一才。僕が通う大学院と同じキャンパス内にある大学に通う三回生だ。彼女は僕より三才年下ではあるが、もし他人がこの状況を見れば彼女のほうが年上に映ってしまうだろう。あえて色褪せたようなベストを買ったのはクライエントに緊張感を与えないためだが、同時に若く見られることを避けたいという理由もあった。しかしどんな服を着ようと、自分では制御できないほどの動揺や落ち着きのなさは隠せそうになかった。『自分と同じ三回生たちが就職活動を始めている姿を見ると、漠然とした不安に苛《さいな》まれ何一つ手が付かない状態になってしまう』

綿谷教授から引き継いだアセスメントを見る限り、それが彼女がこの相談室を訪ねた理由のようだ。また軽度の不安障害の可能性があると査定されており、定期的なカウンセリングを続けながら彼女が抱える漠然とした不安を聞き、問題を外在化していくと記載されていた。つまりカウンセラーとしての僕の最初の仕事は、彼女が抱えている漠然とした不安の正体を共に探し出していく作業となる。

僕はアセスメントを頭の中で復唱しているうちに、彼女が長い沈黙を続ける理由が分かったような気がした。彼女は僕が実習生で、まだ臨床心理士の資格さえ持っていないということを知っているのだ。綿谷教授から見れば、これは授業の一環としての臨床実習でしかない。実習生が扱える範囲の症状を抱えたクライエントを選び、さらにはカウンセリング計画の見通しまで立てた上で彼女を僕に引き継いでいるはずだ。そして彼女もそれを承知の上で来室し、カウンセラーとしての僕をじっくりと値踏みしているのだ。やはりこの沈黙は臨床心理士としての資質を見極める試練だったようだ。

今日はこのままカウンセリングの時間が終わってしまうのだろうか、と僕は自分の左手首をそっと覗いた。

カウンセリング時間はすでに残り一〇分を切っていた。

僕には彼女とのカウンセリングを始めるにあたり、カウンセラーとして伝えておかなければならない説明事項があった。クライエントが望んだ沈黙とはいえ、それさえ切り出すことができずにいる僕は焦りと共に息苦しさを募らせていた。

そんな様子を察したのか、彼女は僕に新鮮な酸素を送り込むように語りかけた。

「入った瞬間ね、居心地がいい部屋だなって思ったの。部屋のデザインも素敵だし、ちょっとぼうっとしているような先生の雰囲気もなんかいいなって。だから暫《しばら》くこの部屋の空気に包まれていたかったの。何も話さないでとか、無理言ってごめんなさい」

これまでの長い沈黙がほんの数秒でしかなかったような、自然な口調だった。

僕は呼吸することをようやく許されたような気分になった。ところで、彼女が言った先生とは僕のことだろうか。

「あの、初回の面接を担当した者から聞いているかもしれませんが、僕はまだこの相談室が付属する大学院に通う実習生ですので、先生というのは……」

「聞いてる。でも私のカウンセリングを担当してくれるのでしょう。それなら、私にとっては先生よね」

僕は臨床心理士は医師とは違い、クライエントとの関係が対等でこそ成り立つという意味で言ったのだが、それを彼女に説明しようとしている自分が少し哀れに思えた。

「悠木《ゆうき》と言います、悠木文月《ふづき》です」

彼女は目を細め、僕の胸の辺りにぶら下げられた身分証を見つめて言った。

「ふづき……素敵な名前。じゃあ、文月さんと呼んでもいいですか？」

しっくりこないが、先生と呼ばれるよりはましである。僕は彼女の提案を受け入れた。それがクライエントの希望であれば断る理由はない。

彼女は新しい悪戯《いたずら》を思いついた妖精のような顔をして続けた。

「やっぱり文月さんだとなんか言いづらいから、文月くんでもいいですか？　私のことは沙耶って呼んで下さいね」

不覚にもそれを受け入れてしまった僕は魔法にかけられたような気分になった。

これはフット・イン・ザ・ドアと呼ばれる一貫性の原理を利用した心理術の一つである。人間には小さなお願いを受け入れると、その後に続く要求も受け入れてしまいやすいという傾向があるのだ。

それを知っていたのかどうかは分からないが、沙耶は自分がかけた魔法に満足そうな顔を浮かべていた。

僕はクライエントとの距離を不用意に縮めてしまったような気がして、自分の中に生まれた逆転移を打ち消すために無理やり口を開いた。

「カウンセリングを始める前にお伝えしなければならないことがあります」

それは、今日のために何度も繰り返し練習してきた口上である。

「初回の面接でお話しいただいたこと、そして今後のカウンセリングでお話しされることの秘密はできる限り守ります。ご家族のかたにお知らせすることもありませんので、ご安心してお話しいただければと思います。ただカウンセリングを続ける中で掛井さん……いえ、沙耶さんが自殺や自傷行為を考えられたり、また犯罪に関わってしまうようなことがあった場合については別となります。最大限の努力はいたしますが、私の力だけではどうしても及ばないと判断した場合は……」

「専門家や私の家族に知らせるのでしょう。でもその場合も、必ず私に確認をとる努力を怠らない」

「……その通りです」

僕は自分ができる唯一の仕事さえ奪われてしまったような気分だった。

「どこへ行ってもだいたい同じこと言われるから、覚えちゃった」

「そう、だったんですね。沙耶さんは、これまでにほかの相談室に通われた経験がおありなんですね」

「今も別のクリニックに通ってるわ。でも今日ここに来て文月くんを見てたら、もうそっちはやめてもいいかなって思えてきた」

カウンセリングという経験に関して言えば、沙耶は僕の先輩ということになる。やはり彼女は長い沈黙の間、カウンセラーとしての僕を値踏みしていたようだ。だが、沙耶が別の施設でカウンセリングを受けているなんて、アセスメントのどこを見ても書いてはなかった。

「自宅の最寄駅の近くにあるクリニックなんだけどね、最近そこの先生から関係を迫られているの。だから正直ちょっと悩んでいて」

沙耶の言葉で僕の混乱はさらに膨れ上がった。しかし客観的に見ても彼女が魅力的な女性であることは間違いないし、男なら誘いたくなる気持ちは分からなくもなかった。もちろん私情ではなく客観的な事実としてである。

僕は自分の中に湧き上がった逆転移を跳ね返すように言った。

「もし継続的なカウンセリングをお望みでしたら、たとえば同性のカウンセラーなど、自分に合った人を探してみるのもよいかもしれませんね」

僕は沙耶がこの相談室を訪れたことを遠回しに否定してしまったような気がして、慌てて付け足す言葉を探した。

だが言葉を付け足したのは沙耶のほうだった。

「違うわ。その先生、女性なの。それに私はその先生のことを責めるつもりもない。一度だけど、誘いに応じてしまった私にも責任はあるから」

「そう、でしたか」

僕は沙耶に振りかけられた言葉の魔法で石像になってしまったように硬直した。

「決めた。私、この相談室に通うことにします。文月くんにカウンセリングを続けてもらいたいから」

沙耶は壁にかけられたグリーンの時計を確認すると静かに立ち上がった。

小さな風が甘い香りと共に僕の鼻を撫でた。

「お会計は受付でいいんですよね。今日はありがとうございました」

「あ、はい……」

石化魔法をかけられた僕は座ったままそう返事をすることしかできなかった。

沙耶が部屋を出ると、彼女が座っていた椅子に一筋の光が射した。

窓から見える空は、長く続いていた雨季が嘘のように晴れ渡っていた。

明けることを忘れてしまったような梅雨は、夏をお預けにされている人々の不満などそ知らぬふりで自己最長記録に挑んでいるようだった。

相談室にはあの日と同じ雨音が染み入るように聞こえていた。部屋の随所にあしらわれたグリーンの家具も、少しだけ開けられた窓から流れ込む風も、時が止まってしまったような長い沈黙も同じだった。

レースのカーテンが大きく揺れ、湿気に満ちた外の匂いが文月の鼻先を撫でた。

甘い香りはしなかった。あの日と違うのは、部屋には文月しかいないということくらいだろうか。だが文月はそこに座っていた沙耶を今も鮮明に描き出すことができた。そよ風を待ち焦がれるような顔でこちらを見つめる虹彩さえ、はっきりと憶えていた。

長い雨季は、その終わりを告げる妖精が訪れるまで終わらないのではないか。そんな思いに支配された文月はそっと目を閉じ、脳裏に復元した沙耶と視線を重ねた。

部屋に再び長い沈黙が流れた。

どこからかスズメの鳴き声が聞こえてきた。記憶の中の音ではないようだ。窓の外を確認すると、一羽のスズメが小さな屋根の下で雨宿りをしていた。

あの日もスズメはいただろうか……。

文月は不意に浮かんだ疑問の答えを探すためにテーブルの上に手を伸ばした。木製のテーブルの上にはいくつかの資料が広げられており、それらの隣には色褪せたキャンパスノートが置かれていた。ノートの表紙には日付が記載され、その下にはクライエントの名前が書かれている。それは文月が初めて担当したクライエント、掛井沙耶の面接記録だった。

面接記録とは、臨床心理士がカウンセリングをしたクライエントの心や体の状態をできるだけ詳細に記した資料である。そしてそこにはクライエントの言動だけでなく、カウンセラーに引き起こされた感情も記されている。二者の関係が深まるほど、カウンセラー自身にも様々な感情や衝動が引き起こされることがあるからだ。たとえそれがクライエントに対しての負の感情や私的な欲望であったとしても、ありのままの状態を記録していくのが面接記録なのだ。

臨床心理士にとって面接記録はアセスメントと並ぶ重要な資料である。文月は沙耶とのカウンセリングはどんなことも記録していた。カウンセリングの後に気づいたことでさえ例外ではなかった。そのため彼女の記憶は面接記録を開くたびに鮮明に蘇った。いや、ページをめくる必要などないほど、文月の脳裏には沙耶の記憶が刻まれていた。

だがあの日からあまりにも長い年月がすぎていた。数年前までは完全に復元できたはずの沙耶の姿も、その輪郭が少しずつ削られるように透明に近づいていった。

このまま自分の記憶の中から沙耶という存在が消えてしまうのだろうか……。

文月は湧き上がった不安を面接記録に追記し、あらためてそのノートを眺めた。さすがにスズメのことまでは書かれていなかった。

沙耶が亡くなってから一〇年という時が流れていた。文月はあの日からカウンセリングを続けることになり、彼女の物語に耳を傾け続けた。そして沙耶は自分自身の物語を受け入れる努力をした。治療的退行が見受けられた時期もあったが、彼女の心はゆっくりと回復に向かっていた。そう、思っていた。

だがカウンセリングを始めて一年が経った頃、沙耶は自ら命を断った。

反省。後悔。罪の意識。喪失。取り返しのつかない失敗。裏切られた思い――。

文月は今も沙耶を思うたびにそんな感情に振り回されていた。だがどんな感情も、彼女が命を落としたのは自分のせいであるという自責には敵わなかった。

臨床心理士にはカウンセリングを行う上で守らなければならない大切なルールがある。それはカウンセラーの感情とクライエントの感情を混同してはならないという決まりである。臨床心理学ではこれを自他の区別と呼ぶ。カウンセラーはクライエントの話に心が引き付けられてしまう時のほうが、相手の話を聞くことが難しくなる。聞き手の感情によって話を聞いていると、話し手の感情との間にずれが生じてしまうからだ。だからこそ臨床心理士は自他の区別という客観的な視点を意識した上でクライエントの話を聞く必要があるのだ。

だが文月はその壁を越えてしまった。カウンセリングを重ねる中で文月は一線を越え、沙耶に恋をしたのだ。いや沙耶と初めて出会った日から、そんな防壁など存在していなかったのかもしれない。そして彼女もそれを取り払うことを求めていた。二人は互いの立場を超え、そうなることが必然だったように距離を縮めていった。誰にも邪魔されることのない世界に閉じこもり、互いの感情をぶつけあい、そして愛を求めたのだ。

だが文月だけは気づいていた。自他の区別という視点を失い、クライエントに対して湧き上がる危険な逆転移に。そして文月はその危険な事実を当時の教育担当係であった綿谷に報告することさえ拒絶するようになっていった。

「沙耶は僕が守る」

それが文月が出した答えだったからだ。そして文月はこの部屋で沙耶に求婚をした。互いにそれを求めていることは分かっていたからだ。だが文月がその返事を聞くことはなかった。

「沙耶は婚約者だったのか、それとも一人のクライエントにすぎなかったのか」

文月はその答えを求めるように、あの日から同じ職場で働き続けていた。

いくつもの季節が、今も沙耶の魔法に縛られたままの文月の前を通りすぎていった。

そっとノートを閉じ、窓の外を眺めると先ほどまでそこにいたはずのスズメはもういなかった。文月はあらためて自分の職場を眺めた。

この相談室は文月が修了した大学院に付属する心理臨床センターという施設の中にあった。大学院は八王子市にある山の一つを丸ごとキャンパスにしたような広大な敷地の中にあり、そこには大学や短期大学、さらには高等学校も入っている。そんな一大私立大学グループのキャンパスにはつい最近も近代的な校舎が完成したばかりで、少子化が騒がれて久しい今も毎年多くの入学生たちがその門をくぐっていた。

だが、そんな巨大なキャンパスの裏門付近にひっそりと佇《たたず》むこの心理臨床センターだけは変わっていなかった。五つの相談室と事務室があるだけのこの施設に出入りする人種も変わっていない。数名の若い臨床心理士と実習生、そしてクライエントである。もちろん一般の来談も受け付けているが、大学のキャンパス内に施設があるためクライエントの半数は学校の生徒やその関係者となっている。

文月はそんな心理臨床センターの中で最年長の臨床心理士だった。この施設に出入りするスタッフはそのほとんどがまだ就職先が決まっていない修了生だからだ。

臨床心理士の資格は大学院を修了してもすぐに取得できるというわけではない。資格認定試験がその年の秋口にあるためだ。従って大学院を修了した時点では皆が資格のないまま就職活動を行うことになる。その期間は見習い臨床心理士として、大学院付属の心理相談室等で臨床経験を積みながら就職先を探すのだ。もちろんその間に就職先を決める修了生もいるが、臨床心理士は資格を持っているからといって簡単に仕事を見つけられるような安定職ではないのが実情だ。

また大学院側も修了生たちの就職支援をするという意味で付属施設の利用を勧めており、それに対しての手当も支給している。大学院は彼らに就活と生活を支援する一時的な場を与えているというわけだ。要するに文月の職場であるこの心理臨床センターは、修了生たちが就職先を見つけるまでの腰かけ的な場所とも言える。

文月はそんな心理臨床センターで非常勤カウンセラーとして一〇年以上も働いていた。言ってしまえば臨床心理士フリーターだ。当然ながらこの心理臨床センターでそんなにも長い期間働いているのは文月だけである。日頃から若い修了生や実習生たちから白い眼で見られていることは承知しているし、今の働き方では社会的な信用力が著しく低いことも認識している。だが文月は現在の仕事に誇りを持ち、そして真摯に向き合っていると自分に言い聞かせていた。「一に臨床、二に臨床。若いうちにできるだけ多くの臨床経験を積んでおくことこそが、その後どのような領域に進んでいくにしても大きな財産となる」という綿谷の教えがあったからだ。文月はその言葉を拠り所に心の中に生じる葛藤《かっとう》を抑制し続けていた。

雨音は先ほどよりもだいぶ小さくなっていた。

静かな室内にスマートフォンが振動する音が響いた。

文月はテーブルの上に置いてあったスマートフォンを持ち上げてメッセージを確認した。

『またエッチなサイトでもみてるんですか？』

『ノックすればいいだろう』と文月は反射的に返信した。

すると、扉をノックする音が聞こえてきた。

「どうぞ」と文月は扉の向こうにいるはずの人物に向けて言った。

扉が開くと、雨季の重たい空気などどこかへ追い払ってしまいそうな爽やかな風が部屋に吹き込んだ。その風と共に悪戯《いたずら》っぽい笑みを浮かべて車椅子に乗った女性が現れた。奈良咲《ならさき》みかんである。彼女はこの心理相談センターの中で文月が話をするようになった唯一の職員、いや実習生だった。

みかんは華奢《きゃしゃ》な腕で軽やかにハンドリムを回して文月に近づき、テーブルの前で車椅子を止めた。肩まで伸びた艶やかな髪が彼女が起こした風で涼しげに揺れている。みかんは真っ白いTシャツに淡いピンクのパーカーを羽織り、麻のパンツの下にはパーカーと同じ色のスニーカーを合わせていた。学生らしく若々しいファッションスタイルだ。

一方の文月は半袖のワイシャツに夏物のグレーのベストという、色気も飾り気もない質朴な服装である。

　みかんは小学生の時に校庭の遊具から転落して下半身不随になったと文月は聞いている。車椅子では普通の生活を送ることさえ難しいはずなのに、彼女の笑顔にはそんな苦労など微《み》塵《じん》も感じさせないほどの輝きと力強さがあった。おまけに人懐っこい性格のため職場の仲間からも信頼され、見習いながら綿谷からも一目置かれている存在だった。それがどういう風の吹き回しか、この春から非常勤であるはずの文月がみかんの教育係を担当することになったのだ。いや、綿谷に巧みに丸め込まれたと言ったほうが正しいだろう。

　実は文月には教員職に誘われているにもかかわらず、それを拒み続けているという経緯があった。綿谷がいつまでもフリーターのような生活を続ける文月を案じてくれていることはよく分かっていた。だがその誘いを受けるたびに、自分にはまだ人を指導できるほどの臨床経験がないという理由でその返事を保留にし続けてきたのだ。

「もう少し現場で臨床経験を積みたいんです」

　そう言ってしまえば聞こえはいいかもしれないが、本音を言えば今の職場を離れることで沙耶の記憶が薄れてしまうことが怖かったのだ。

　そんな文月がなぜか、みかんのスーパーバイザーを引き受けてしまったのだ。自分でもその理由は分からなかった。いつものストレートな誘い文句ではなく、奈良咲みかんという誘い水を使われたことで判断力が鈍ったのかもしれない。もしくは彼女は大学生の頃からこのセンターで受付や事務のバイトをしているため、多少なりとも面識があったことが断れなかった理由かもしれない。ただ相談室で行うカウンセリングとは別に、その分の時間給を支払ってもらえるという条件は非常に魅力的な話だった。

みかんは一点の曇りもない透き通るような瞳を文月に向けていた。

まるで「私はあなたに興味があります。そしてあなたに好意を抱いています」と告白されているような気持ちになる眼差しである。

臨床心理士という職業柄、人に見つめられることに慣れたつもりではいるが、みかんを前にするとなぜかなす術《すべ》もなくなってしまう。文月はそんな彼女の眼差しをかわすように言った。

「部屋の前にいるのに、わざわざスマホで連絡してくるなんて趣味悪いぞ」

みかんはテーブルの上に置かれたスマートフォンを覗き込んで答えた。

「すぐに返信が来たってことは、やっぱりスマホで変なサイトでも見てたってことじゃないですか。そんな時に私が突然部屋に入って来たら心臓止まっちゃうでしょ。私なりの気遣いですよ」

文月は思わずテーブルの上に置かれていた沙耶の面接記録をほかの資料の下に隠した。

「ほらなんか隠した。だいたい、先生が私との約束を忘れてたんでしょう」

「約束は忘れてない。ただ時間がすぎたことに気づかなかっただけだ」

みかんの瞳が滑るように近づいてきた。

心の中を見透かすような視線だが、言葉に嘘はない。

「奈良咲が今抱えているクライエントと同じような問題を持った人が過去にいなかったかと思って、ちょっと調べてたんだ」

今度は少し苦しい言い訳になってしまった。

「どうだか……先生この部屋にこもると長いから」

どんな想像をしているのかは分からないが、みかんは大きな瞳が隠れるほど目尻を下げて笑っている。

一〇才も年下の女性にからかわれているオジサンの気分だ。

だが文月も心理学者の端くれである。こういう時は相手の土俵には上がらずに話をそらしたほうが賢明だ。

「もう誰もいないの？」

「ええ、みんなとっくに帰っちゃいましたよ。センターには私と先生の二人きりです」

「そっか、そんな時間だったか」と文月は座ったまま腕を天井に伸ばした。

少々わざとらしい言い方になってしまった。

外は雨が降っているはずだが、遠くのほうでカラスが鳴く声が聞こえた。カラスまで味方に付けてしまうみかんの人徳は計り知れない。文月は素直に謝ることにした。

「時間、気づかなくてごめん。どうする？　このままここで話を聞いてもいいけど」

話を聞くというのは、スーパービジョンを行うという意味である。

スーパービジョンとは第三者の視点でカウンセリング過程を振り返るために行われる確認作業だ。カウンセリングを継続する中で変化が生じているのは、実はクライエントだけではない。聞き手であるカウンセラーもクライエントに対して様々な感情を抱いていくのだ。そしてカウンセラーがそのことを自覚していないと、クライエントの変化に気づくことができなくなってしまう恐れがある。それを防ぐために別の臨床心理士にスーパーバイザーとなってもらい、自身とクライエントとの関係を客観的に見つめ直す機会が必要となる。特にまだ見習い期間である実習生にはそういった実地体験的な学びが重要なのだ。

みかんは窓の外を眺めながら言った。

「先生、今日も一日中この部屋でカウンセリングしてたんですよね。私も午後からはずっと受付のバイトだったし、少し気分を変えて外でやりませんか？」

悪い提案ではない。彼女が言う通り、一日中何人ものクライエントを前に座っていたため腰に限界を感じていたところだった。

「いいけど、外は雨だろう」

「けっこう弱まってきましたよ。それに私、雨は好きです。先生が傘さしてくれるから」

文月は雨など弾き返してしまいそうなみかんの瞳に思わず言葉を失った。

雨季の終わりを告げに来た妖精。たとえそれが彼女ではなかったとしても、文月の心の中にあった雲はどこかへ消えていた。

第2話　探していた答え

翌週の午後、文月は綿谷と共に三号館の一階に入った食堂で少し遅い昼食をとっていた。

食堂は三号館から離れた学生センターの中にもあるのだが、どの時間帯に行っても学生たちでごった返しているため、二人が揃って食事をする時は大抵はこちらを利用するのが習慣となっている。内装はやや寂れているが、懐《ふところ》に優しい価格設定とメニューが異常なほどに豊富なところがこの食堂の特徴である。

ちなみに文月は一人で食事をする時は常にこの三号館の食堂を利用している。三号館のほうが文月の職場である心理臨床センターから近いためだ。学生センターは心理臨床センターとは反対側の正門付近にあるため、普通の速度で歩いても到着するまでに一〇分近くかかってしまうのだ。なにしろ広大なキャンパスの中には一号館から一〇号館までの校舎のほかに図書館や体育館、そして新設されたばかりの学生センターが建ち並んでおり、さらには書店やコンビニまでもが入っている。同じキャンパスに長年通う文月でさえ迷うことがあるほど広いのだ。

昼時はとっくにすぎているため食堂は空いていた。席に着く学生たちのほとんどは昼食ではなく時間潰しを目的にこの食堂を利用しているようだ。食堂の床には傘についた雨水や、それを踏みつけた足跡があちこちに散らばっている。時折割烹着《かっぽうぎ》を着た女性がモップで床を拭いて回っているが、いつまで経っても明けない梅雨のかけらはかえって広がるばかりだった。

文月の前に座る綿谷が大きな口を開けてハンバーガーに齧りついた。和洋中と、ないメニューを探すほうが難しいこの食堂の中でも名物と呼ばれる巨大なハンバーガーだ。綿谷は求めていた宝物にようやく出会えた喜びを噛み締めるように膨らんだ頬を動かしている。

一方の文月は冷たいかけ蕎麦を掻き込んでいた。

ハンバーガーと蕎麦。どちらも同じ食堂が出すメニューとは信じ難いが、何を食べても案外旨いところが不思議だ。

綿谷は幸せそうな表情を浮かべながら、巨大なハンバーガーとコーラを交互に口の中に入れている。多少の白髪と目尻のすぐ下にある染みは目立つが、それ以外は六〇代半ばとは思えないほど若々しく健康的である。クリーム色のシャツの上に焦茶色のジャケットと、地味な服を身に着けているにもかかわらず活力にあふれて見えるのは、今も現場で学生たちの指導を続けているからかもしれない。

そんな文月も、かつては綿谷に指導を受ける若者の一人だった。文月は大学の一般科目で彼の講義を受けて臨床心理学に興味を持ち、大学院まで進んで専門知識を身につけたのだ。そのため付き合いは長く、今ではだいぶ打ち解けた関係になってはいるが、文月にとって綿谷は恩師ともいえる存在である。そんな彼に、年に数回程度ではあるがこうして昼食に誘ってもらえることが文月は嬉しかった。本来ならば教え子である自分のほうから誘うべきであることは分かっているのだが、そもそも綿谷は気軽に誘えるような相手ではないため気後れしてしまうのだ。

綿谷は日本の臨床心理学の世界では権威とも称されるほどの人物である。まだ日本では精神分析や認知行動といったアプローチへの研究が盛んだった頃、彼はヒューマニスティックアプローチと呼ばれる臨床概念をアメリカから持ち込んだのだ。特に綿谷はカール・ロジャーズというアメリカの臨床心理学者が提唱した来談者中心療法に傾倒しており、それを日本に広める手助けをしたという功績を評価されていた。これまでにいくつもの著書を出しており、英語が堪能なため中には英文の書物まである。本来なら引退していてもおかしくはない年齢にありながら現役学生たちの臨床実習に力を入れており、教育分野だけでなく病院や保健所、そして福祉施設など様々な分野で活躍できるカウンセラーやスーパーバイザーの養成に取り組んでいる。また、綿谷は精神科医の資格を持っているにもかかわらず投薬療法を好んでいない。あくまでもクライエントの主観症状を大切にしており、来談者中心療法を第一に考えているからだ。

主観症状とは、病院で医師から異常なしと診断されたとしても本人が痛みを感じていればそれは立派な症状である、という考え方である。

綿谷はあくまでも来談者一人一人が感じている感覚に寄りそって治療にあたることを説き続けているのだ。そのため大学院を出て臨床心理士の資格を得ることを目標にするのではなく、その後何年も臨床経験を重ねて初めてその先の専門領域へと進むべきである、というのが彼の一貫した教えだった。

ちなみに臨床心理士は国家資格ではなく民間資格であり、その資格は内閣府認可の公益財団法人日本臨床心理士資格認定協会から交付されている。また、近年公認心理師法が施行され、新たに公認心理師という国家資格も誕生している。ただ公認心理師は臨床心理士との役割分担やその線引きがまだ曖昧なところが多く、本格的にその資格が社会に浸透していくまではまだ時間がかかるというのが実情である。一方の臨床心理士はすでに約三七〇〇〇人の資格保有者がおり社会に深く根づいているため、今後暫くは両者が協力しあいながらその活動を行っていくことになるだろうと文月は考えている。

綿谷が自分の顔と同じくらい大きかったハンバーガーの最後の一口を口の中に入れた。惜しげな表情を浮かべて頬を膨らます彼の姿を見ていると、権威ある人物とはほど遠いただの気の優しいおじさんにしか見えない。アメリカでの生活が長かったため、単にハンバーガーが好きなだけかもしれないが、学生たちにも負けないほどの食欲である。

綿谷は文月のトレイに載せられた食器を覗き込むように言った。

「で、奈良咲くんはどうだ」

文月が注文したかけ蕎麦はずいぶん前に完食している。

今日の本題はみかんのことだろうと予想はしていたが、そのストレートすぎる話題の切り出し方に文月は用意していた言葉を失った。

「なんだ、給与が不服か？」

「いえいえ、そうではありません。彼女は特別ですよ。僕が教えることなんて何もないほど、すでに立派な臨床心理士です」

「そうか。悠木くんがそう言ってくれるのなら、私の目に狂いはないようだな。よかったらどんなふうに特別なのか、君の見立てを教えてくれないか」

綿谷は講義を聞く生徒のような無邪気な顔で文月を見つめた。

昔からではあるが、彼は妙に文月を買い被っているところがあった。文月は用意してきた言葉を頭の中で整理してから綿谷に説明をした。

みかんが特別だと考える理由は、彼女はクライエントとの間ですぐに自他の区別という互いの防衛壁を形成できることだと文月は考えていた。カウンセラーは相手の心を映す鏡になるように訓練されているため常に自分とクライエント、つまり自他の区別を意識しながらカウンセリングに臨んでいる。これには自分の個人的な話でクライエントに影響を与えることを避けるという理由があるのだが、もう一つ大きな理由がある。それはクライエントにも同じ意識を持ってもらうことだ。互いの違いを受け入れ、その区別を意識することで両者の間に深い信頼関係が生まれるのだ。つまり自他の区別という意識は、信頼関係を築く上で非常に大切な要素でありその形成には長い時間が必要となる、ということでもある。

釈迦《しゃか》に説法とはまさにこのことだが、文月はそう前置きをした上で続けた。

「つまり奈良咲の場合、クライエントとのラポールが初めから築かれている部分があると思うんです。僕なんてそれを形成するまでに何ヶ月、いや一年以上もかかることだってあります。そういう意味で、彼女にはすでに臨床心理士としての一番重要な資質が備わっていると考えています」

ラポールとは心理療法における最も大切な関係、つまりカウンセラーとクライエントとの間に形成される信頼関係のことである。

臨床心理学に関する知識の全ては今目の前に座る綿谷から教わったことのはずだが、彼は文月の話が終わるまで熱心に聞き入っていた。

「なるほど。つまり奈良咲くんが車椅子に乗っているという絶対的な事実があることで、クライエントはいつの間にか彼女との距離を受け入れてしまう。そしてその壁が初めから存在しているからこそ互いの立場を超え、対等なカウンセリングを始められるということか……」

文月はゆっくりと頷いた。

「そこまで彼女のことを分析できているのなら、君はもう立派なスーパーバイザーだ。院に来てもその調子で学生たちを指導してくれるだろう」と綿谷はニヤつきながらコーラをストローで飲み干した。

やはり綿谷はみかんを誘い水に、文月を教員職の道へと引き込もうとしているようだ。

「もし……」

綿谷はストローを噛んだまま無邪気な瞳を文月に向けた。

「はい？」

なぜか間の抜けた声で返事をしてしまった。

「いや、もしもの話なんだけどね。彼女がその事実に気づいていなかった、としたらどうだろうか」

「気づいていない、ですか……」と文月は呟いて腕組みをした。

綿谷は生徒に答えを教えるタイプの指導者ではない。まず生徒の考えをじっくりと聞き、その答えが正しいかどうかも生徒に考えさせるのだ。文月は彼の言葉の意味を考えてみた。

みかんは自分がクライエントとのラポールを容易に形成できてしまうことに気づいていない可能性がある。綿谷はそう指摘しているようだった。確かに文月は彼女のことを、臨床心理士としての特別な資質が備わっているという前提でしか評価していなかった。だが、カウンセリングは一致することのない二者の個性が対峙《たいじ》する場である。たとえカウンセラーという立場であっても、自身の個性をクライエントごとに変えることはしないし、そんなことをすれば互いの信頼関係はいつまで経っても形成されない。ラポールとは互いの個性を認め合い、それを受け入れていくことで時間をかけて形成されていくものだからだ。

それを踏まえた上で、クライエントの視点に立って見るとどうか。クライエントが車椅子に乗るみかんに対し、必ずしも好意的な感情を抱くとは限らないのだ。今後彼女が相手にするクライエントの中には、心ない言葉を投げかけてくる者だっているだろう。もしみかんが、ラポールは簡単に形成することができるものだという間違った自信や概念を持っているとすれば、今のうちからその耐性を作っておく必要があるのではないか。文月は綿谷が伝えようとしていることを理解した。

ちなみに相手の予期せぬ言葉や反論などに対しての耐性を作っておくことを心理学では接種理論と呼ぶ。

「クライエントは彼女に対して陽性転移をしやすいという事実を気づかせ、さらには陰性転移への耐性を作っておくことが僕の役割ということですね」と文月は綿谷を覗き見るように言った。

「私からは何も言うことはないな」と綿谷は満面の笑みを見せた。

どうやら綿谷の目には、文月は生徒のことを真剣に考える熱心な教育係として映っているようだ。文月はますます彼の企みに誘い込まれているような気がしてならなかった。だが一度引き受けた仕事である。いい加減に行うわけにもいかない。

「まあ奈良咲くんには臨床心理士を目指す上で一つだけ、どうにもならない欠点があるんだけどな」

「欠点ですか……」

まだ助言があるのだろうか。しかし文月にはみかんに対するそれ以上の欠点など見当たらなかった。

「美人なこと」と綿谷は真顔で言った。

文月は拍子抜けしたように答えた。

「確かに、どんな相手であっても陽性転移を抱かせる要因にはなりそうですね」

二人は妙に納得したような表情を浮かべると、声を出して笑った。

やはり綿谷が今日一番話したかった話題は、みかんの指導に対するアドバイスだったようである。

「恥ずかしい話なんだがね」と綿谷が少し身を乗り出して続けた。「実は奈良咲くんのような障がいを抱えた学生を育てるのは初めてなんだ。私もそれなりにキャリアを積んできたつもりではいたが、臨床心理の世界ではそんなものはなんの役にも立たないってことを、あらためて学ばされているところだ」

「そう、だったのですね……」

「彼女、日常の生活を送る上でどうしても人に頼らなければならないことがあるだろう。そのせいで、なかなか人を疑うことができない性格なのではないかと思うんだ」

「つまり奈良咲は自分の苦悩を人に打ち明けることが苦手、ということでしょうか」

綿谷は文月を見据え、正確に言葉を並べるように言った。

「彼女は逆転移が生じやすいタイプだと私は分析している。君と同じようにね」

文月は思わず言葉を失った。その言葉はみかんを案じているというよりも、文月を案じているように聞こえたからだ。

「やはりまだ気にしているのか。掛井沙耶さんのこと」

逡巡したが文月は正直に答えることにした。

「すみません、せっかく教員職の道に誘っていただいているのに。まだ、自分の中で答えが出せていなくて……」

文月が綿谷に沙耶のことを報告したのは、彼女が亡くなって暫く経ってからのことだった。当時実習生だった文月はその報告の義務があったにもかかわらず、それを意図的に放棄したのだ。だが彼が文月を責めることはなかった。ただ黙って文月の話を聞き入れ、そしてその後も沙耶の話題を持ち出すことはなかった。以来、綿谷が沙耶の名前を口にしたのは今日が初めてのことだった。

「時間をかけてゆっくりと探せばいい。私はいつでも君の席を用意しておくつもりだ」

「ありがとうございます」

文月はトレイに付くほど頭を下げた。

「お、もうこんな時間だったか」と綿谷は自分のトレイを持って立ち上がった。

今日の本題はみかんではなく沙耶の件だったのだろうか、と文月は学生たちの中に消えていく綿谷の背中を見つめていた。


綿谷との遅い昼食を終えた文月は、キャンパスに降り注ぐ生温《なまぬる》い雨をかわすように小走りで心理臨床センターへ戻った。

心理臨床センターは学校関係者の間では裏門と呼ばれている北門の近くにひっそりと佇んでいた。五〇坪ほどの平屋造りの施設で、外観には白い壁と木材が使用されており、来談者に清潔感と温もりを与えるように工夫されている。入り口には数段の階段があるがスロープも設置されており、施設内もバリアフリー構造となっている。

文月は一つ目の自動ドアをくぐり、風除室で服に張り付いた雨水を振り払った。

二つ目の自動ドアの先には受付でバイトをするみかんの姿があった。ガラス越しに見える彼女は、どういうわけか怪訝《けげん》な表情で文月を見つめていた。

施設に入ると、「ふつう、傘持って行きませんか？」とでも言いたげなみかんがタオルを差し出してきた。

「悪いね」と文月はタオルを受け取り、服に残った雨粒を拭いた。

みかんはセンターから貸与された襟が丸いベージュのジャケットを着用していた。Tシャツの上にジャケットを着ているだけではあるが、大学生の頃から受付のバイトをしているためその姿はすっかり板に付いている。今はなぜか無愛想だが、親しみ溢れるその容姿と相《あい》俟《ま》って来談者への印象は良いようだ。

体を拭き終えた文月が礼を告げてタオルを返すと、みかんはそれを奪うように取った。

傘を持たずに昼食に出たことがそんなにもいけないことだったのだろうか……。文月は反論したい気持ちを堪えて言った。

「さっき出る時はこんなに降ってなかったよね」

「知ってます。私、ずっとここにいましたから」

「……ですよね」

なぜか敬語になってしまった。

「先生、今日はもう予約入ってないはずですよね」とみかんは頰を膨らませた。

「ああ。あとは今日来談されたクライエントの面接記録を作成したら終わ……あいや、記録を作成して奈良咲のスーパービジョンをやったら終わりだけど」

　みかんがさらに頬を膨らませて、眉をひそめた。

「まさか、また忘れてたんですか」

「忘れてない。今日はもうカウンセリングは入っていないと言っただけだ」

　文月はついムキになって答えてしまった。事実だからだ。

　しかし文月の弁明も虚しく、みかんは腕組みをして冷たい視線をこちらに送り続けている。彼女が不機嫌なのはきっとこの長い雨季のせいではないか、と文月はその心中を推察した。

　天候の変化が人間の気分に対して影響を与えることは以前から知られていることだ。低気圧になると細胞内の水分が膨張するため、血圧が低下して頭痛やめまいを感じたり自律神経の調整がうまく働かないことがある。それが心身へのストレスやホルモンバランスなどに影響するために、感情が不安定になる人が多いのだ。実際、文月が雨の日にカウンセリングをするといつもより気分が沈んでいるクライエントが多いことも確かである。

　みかんはようやく腕組みを解いて言った。

「では、なぜ来談者がいらしているのでしょうか」

　その言葉の中にはいくつもの小さな刺《とげ》が混じっていた。

「来談者？　奈良咲が予約を入れたんじゃなくて？」

「入れてませんよ、ほら」とみかんは相談室の予約管理表を文月に見せた。

ＩＴ化が進む社会ではあるが、当センターの予約管理表は手書きである。

みかんは管理表をカウンターの上に広げたまま続けた。「しかも今日は先生のためにわざわざ部屋を予約しておいたんですから」

管理表を覗くと文月が午前中に使用していた部屋の欄には『打ち合わせで使用』と可愛らしい丸文字があった。みかんは予約が入っていない日は、文月が面接記録を作成するために部屋を確保しておいてくれるのだ。

どうやら彼女が不機嫌な理由は低気圧のせいではなく、文月が受付を通さずに来談者の予約を入れたと勘違いしていることにあるようだ。

「ありがとう。じゃあ誰が入れたんだろう」

みかんは声を潜めて言った。「知りませんよ。少し前に突然女性が一人で来たんですから。しかも超美人」

この会話の中で来談者の容姿に関する情報は一切関係ないと思うのだが、今は余計なことを言わないほうが賢明だ。

「あの、悠木文月さんにお会いしたいのですが……だって」

みかんはその女性の真似をしているようだが、知らない人の真似をされてもリアクションに困る。

「そのかたのお名前は？」

「白川《しらかわ》って言ってました。でもそれ以上は何も」

聞いたことのない名前だった。

「そう……。その女性が今、相談室で僕を待ってるってこと？」

みかんは首を縦に二回振った。

「たぶん、飛び込みの来談者じゃないかな」と文月は言った。

ごく稀なことではあるが、新規の来談者の中には文月を名指しで来る者もいる。当センターのホームページには所属している臨床心理士の写真と名前が掲載されているため、その情報を頼りにカウンセリングを受けに来る人がいるのだ。文月はここではキャリアが一番長いためセンター長の次に写真が掲載されており、目に留まりやすいのだろう。

「そんな雰囲気には見えませんでしたけどねえ」とみかんは首を傾げた。

「とにかくもうお通ししてしまったのだから、一度お会いしてみるよ」

みかんが少しむっとしたような表情を浮かべた。

文月は慌てて言葉を付け足した。

「次回からは受付を通して予約してもらうように伝えておくから。部屋を用意してくれていて助かったよ。ありがとう」

みかんの機嫌が少しだけ良くなったことを確認し、文月は受付に背を向けた。

「あ、先生」

みかんの声が文月の足を止めた。

「襟、ベストから出てます」

「ああ、ありがとう」と文月は持っていたクリアケースを脇に抱えて襟もとを探った。

先ほどタオルで拭いた時に崩れてしまったようだ。

「反対です。やってあげます」とみかんが受付を出て文月に近づいた。

「なんか悪いね」

「もうちょっと近づいてもらえますか」

文月は車椅子にそっと体を寄せた。

みかんは左右の襟を一度立て、文月の襟もとを丁寧に直した。

心の波立ちに合わせるように鼓動が高鳴った。

「はい。バッチリです」とみかんは親指を立てた。

やはり彼女には笑顔が似合う。

文月はみかんに礼を告げ、相談室の扉をノックした。

デジャビュは前世の記憶が残っているための現象だと言う人がいるが実際はそうではない。理由は簡単だ。人の記憶や感情は個人の脳内にしか保存することができないからだ。

ではデジャビュが発生する原因は何かというと、それは脳の機能障害だ。人間の脳はある体験をすると、それに類似した過去の体験を想起するようにできている。現在体験している事象と過去の記憶を比較し、次に起こすべき行動に対処するためだ。

しかし問題はその記憶の曖昧《あいまい》さにある。時に記憶は、場所や時間といった具体的な情報を伴わない断片的な情報だけが保存されることがあるのだ。そのため初めて体験しているはずの事象に対し、その状況に類似する断片的な記憶のみが蘇り、以前にも体験したことがあるのではないかという錯覚を引き起こす。これを記憶異常と考える人もいるが、その時に生じる感情の混乱を心理学的にたとえるなら、軽度のパニック障害とも言えるだろう。

少なくとも文月は自らの心理状態を冷静に把握できていると考えていた。

だがその感情は、無作為に生まれる波紋のように大きく揺れ動いている。そしてエアコンの風に運ばれて来る甘い香りが文月の鼻先を撫でるたびに、脳内は沙耶の記憶で埋め尽くされていった。

デジャビュの原因は目の前に座る女性が沙耶に似ているような気がするという錯覚のせい

だ、と文月は自分に言い聞かせた。

雨季の湿気に満ちた重苦しい相談室に光を照らすその女性は、涼しげな白いワンピースの上に緑色のカーディガンを羽織り、足もとには可愛らしいパンプスを履いていた。自然体でいて品があり、化粧もほとんどしていないように見えるが、整った顔立ちと少し明るい色をした髪が彼女をいっそう華やかに映していた。

女性は何かを探すような瞳でじっと文月を見つめている。その視線はカウンセラーとしての資質を見定めているようにも見えるし、文月個人に対して疑いの目を向けているようにも見えた。文月は職業柄そういった視線には慣れているつもりではいるが、今回ばかりは落ち着かなかった。彼女の瞳がどうしても沙耶と重なってしまうのだ。

すでに湧き上がってしまった彼女への逆転移を鎮めることはできそうにない。文月はその女性に沙耶を重ね、すでに同一視し始めている自分を恐れた。もし彼女が文月のカウンセリングを望んでこのセンターに来たのであれば今回の面接をインテークとし、その後は別の臨床心理士に引き継いだほうがよいだろう。しかしながら、文月には彼女のアセスメントを作る自信さえなかった。

彼女は一体何者なのだろうか。そしてどんな目的があってこのセンターを訪れたのだろうか。彼女の視線からだけでは答えは見つかりそうになかった。

エアコンの風の音に隠れていた壁時計の針音が聞こえてくるほど、静寂が続いていた。

このまま時が進んで行くとしても、せめて彼女がカウンセリングを求めて来室したのかどうかだけは確認しておく必要があった。文月は意識を強引に仕事モードに切り替え、みかんから聞いた白川という苗字を手がかりに会話を切り出すことにした。

「私はこのセンターに所属する臨床心理士の悠木と申します。あなたのことは白川さん、そうお呼びしても構いませんでしょうか」

「はい。悠木さんを探していたら、ここが見つかりました」

鈴の音のような優しい声の中には、揺るぎない芯の強さがあった。彼女は文月に用があってここへ来たようである。

「悠木文月という名前を持つ人を探していた、と言ったほうが正しいかもしれません。あなたのお名前を検索したらこちらの心理臨床センターが見つかったのです」

悠木文月という名前は全国でも珍しいようで、ネットでその名を検索すればすぐにこの相談室のホームページが表示されることは確かだった。

「今日は悠木さんにあるものを渡したくて、こちらに伺わせていただきました」

そう言った彼女の瞳の中には、まだ半分疑いの目が混ざっているようにも見えた。

「では、白川さんはカウンセリングを受けに当センターへいらしたわけではないのですね」

「はい。お仕事中に突然押しかけてしまい申し訳ございませんでした」

彼女が頭を下げると甘い香りが鼻先を撫でた。

文月は再び生じたデジャビュを振り払うように言った。

「いえ問題ございません。今日はもうカウンセリングの予定は入っておりませんでしたから。ところで渡したいものとはどのようなものでしょうか」

彼女は一度視線を下げてから言った。

「それをお渡しする前にご説明しなければならないことがあるのですが、聞いていただけますでしょうか」

文月には人の話を聞くプロであるという自負がある。そのため、いつでも話を聞く準備はできている。だがそれはカウンセリングでの話だ。しかも自分に用があるという知らない女性の話をどのような態度で聞けばよいかなど、文月には分かるはずもない。

彼女は文月を見据えるように続けた。

「私は白川真沙《ますな》と申します。掛井沙耶の妹です」

文月に生じた混乱は全身を駆け巡り、体を縛りつけるように硬直させた。極端に高鳴った鼓動だけが身体の感覚として存在しているようだった。

「姉をご存じなのですね？」

文月は真沙の問いに頷くことさえうまくできなかった。

真沙は覗き込むように体を文月に近づけて質問を続けた。

「あの、悠木さんは姉とはどのような関係にあったのでしょうか？」

それはむしろ文月が一番知りたい答えでもあった。文月は気を取り直し、一つ前の質問に答えた。

「沙耶さんのことは存じております。そして沙耶さんには妹さんがいらっしゃることも聞いておりました」

「そうですか……来てよかった」

真沙は呟《つぶや》くように言うと強張らせていた肩を丸くした。だが、どこから話をすればよいか悩んでいるようだ。

「幼い頃にご両親を事故で失い、姉妹のそれぞれが別の家族に引き取られたと、沙耶さんから聞いてます」

カウンセリングでは相手の話を促すようなことは決してしないのだが、文月は無自覚なままに真沙の話を引き出そうとしていた。やはり彼女のカウンセラーは務まりそうにない。

「はい。私たちはもともと横浜に住んでいたのですが両親が亡くなった後は、姉は叔父の家に、私は叔母の家に引き取られました。叔父の家は東京でしたが、私が引き取られた叔母の家は静岡の浜名湖近くにある田舎街でした。叔母は結婚して苗字が変わっていたため、私も苗字を掛井から白川に変えることになりました。新しい両親は共働きで決して裕福とは言えませんでしたが、その家族では兄二人の末っ子となったためとても可愛がってもらいました」

文月は黙って頷きながら話を聞いていた。

「でも正直言うと、家を出るまではずっとその家族に遠慮してました。みんなは私のことを本当の家族のように接してくれていましたが、自分一人だけよそ者のような気がしてしまって……。私、自分の感情を表に出すことが苦手なのですが、きっとそれが原因なのかもしれませんね」

真沙がはっと気づいたように続けた。

「すみません、余計なことまでお話ししてしまいました。臨床心理士さんって、やっぱり人の話を聞くのが上手なんですね」

「上手も下手もありません。それにこれはカウンセリングではありませんから」と文月は咄《とっ》嗟《さ》に答えた。

「そうでしたね。でも、姉の気持ちが少し分かったような気がしました」

真沙は自分と沙耶の関係をどの程度知っているのだろうか。文月は尋ねたい気持ちを堪えて彼女の言葉を待った。

「話を戻しますね。私たち姉妹はそれぞれの家に引き取られてからは、ほとんど会うことができませんでした。姉は東京で私は静岡の田舎街です。その距離はまだ幼かった私たちにはとても遠いものでした。それに理由は分かりませんが、叔父と叔母はひどく仲が悪かったのです。家族間の交流なんてないも同然でした。

そのため姉とまた会えるようになったのは、私が高校三年生の時に就職の準備でこちらへ出て来るようになってからのことです。時間はかかってしまいましたけど、私は再び姉妹の関係を取り戻すことができて本当に嬉しかったです。姉もきっとそう思ってくれていたはずです。でも心のどこかでは、楽しそうに大学生活を送る姉が羨ましくもありました。私は自分の生活で精一杯でしたから……すみません、また話がそれてしまいましたね。

姉が自殺したのは、私たちがまた姉妹としてやり直そうとしていた矢先のことでした。姉はずっと幸せに暮らしていたとばかり思っていましたから、本当にショックで……そしてその喪失感は今も続いています」

これまでの真沙の話は、沙耶から聞いていた話とほとんどが一致していた。だが沙耶の死から一〇年が経った今、なぜ妹の真沙が自分の前に現れたのだろうか。文月には見当もつかなかった。

「あれから一〇年間、私はずっと姉の死を理解できずに生きてきました。姉は毎日がとても楽しそうでしたし、先ほども言った通り私は彼女が羨ましいとさえ思っていましたから。その姉が自殺する理由が分かりませんでした。それに、あなたという恋人がいたのならなおさらです。悠木さん、あなたは当時こちらの大学に通っていた姉の恋人だったのですよね」

真沙は文月から視線をそらさなかった。彼女が話を進めていく上で、その質問から逃れることはできないようだ。

文月はそっと頷いた。

真沙は文月に会う前からその答えを知っていたように続けた。

「私は姉が死ななければならなかった理由を今も探しています。そして先日叔父が死んだことで、私の疑心はいっそう大きなものとなりました」

「亡くなった？」

文月は真沙の言葉の意味を理解するよりも速く聞き返していた。

「はい、二週間ほど前に」

今度は返す言葉さえ浮かばなかった。

「叔父は生涯結婚をしませんでしたので、姉を引き取ってからはずっと二人で生活をしていました。そのことは悠木さんもご存じですよね……」

もちろん知っていた。だが文月と真沙が持つ叔父という存在についての情報だけは、一致していないような気がしてならなかった。

「ええ、存じております」

「叔父は事故死だったようです。そのことは警察の人から聞きました」

「警察？」

「はい。結局叔母は叔父の遺体と対面することさえありませんでしたので、私が彼の埋葬手配やそのほかの手続きを行うことになったのです。その中で警察のかたと話す機会がありまして。遺体は浴室で見つかり、死因は浴槽内での溺死《できし》でした。自殺の可能性もあると聞きましたが、体内からはかなりの量のアルコールが検出されたとも言ってましたので、その真意は分かりません」

文月は時間の流れがどちらに向かって進んでいるのかさえ分からなくなっていた。

沙耶が亡くなった時、警察が文月のもとを訪ねて来たことが一度だけあった。文月は沙耶のカウンセラーだったため、彼女が亡くなる前の様子を聞きに来たのだ。そして文月が沙耶の死亡原因を聞いたのもその時だった。浴室での自死。それは、真沙が警察に告げられた叔父の死に方と同じだった。

「すみません。悠木さんには警察の話なんて関係ありませんよね」

考えに耽《ふけ》っていた文月は取り繕うように首を横に振った。

真沙が本題を戻すように鞄の中から何かを取り出した。

「これを見つけたのは、私が叔父のマンションの片付けをしていた時です」

テーブルの上に、一通の封筒が置かれた。

長い時間水の中に浸っていたような形跡があり、ふやけたまま乾いてしまったような封筒だった。封筒にはかろうじて読めるほどの掠《かす》れた文字で『悠木文月くんへ』と書かれていた。

文月はその封筒に手を伸ばすと、真沙の声がそれを止めた。

「それを開けるのは私が帰ってからのほうがよいかと思います」

真沙は申し訳なさそうな顔をして続けた。

「すみません。私は中を見てしまいました」

「分かりました。わざわざありがとうございます」

文月は伸ばした腕を戻した。

「今日は突然すみませんでした」

真沙は立ち上がって頭を下げると、甘い香りだけを残して部屋を去った。

文月は真沙を見送ることもできないほど、その封筒に視線を縛り付けられていた。

葛藤とは、心の中で反対方向に引き合う力の間で身動きが取れない状態のことを言う。この内面に生じた力の正体が欲求である。そして欲求は人の行動の原動力でもある。欲求には様々な種類があるが、生理的欲求、安全欲求、社会的欲求、承認欲求、自己実現欲求といったマズローの欲求五段階説はよく知られているところだ。

たとえば今ここに無性に腹を空かせた人物がいるとする。その人物の目の前には、二種類の菓子パンが並んでいる。一方は大好物のチーズが入ったパンで、もう一方は大嫌いなピーナッツが入ったパン。だが好物のチーズ入りパンは賞味期限が切れてかなりの日数が経っており、変色しているようにも見える。今この人物の心の中では腹を壊すリスクを取ってでも好物のパンを食べたいという欲求と、リスクのない嫌いなパンで空腹を満たすという欲求が、互いに激しく引き合っている。このように個人の内面に、二つかそれ以上の同時には叶えることのできない欲求があって、どれを選択するかで心が揺らいでいる状態を心的葛藤という。

人間はその自覚があるかないかにかかわらず、自身の内面に生じた葛藤の解決にあらゆるエネルギーを注いでいる。なお精神分析理論で有名な心理学者のフロイトは、この葛藤の解決がうまくいかない場合に心の病が発症すると唱えている。

文月は激しく引き合う二つの力の狭間《はざま》で身動きが取れなくなっていた。

真沙が帰ってからどれほどの時間が経ったのだろうか。文月はもはや時が流れていた方向さえ辿ることができなかった。

テーブルの上には一通の封筒が置かれている。真沙が置いた状態のままだった。手を伸ばせばすぐそこにあるはずなのに、その距離は果てしなく遠く感じられた。

封筒の中には何が入っているのだろう。それは沙耶からの手紙なのか。もしそうであれば、そこには文月が探し求めてきた答えが示されているような気がしてならなかった。でなければ沙耶の妹がわざわざ見ず知らずの男に会いに来るはずがない。しかも封筒の中身を知った上で。

文月がずっと探していた答えは、今目の前にある。

「沙耶は婚約者だったのか、それとも一人のクライエントにすぎなかったのか」

その答えを知りたいという欲求と、それに抵抗する防衛機制。二つの力は心の中で激しく引き合い、指先を動かすこともできないほど文月の体を支配していた。

沙耶は文月を求めていた。そして彼女は初めからカウンセラーとクライエントという関係など望んではいなかった。文月は沙耶が死んで一〇年が経った今もそう信じていた。そして長い年月が、それを疑う余地もないほどの主観的事実へと変えていった。

だが客観的事実はどうか？

沙耶は文月を求めていなかった。そもそも彼女は初めから文月をカウンセラーとしてさえ見ていなかった。文月は主観的な感情だけで一方的に沙耶を愛し、彼女を守ろうとしたのだ。もしそれが事実だったとしたら、これまでの年月は一瞬にして水泡に帰すことになってしまうだろう。文月が拠り所にしていたこの相談室も、ただ自分を守るためだけに存在する空間へと変わってしまうのだ。

しかし沙耶が亡くなってしまった以上、その答えは誰にも分からない。それだけは客観的事実であるはずだった。

文月はテーブルの上に置かれた一通の封筒を再び見つめた。あまりにも残酷な真実を突き付けられているようだった。

木製のテーブルと同じような色をした封筒。初めからその色をしていたのか、変色してその色になったのかは分からない。水の中から取り出してそのまま乾いてしまったようで、その皺《しわ》で封筒の形は少し歪《ゆが》んでいた。表面にはかろうじて読める文字で『悠木文月くんへ』と書かれている。文字はかなり掠れているが、それが沙耶が書いたものであることは間違いなさそうだ。文月は彼女がインテーク面接時に書いた申込用紙や質問紙を今も面接記録と共に保管しているため、その筆跡さえ鮮明に憶えていた。

全身に力を入れ、背もたれから背中を引き剥がすようにテーブルに身を寄せた。そして凍りついた腕に血流を送り込むように指先を封筒に近づけた。硬くごわついた紙の感触が脳に伝わってきた。封にはのり付けされたような跡はなく、初めから折り目を閉じただけの状態だったようだ。

ゆっくりとその中を覗き込むと、封筒と同じように皺だらけの白い紙が入っていた。一枚だけのようである。かなり薄い紙のようで、便箋のようには見えなかった。文月は封筒の中に指先を入れ、薄い紙が破れないように少しずつ引き出していった。出てきたのは折り畳まれた紙だった。

その紙を丁寧に広げていくと、現れたのは一枚の書類だった。その白い用紙には印字された小さな文字と、四角い記入欄が並んでいる。かなり滲んではいるが、そこには手書きの文字もあった。夫になる人と書かれた欄には『悠木文月』、妻になる人という欄には『掛井沙耶』と書かれている。どちらも沙耶が書いた文字だった。そして彼女の名前の隣には朱肉が付いていた。掠れているためはっきりとは読めないが、沙耶が押した印鑑であることは確かなようだ。

それは見覚えのない書類だった。どんなに過去を辿っても、記憶の中には存在していないものだった。婚姻届。文月はそれが本来どのような目的のために使われるものかさえ分からなくなっていた。

先ほどまで真沙が座っていた椅子には西陽が射していた。長い長い雨季の終わりを告げるような優しい光だった。

第3話　知らないほうがよかったこと

夏休みにもかかわらずキャンパスは往来する学生たちの活気で溢れていた。窮屈な日常から解き放たれた日々は、うだるような暑さや蝉たちの大合唱を追い払うほどの高揚を彼らに与えているようだ。

当然ながら、学生たちは目的がないままにキャンパスを歩いているわけではない。部活やサークルなどの活動拠点として施設を利用する者、卒論の作成で研究室を使う者、就職活動で情報を求める者、中には補習授業を受けに来る者もいる。夏休みとはいえ、学生たちがキャンパスへ向かう理由はいくらでもあるのだ。

そんな僕も週に数回はキャンパスに通う学生の一人である。心理臨床センターは大学院の付属施設ではあるが、夏休み期間も来談者を受け付けているためだ。

臨床心理士は時間と場所をしっかりと定めた上でクライエントに会うことをなによりも大切にしている。クライエントにとっては、その時間に行けば必ず話を聞いてくれる人がいること、そしてプライバシーが守られた安全な場所があることが重要だからだ。もしカウンセラーの事情で安易にその時間や場所を変えたりすれば、クライエントは自分が大切に扱われていないと感じ、心を閉ざしてしまうだろう。その部屋を訪ねればいつでも自分の話に耳を傾けてくれる人がいる、というクライエントの絶対的な安心感があるからこそ両者の間にラポールを築くことができるのだ。

つまり僕のような実習生でも、夏休みだからといってクライエントとの約束を先延ばしにしてはならないということである。

沙耶にとって安全な場所であるはずの相談室は、肌寒さを感じるほどよく冷えていた。レースのカーテンが夏の陽射しに模様を付けるようにテーブルに影を落としている。テーブルの上にはランチョンマットが敷かれ、その上に置かれた可愛らしいランチボックスの中には、一口サイズのサンドイッチや色とりどりのピックに刺された揚げ物が入っている。ランチボックスの隣には小分けに用意されたサラダと、カップに注がれた冷製スープが添えられていた。

クライエントからの思いがけない心遣いである。拒む理由もない僕はそれを沙耶が食べるタイミングに合わせて口に運んでいた。

そのどれもが格別だったが、特に照り焼きのチキンと卵が挟まれたサンドイッチはこれまで食べたどんなサンドイッチよりも美味しかった。ほうれん草の冷製スープも沙耶がベースから作ったものだそうで、その滑らかな舌触りは絶品そのものだった。

もっとも大学に入ってからの僕は毎日が学食かコンビニ弁当、もしくはたまに行く牛丼屋の味しか知らないため、料理についての詳しい評論はできない。それでも、それら全ての料理に惜しみない手間がかけられていることくらいは分かった。僕は幸せを噛みしめるように沙耶の手料理を味わっていた。

沙耶とのカウンセリングは今日で五回目だった。カウンセリングは互いに特別な用事が入らない限り、毎週水曜日の午後三時から五〇分間、この相談室で行われることになっている。それが僕と沙耶が交わした最初の約束でもあった。

綿谷教授からはこのカウンセリングを半年間は継続するようにと指導を受けている。だが今の僕にはそれがいつまで続くのかさえも分からなかった。そもそも沙耶がカウンセリングを受けに来た理由、つまり主訴が未《いま》だ曖昧なままだからだ。アセスメントには『自分と同じ三回生たちが就職活動を始めている姿を見ると、漠然とした不安に苛まれ何一つ手が付かない状態になってしまう』としか書かれていないし、僕は彼女からその主訴に関わる話を聞くことさえできていないのだ。

　そこで僕は先日のスーパービジョンで、綿谷教授に自分の焦りを素直に打ち明けた。すると彼は焦る必要はないと指摘した上で、次のようなアドバイスをくれた。

「沙耶さんが過去にもいくつかのカウンセリングを受けていたという話だけど、悠木くんはそこを深く考えてみたかい？」

　綿谷教授は生徒に答えを教えることはせず、自分で考えさせるという指導方針を持っていた。臨床心理士はカウンセリング中には誰にも助けを求めることができない、という理由からだ。僕はその言葉を頼りにあらためて考えてみることにした。

　沙耶にはなんらかの理由があり、カウンセリングという行為そのものに救いを求めるようになっていった。しかし彼女自身はそのことに気づいてはいない……。つまり綿谷教授は、沙耶は他者との治療的関係に依存している可能性があると僕に伝えようとしているのではないか。

　なるほど。その視点で沙耶の言動を観察していけば彼女が抱えた問題の本質が見えてくるかもしれない、と僕は自分の考えをまとめた。

　実際、沙耶がこうして今日のカウンセリングのために手作りの弁当を用意してくれたという状況を鑑《かんが》みれば、彼女はカウンセリングを受けることに対しての否定的な感情や後ろめたさを持っていないことは確かだろう。

また、それが主訴に繋がる話かどうかは分からないが、僕は前回のカウンセリングで沙耶からある一つの体験を聞いていた。それは彼女が幼い頃に両親を交通事故で亡くし、その後は叔父の家に引き取られて育ったという話だった。沙耶には真沙という妹がいるのだが、その妹は叔母の家族のほうへ引き取られたため、姉妹は別々に暮らすことになったという。

先週は時間切れとなってしまったためそれ以上の話を聞くことはできなかったが、今日は沙耶と叔父の現在の関係を詳しく聞きたいと僕は考えていた。

しかし、カウンセラーはクライエントの話を無理に聞き出そうとしてはならない。

「クライエントは援助を求めているからこそ来談される。つまり彼らは共感して欲しい話があるからこそ、私たちのもとへと足を運ぶ。そんな私たちにできることは、クライエントにとって安全だと思ってもらえる場所を作り、そして彼らがそれを語りたくなるまでじっと待って差し上げること、それだけだよ」

僕は綿谷教授の教えを頭の中で繰り返しながら、空になったランチボックスを眺めていた。

沙耶は最後のサンドイッチを食べ終えた僕を見つめて言った。

「夏休みだから学食やってないでしょう。だから文月くん、ちゃんとしたご飯食べてないんじゃないかと思ったの」

僕は沙耶が弁当を持ってきてくれた理由を、それを食べ終えた頃に知った。そして迂闊《うかつ》にも、彼女が同じキャンパスに通う大学生であることを忘れそうになっていた。

「ご馳走様でした。本当に美味しかったです。実は、母以外に作ってもらった弁当を食べるのは初めてで」

「なんか嬉しい。お母さん、きっと料理が得意なんじゃない？」

「どうだったか……もうほとんど会っていないですし。きっとこの先も母の手料理を食べることなんてないと思います」

沙耶は興味深そうにテーブルに体を近づけた。

僕はカウンセリング中に自分の話をしてしまった失態を打ち消すように席を立った。

「よかったらコーヒーでもいかがですか？　ボタンを押せば出てくるやつですが」

「ありがとう。じゃあ」

僕は両手に紙コップを持って部屋に戻り、それをテーブルの上に差し出した。

「部屋が冷えているので温かいほうにしました。ブラックでよかったんですよね」

沙耶は小さく頷くと、大切なものを包み込むように紙コップを持ち上げてコーヒーを口に含んだ。

「美味しい」

続いて僕もブラックのままコーヒーを飲んだ。

「一応ミル挽きなんでまずくはないと思います」

「そっか。文月くんはコーヒーが好きなんだ」

また自分の話をしてしまいそうだったので、僕は答える代わりに難しい論文を読んでいる時のような表情を無理やり作った。

沙耶はそんな僕の返事を待つ様子もなく、両手で持った紙コップを見つめていた。彼女は淡いピンク色のブラウスに七分丈のデニム、足もとにはリボンが付いたようなサンダルを合わせていた。いつもより少しカジュアルな服装をしているのは夏休みだからだろうか。彼女が大学生だということをつい忘れてしまうのは、普段から大人びた服装をしているせいだろうと僕は思った。

沙耶は紙コップをそっとテーブルに戻して言った。

「聞きたいんでしょう、私と叔父のこと」

僕はちょうど飲み込もうとしていたコーヒーで咽《む》せそうになった。

「ほんとのこと言うとね、もうちょっと焦《じら》そうかなって思ってたんだけど、とっても美味しそうに食べてくれたから話してあげる」

考えてみれば、沙耶はこの心理臨床センター以外でもカウンセリングを受けていたのだ。カウンセラーが聞きたい話など、とっくに承知しているはずだった。

「ぜひ聞かせて下さい。その叔父様というのは、沙耶さんの現在のお父様と理解してよいのでしょうか？」

言った途端《とたん》、答えを誘導するような質問になってしまったことを後悔したが、僕はそのまま待つことにした。

暫くすると、沙耶は言葉を一つ一つ宙に浮かべていくように語り始めた。

「あの人とはね、家族っていう関係ではないの。もちろん、娘になろうと努力した時期もあったわ。でもそれは違うってすぐに分かった。あの人が私に望んでいる関係は、家族とか親子とか、そういう関係ではなかったから……」

沙耶は叔父のことをあの人と呼んでいるようだ。

彼女は真っ直ぐにこちらを見つめているのだが、その瞳に僕は映っていないような気がした。

「あの人はね、私の母を愛してたの。どうやら母が父と出会う前からそういう関係だったみたい。でも父が母に手を出してしまった。だからね、私は間違って生まれてきた子供なの」

沙耶は自分の言葉の意味を理解しないままにそれを並べているように見えた。

「私ね、両親が事故で亡くなる前からそれを知っていたような気がするの。考えてみれば、母は真沙がいない場所ではなぜか私に冷たかったし。実際に言われたわけではないけど、あなたを生んだのは間違いだったって、そんな目で見られているような気がしてた。だから新しい家に引き取られて、あの人から本当のことを告げられた時も、私は驚かなかった。やっぱりな、私は母が愛した人の子供ではなかったんだって。それだけしか思わなかったわ。

母はね、私を産んだ後、あの人との間にもう一人子供を作ったの。それが真沙。父は死ぬまでそのことを知らなかった。もちろん真沙もね」

僕は、彼女がクライエントであるという現実をあらためて思い知らされていた。

沙耶はこれまでより少し小さな声で続けた。

「中学に入って少しした頃だったかな。初潮を迎えた時期でもあったし、私はあの人にもう一緒にお風呂に入りたくないって言ったの。そしたらね、酷《ひど》く怖い顔をして怒鳴られた。それまでそんなことは一度もなかったから、私はその場で泣き出してしまったの。でもそれだけでは終わらなかった。私は着ていた服を全て脱がされ、何度も体を叩かれた。そして……。それ以来あの人とは、ずっとそういう関係を続けてる」

沙耶はなぜか思い出を懐かしむような表情をしていた。

「でもね。私はむしろすっきりしたの。あの人が私に求めていた関係がはっきりと分かったから。家族になろうとか、親子になろうとか、無理に娘を演じる必要だってなくなったのだから。その代わりあの人は、私がどこへ行くにも、誰と会うにも、全てを監視するようになったけどね。今でも私の体の全てを毎日観察してるわ」

僕は沙耶の言葉にじっと耳を傾けていた。カウンセラーとしての務めを果たそうとしているわけではない。ただ、何も言葉が出てこなかったからだ。

まるで警報のような蝉の鳴き声が部屋の中に聞こえてきた。僕はその音に意識を呼び戻された。

「とてもつらい経験をなされてきたのですね」

それが、かろうじて出てきた言葉だった。

沙耶は壁時計を見てから言った。

「ねえ。私がなぜ文月くんにカウンセリングをしてもらうことを決めたか分かる?」

どんなに考えても分かるはずがない。僕の脳はすでに考えることさえままならない状態だった。

「それはね。あなたが真沙とよく似ているような気がしたから」

「沙耶さんの妹さんと?」

「そう。あの子はね、人の痛みが分かりすぎてしまう子なの。ずっと人に遠慮しながら生きてきたからだと思う、自分はここにいてはいけない人間なんじゃないかって……。そんな真沙にどことなく似てるの、文月くんは」

沙耶は僕に顔を近づけると囁《ささや》くように続けた。

「そろそろ時間だから帰るね。それと次回はいつお弁当を持って来れるか分からないわ。あの人ね、今日は家を空けてるから作れたの。だから今夜は家に帰っても下着をチェックされることもないわ」

僕は、ただ頷くことしかできなかった。

⌛

蝉の鳴き声が徐々に変わってきたように感じるのは気のせいだろうか。一〇年前は蝉の泣き声にも風情があったように思えてならない。そんな気がするのは温暖化のせいで増殖したといわれるクマ蝉のせいか、それとも若き日のノスタルジアか……。理由はさておき、文月は人の感情を逆撫でするような近年の蝉の鳴き声が好きになれなかった。

文月は蝉たちの合唱を全身に浴びながら心理臨床センターの前に設置された白いベンチに座り、これまで行ってきたみかんへのスーパービジョンを振り返っていた。

膝の上に広げられたコピー用紙には、みかんの面接記録に対しての文月のコメントがびっしりと書き込まれている。用紙の白地が見えないほどの文字量だ。みかんはクライエントの言葉を一つの抜けもないほど細かく記録しているため、文月のコメントも必然的に多くなってしまうのだ。もっとも、クライエントの言葉を細かく記録するように指導したのは文月である。

みかんの初めてのクライエントは、カイジくんという中学二年生の男の子だった。

カイジくんは新学期が始まるとすぐに学校へ行かなくなってしまった。その様子を見て心配になった母親は彼を病院へ連れて行き検査を受けさせるが、異常は見当たらないと診断される。そこで困り果てた母親がインターネットでこの心理臨床センターを見つけ、相談に来たのだ。

インテーク面接はカイジくんとその母、そして文月の三人で行われた。母親の話によると、彼は小学校の時はほとんど勉強をしていなかったが、成績はクラスでもトップを争うほどだったと言う。そのためカイジくんは自分は勉強が得意だと感じているようで、母親からも「あなたは頭の良い子だから」と言われ続けていたようだ。ところが彼は中学校へ上がると見る見るうちに成績が下がっていき、二年生になると「勉強なんて役に立たない」と言って、遂には不登校になってしまったのだ。

だがカイジくんは再び学校に通えるようになりたいと考えていた。それが今回の主訴だった。文月はそれを踏まえた上で、今後のカウンセリングの方向性を次のように定めた。

『カイジくんが再び登校できるようになるために、彼が学校へ行きたくない本当の理由を外在化し、共にその問題を解決していくこと』

そしてアセスメントを作成した上で、一回目のカウンセリングからみかんに引き継ぐことに決め、文月はスーパーバイザーとしてカイジくんに関与していくことにした。

カウンセリング初日、カイジくんと共に来談した母親は受付をしていた車椅子の女性がカウンセラーだと知り、少し不安そうな表情を見せた。だがカウンセリングが始まると二人ともすぐにみかんに心を開いたようで、二回目からはカイジくんが一人で受けることに決まった。彼が、次回からは一人で大丈夫と母親に伝えたのだ。

しかしカウンセリングを一ヶ月程度続けても、思うような進展はなかった。カイジくんは勉強をしたくない理由は答えてくれるのだが、学校に行きたくない理由は答えてくれなかったのだ。みかんは彼の役に立てていないことに、かなりの焦りを感じているようだった。

そこで文月は綿谷を倣《なら》い、みかんに一つの質問を投げかけてみることにした。

「カイジくんが言う、勉強が役に立たないという理由と、学校に行きたくないという理由は、同じものなのかな？」

するとみかんは絡まっていた糸が解けたような表情を見せ、カイジくんの無意識の中で防衛機制が働いているのではないかという仮説を立てた。彼は学校へ行きたくないことを合理化するために、勉強が役に立たないという理由を作っているのではないかと考えたのだ。続いて彼女は、カイジくんが小学生の時は勉強をしなくても良い成績を取っていた、という部分に関心を持った。

カイジくんは自分は頭が良いと思っている。親からもそう言われて育ってきたため、それは彼にとって揺るぎない自信にも繋がっているはずである。だが中学校に上がると授業はそれまでよりも難しくなるため、ある程度勉強をしなければついて行けなくなってしまう。

カイジくんは成績が下がるたびに自尊心が傷つけられたはずである。もちろん彼も勉強をすれば成績は上がることは分かっているはずだ。だが、もし彼が「勉強をしても成績が上がらなかったら……」と感じていたとしたらどうか。本人がそれを認識しているかどうかは分からないが、その葛藤がカイジくんを勉強から遠ざけ、さらには学校からも遠ざけている本当の理由かもしれないとみかんは考えたのだ。

このように無意識の内に自分を守ろうとする心の働きを、心理学では努力の差し控え方略と呼んでいる。

そこでみかんはさらに数回のカウンセリングを行い、カイジくん自身からもその悩みを聞いた上で彼の母にそれを伝えた。母親はみかんの話を受け入れ、すぐに家庭教師をつけることにした。すると彼はその家庭教師に、どうやって勉強をすればよいのか分からなかったのだと打ち明け、熱心に勉強をするようになった。そしてカイジくんは再び学校へ通うようになり、カウンセリングは終了となった。

文月はみかんが初めて受け持ったクライエントの問題を解決したことが、自分のことのように嬉しかった。そしてカウンセリングが終わった日にみかんとカイジくん、そして彼の母の三人で家族のように話している姿を見て誇らしい気分になった。みかんの教育係は一年間続くためこれで教育が終わったわけではないが、文月は臨床心理士としての彼女の資質をあらためて認識していた。

だがそんな気持ちの一方で、先日の学食で綿谷に言われた言葉が気にかかっていた。クライエントはみかんに対して陽性転移をしやすいという事実に彼女は気づいていない、というのが綿谷の指摘だった。

確かにみかんはクライエントとの間にラポールを素早く形成できる才能を持っているように窺える。だがそれを過信すれば、いつか彼女自身が傷つくことになる。それが綿谷が文月に伝えたいことだった。

実は、みかんにカイジくんを担当させることを決めたのは綿谷ではなく文月だった。綿谷からみかんの教育係を頼まれた時、クライエントを自分で選ばせて欲しいと頼んでいたのだ。そして数名の候補の中から最も症状が軽いと思われるカイジくんを選んだのだ。

もしかすると綿谷は、そんな文月の性格を案じて先日昼食に誘ってくれたのかもしれない。文月は今頃になってその真意を悟ったような気がした。答えを教えないという指導方針も、時に厄介なものである。

「あれ？　外で待ってたんですか」

暑苦しいクマ蝉の鳴き声を吹き飛ばすような心地よい声が文月の鼓膜を撫でた。

振り返るとスロープを降りてくるみかんの姿があった。理由は分からないが、みかんはいつもより垢《あか》抜けて見えた。

「すみません、お待たせしてしまって」

「いや、ちょうどまとめておきたかったから」

文月はコピー用紙の束をスロープを折り返したみかんに見せた。

「自分のクライエントじゃないのにそこまでやるんですか」

「こっちは実習生でも、相手はそうは見てくれないだろ。たとえ奈良咲のクライエントとはいえ、スーパーバイザーを任されたからには手は抜けない」

「今日はカウンセリング入ってない日なのに、わざわざありがとうございます」

文月は今日はみかんのスーパービジョンのために職場に来ていた。しかしそれも早く終わったため、これから二人で昼食をとることになっていた。

「いらない心配はするな。ちゃんと時給もらってるから」

「なんだ。せっかくランチご馳走してあげようと思ってたのに」

「え、そうなのか?」

みかんは文月の言葉をよそに、さっさと目的の場所へと車輪を進めていた。


いくつもの大粒の涙がみかんの膝の上に落ちていた。

文月が泣かせたわけではない。みかんに先日訪ねて来た真沙の説明を求められたため、その姉である沙耶との関係を打ち明けたところ、まるで貯水槽が決壊したように泣き出してしまったのだ。

せめて必要な部分だけを掻い摘んで話すこともできたはずである。だが、文月にはどうしてもそれができなかった。もし二人の関係をなおざりに伝えれば、沙耶という存在を粗放に扱ってしまうような気がしたからだ。

ハンカチで顔を覆い華奢な肩を小さく揺らすみかんを見て、文月はあらためて自身の話し手としての技量のなさを思い知らされていた。文月は人の話を聞くことのプロではあっても、話し手としては素人《しろうと》でしかないのだ。もっと言えば、他人に自分のことを話すことに苦手意識さえ持っていた。

ならばいっそのこと今の話は忘れてくれと頼むしかないが、そんなことを言えば全身全霊で文月の話に共感してくれているみかんに失礼である。従って文月が今できることは、親身に話を聞いてくれた彼女に感謝し、その感情が鎮まるまでじっと待つことくらいしかない。

時候の挨拶では残暑という言葉を用いる季節ではあるが、空一面の雲と適度な風のおかげで今日は比較的過ごしやすかった。

文月とみかんはキャンパス内にあるコンビニ付近の休憩スペースで昼食をとっていた。休憩スペースといっても、大きな校舎の裏手に鉄製の丸テーブルが無造作に並んでいるだけのちょっとした広場である。夏休み期間とはいえさすがに外でランチをしようと考える学生はいないようで、周囲の席には文月たち以外に誰もいなかった。

今のところ、女生徒を泣かせた教員という格好の絵面《えづら》は誰にも見られていないことが救いではあるが、もう暫くハンカチを手放せそうにないみかんを見ると文月は罪悪感を抱かざるを得なかった。しかし沙耶の件は、綿谷と当時の同級生以外には打ち明けたことのない話である。それほどまで大切な話にもかかわらず、一体なぜみかんにその全てを打ち明けてしまったのだろうか。彼女を前にすると不思議となんでも打ち明けられるような気になってしまうから不思議である。やはりみかんは綿谷が期待をかけているだけの資質を持っていることは間違いないようだ。

だがその一方で、文月は体を縛り付けていた幾重もの鎖が少しだけ緩んだような気分も味わっていた。

「人は誰もが心の中に聞いて欲しい物語を持っている。その話を聞いてもらい、共感してもらうことさえできれば大抵の心の問題は解決する。ただ現代には、それを伝える人と場所がないだけなんだ」

それは綿谷の言葉だった。インターネットとスマートフォンの普及で常に複数の人と繋がることができるようになった今、一対一でのコミュニケーションはますます希薄になっている。しかし人は誰かに話を聞いてもらい、共感してもらえなければ生きてはいけない生き物なのだ。文月は自分がクライエントという立場になったことはないが、臨床心理士という職業の必要性をあらためて認識していた。

鉄製の丸テーブルの上には、コンビニで買って来た商品が並べられていた。文月は冷やし中華、そしてみかんはサンドイッチを食べていた。二人ともほとんど食べ終えている状態だが、みかんにはまだデザートが残されていた。イチゴとホイップクリームがたっぷりと挟まれたサンドイッチだ。

気づくと、みかんの顔からハンカチは消えていた。呼吸は落ち着いたようだが、目は充血したままである。

「なんだか申し訳ないね」と文月はみかんの顔色を窺うように言った。

「なんで謝るんですか。私が聞かせて欲しいって頼んだんじゃないですか」

「まあそうなんだけど、真沙さんの説明をするとなると、どうしても沙耶のことは避けて通れなくて。でもありがとう、おかげで気持ちが軽くなった」と文月は誠意を込めて頭を下げた。

みかんがまた泣き出しそうになったため、文月は話題を変えることにした。

「それにしても、昼飯にサンドイッチを食べて、デザートにもサンドイッチを食べる人なんて初めて見たよ」

みかんはようやく笑みを取り戻して言った。

「期間限定って書いてあったからつい買っちゃったんです。希少性の原理ってやつですね」

希少性の原理とは、手に入りづらいものほど手に入れたくなるという行動原理の一つである。人は社会の中に存在する希少なものは価値が上がるということを経験上知っているため、その心理が働くと言われている。

みかんはデザートのサンドイッチを嬉しそうに袋から取り出すと、大きな口をあけて頬張った。続いて砂糖がたっぷりと入ったミルクティーを満足げに飲んだ。

甘いものには幸せホルモンとも呼ばれる脳内物質、セロトニンを増やす効果があると言われている。その効果が働いたのか、みかんはすっかり気を取り直したようだった。

一方の文月はコンビニで買ったブラックのアイスコーヒーをちびちびと飲み続けていた。

みかんはペットボトルについた水滴を見つめるように言った。

「あの、先生のお話で一つ気になったことがあるんです」

文月は言葉の続きが気になったが、沙耶の話題がまたみかんの感情を揺さぶってしまいそうだったため先に謝ることにした。

「ごめん、やっぱり話した俺が悪かった。ああその、聞いてもらえたことで楽になったのは事実だけど、話すタイミングが間違ってたと思う。今日は奈良咲の初めてのクライエントのカウンセリングが終了したお祝いのはずだったのに……」

「いえ、私は先生の個人的な話が聞けたことがすごく嬉しかったんです。だって先生のほかに知っている人はほとんどいないんでしょう？」

「知っているのは当時の同級生くらいかな、秘密にしていたわけではないんだけどね。それと、綿谷教授は知ってるよ」

「そっか、先生は当時綿谷教授のスーパービジョンを受けていたんですもんね」

「全てを打ち明けたのは、彼女が亡くなってからのことだけどね」と文月は付け加えた。

みかんは理解を示すように深く頷くと、本題を思い出したように言った。

「私、先生と沙耶さんの物語をもう一度頭の中で再現してみたんです。先生を主観にして追体験すると本当に切なくて、涙が止まらなくなってしまうんですけど……」

みかんは言いづらそうな表情を浮かべ、文月を覗き込んだ。

文月は先を促すように小さく相槌を打った。

「沙耶さんを主観に置き換えてみると、共感できない部分もあるなと思ったんです……女として」

「女として？」

「女心と言ったほうが正しいかもしれません。こう言ったら先生に失礼かもしれませんが、その話を聞いた人の誰もが先生に共感すると思うんです。だってプロポーズの返事が一〇年も経った今になって届くなんてロマンチックじゃないですか。少なくとも私は、そんな恋をしてた先生が素敵だなって心から思いました。

でも、もし私が沙耶さんだったら同じことするかなって思ったんです。沙耶さんにはとてもつらい事情があったことは分かります。だとしても、自分のほうが先にこの世界からいなくなると分かっているのであれば、私はどんなにその人が好きでもプロポーズの返事は残さないと思います。だって残されたほうはつらいじゃないですか」

みかんは艶やかな唇を噛み締めていた。

文月はこれまでの胸に穴が空いたような日々が、彼女の言葉によって少しだけ報われたような気がしていた。

「ありがとう。そんなにまで深く聞いてくれていたとは思わなかった。真沙さんから婚姻届を受け取ってからもう一ヶ月がすぎるけど、実を言うとまだ何一つ整理がついていないんだ。たとえそれが沙耶からのメッセージだったとしても、今さらそれをどう受け取っていいのかも分からなかった。僕が長い間探し続けてきた答えって一体なんだったのだろうって、そう思うと何も考えられなくなってしまうんだ。いや、本当は何も考えたくなかったのかもしれないな。

きっと思い出は曖昧なままで保存されるから、思い出になることができると思うんだ。人は思い出したくないことは無意識の奥底に閉じ込めてしまうことができるからね。僕はそんな作り上げられた幻想の中に閉じこもることで、ずっと自分を守っていたんだ。そしたらいつのまにか一〇年もの年月が流れてた。だから正直に言うと、婚姻届を見た時は戸惑ったよ。これは自分が知る必要のないことだったのではないかって」

みかんの頬に再び涙が落ちていた。それは、文月の感情を映し出したような涙だった。

「なんか、今日は泣いてばっかですみません」

みかんは先ほどまで使っていたハンカチをどこに仕舞ったか忘れたようで、あちこちを探していた。

こんな時、さっとハンカチを差し出せればよいのだろうが残念ながらポケットには何も入っていなかった。文月はコンビニでもらった使い捨ておしぼりの封を開けてみかんに渡した。

みかんは受け取ったおしぼりで涙を拭いて、少し照れくさそうに言った。

「せっかく化粧してきたのに全部崩れちゃいました」

先ほどみかんが垢抜けて見えたのは化粧をしていたからのようだ。

「でも先生の気持ち、よく分かります。知らなければよかったことなんて、この世界にはたくさんありますから……」

文月はみかんの言葉に胸が締め付けられるような思いだった。車椅子というハンディを抱える彼女にとって、目や耳に入る情報は時として受け入れがたく、知らなければよかったと思うことも数多くあるはずだからだ。

みかんは急に何かを思いついたような表情をして言った。

「ところで、真沙さんは自分の本当の父親が、叔父さんだということは知っているんでしょうか？」

「こないだの彼女の話を聞いた限りでは、たぶん知らないと思う」

「そうですか……なんか不思議ですね。そんなに大切なことを本人は知らなくて、彼女にとっては会ったこともなかった先生や、ましてや見ず知らずの私が知っているなんて」

その件に関しては文月も気になっていたため、みかんに質問してみることにした。

「もし奈良咲なら、本当のことを知りたいと思う？」

「私が真沙さんだったらってことですか？　どうだろう……」

みかんは曇り空の中に晴れ間を探すように続けた。

「もし私なら知りたいです。たとえばの話ですが、この先死ぬまで真実を知らされることがないと確約されているのであれば、それでも構わないかもしれません。でも、もしそれを知らされる可能性があるのであれば、私は一秒でも早く知りたいです。しかも年を取れば取るほど、もっと早く知りたかったと思うはずです。だって人の物語って必ずと言っていいほど親の物語から始まるじゃないですか。それなのにその始まりが間違っていたなんて後から知ったら、なんかやりきれないです」

その通りだった。文月はみかんから指導を受けているような気分になっていた。

「で、真沙さんからその後連絡は？」とみかんは身を乗り出した。

「あるわけないじゃないか。第一、連絡先さえ交換しなかったんだから。そもそも彼女はもう僕に用はないと思うよ」

なぜかは分からないが、文月は必要のない言葉まで付け加えていた。

みかんはそんな文月を見て勝ち誇ったように腕を組んで言った。

「私、聞いてますよ。真沙さんの連絡先」

「なんで？」

「当然です、それが受付の仕事ですから。ただぼうっと座ってお金もらってるわけじゃないんですからね」

もっともである。文月は「はあ……」と返すしかなかった。

「帰り際に来談者記入シートに記載してもらったんです。センターに戻れば分かりますよ。今行って取ってきます？」とみかんはハンドリムに手をかけた。

「大丈夫です。こちらから連絡することはありませんし、今後もその必要はないと思いますので」と文月はなぜか敬語で答えた。

みかんがようやく車椅子から手を離すと、鉄製の丸テーブルがクマ蝉のような音を鳴らした。不快な音の正体は、クリアケースの中に書類と共に入れておいた文月のスマートフォンだった。メッセージではなく電話の着信を知らせているようだ。

そもそも文月には気軽に電話をかけ合えるような友人はいない。間違い電話か勧誘の電話、もしくはごく稀ではあるが担当しているクライエントやそのご家族からの電話がかかってくることがある程度だ。

文月はクリアケースからスマートフォンを取り出して、ディスプレイを確認した。

「まさか真沙さん？」

みかんの問いかけに答えることもできず、文月は瞬きさえ忘れたようにそのディスプレイを見つめていた。

電話の発信者は、文月と沙耶の物語を知るもう一人の人物だったからだ。

第4話　陽炎《かげろう》に揺れる街

翌週の午後、文月はある人物に会うために新宿で乗り換えた山手線に乗っていた。

電車の中は酷暑で火照《ほて》った人々の体を冷やすための冷蔵庫のようだった。昼の休憩が終わった時間帯のせいか電車内は比較的混んでいるが、一駅ごとに大半の乗客が入れ替わるため息苦しさは感じない。だが、バスよりも短いのではないかと思うほどの間隔で停発車を繰り返す慌ただしさは、まるで倍速ボタンが押されたままの動画を見ているようだった。乗車してまだ数分しか経っていないにもかかわらず目が回りそうになっている文月には、都心での生活は向いていないようである。

文月がこれから会いにいく人物とは、先週みかんとランチをしている時に電話をかけてきた一ノ瀬《いちのせ》圭介《けいすけ》という大学院時代の同級生だった。一ノ瀬は大学卒業後に一度社会に出てB型入試と呼ばれる試験を受けて大学院に入ったため年齢は五つほど上だが、当時唯一といってよいほど気を許していた人物である。女癖と酒癖は少々悪いが、それを補って余るほどの人間味と魅力がある男。それが文月が抱いていた一ノ瀬の印象だった。また、彼はペルソナを一つしか持ち合わせていないのではないかと心配してしまうほど裏表がない性格で、どんなタイプの人間であっても分け隔てなく良好な関係を築くことができる不思議な力を持っていた。文月はそんな一ノ瀬に毎週のように居酒屋に連れていってもらっては様々な相談に乗ってもらい、時には社会の厳しさを教わったりもした。お世辞にも人付き合いが良いとは言えない文月が大学院生活を孤立せずに過ごせたのは、兄のような存在でもあった一ノ瀬がいてくれたおかげだった。

しかしお互いが大学院を修了してからは、二人の関係は急速に薄れていった。今では年賀状だけの付き合いとなっているが、文月のほうからそれを出したことは一度もなかった。だが年に一度送られて来るその葉書からだけでも、一ノ瀬の成功は十分すぎるほどに伝わってきた。

大学院を修了してから暫くの間は、大きな病院で働く臨床心理士としての一ノ瀬の苦悩がびっしりと綴られた年賀状が送られてきた。返事こそ出さなかったが、文月はそのメッセージの中に臨床心理士として着実に成長していく一ノ瀬に共感を覚え、年に一度の彼からの便りを楽しみにするようになっていた。

しかし、そんな彼からの知らせに変化があったのは五年がすぎた頃だった。いつものように送られてきた年賀状には、自身が開業した心理クリニックの看板の前で誇らしげな表情を浮かべる一ノ瀬の写真が印刷されていた。その翌年には結婚式の写真。そして次の年には新たな家族を抱えた幸せそうな写真が印刷された年賀状が送られてきた。いつしか送り主の住所もマンションではなくなり、ただ写真が印刷されただけの年賀状が届くようになっていった。

文月はそんな一ノ瀬からの報告が届くたびに、苦痛を感じるようになっていった。友人の成功を素直に喜べない自分が卑しい人間のように思えることさえあった。だが自分と比較すればするほど、彼は文月が持っていない物の全てを持っているような気がしてしまうのだ。

年賀状の中の一ノ瀬は一〇年という年月を、臨床心理士としても、一人の男としても、着実に成長しながら重ねているように見えた。だが一方の文月はどうか。未だ社会的立場の不安定な非常勤臨床心理士、謂《い》わばフリーターでしかない。一年に一度とはいえ彼から送られてくるサクセスストーリーは、文月に嫉妬心や劣等感を抱かせるには十分すぎるほどの効力を持つようになっていた。

　心理学では人間関係が悪化する原因は嫉妬と羨望だと考えられている。そしてその根底を支配しているのが差別感である。社会という枠組みの中でしか生きていけない人間は、常に互いの経済状態や置かれている環境を比較せざるを得ない生き物なのだ。ちなみに学生時代に友人関係を構築しやすいのは、置かれた状況や環境が似ているため差別感のない人間関係を構築しやすいといった理由がある。

　心理学的見地から見ても、文月の内面には一ノ瀬に対する嫉妬や羨望といった感情が働いていることは間違いない。もし会ったところで、中途半端に膨れ上がった嫉妬心や劣等感に格好の餌を与えるだけになることは目に見えていた。ではなぜ彼に会うことを決めたのか。もちろんネガティブな感情など捨て去って純粋にかつての友人に会いたいという気持ちもあった。しかし、そこには一ノ瀬の巧みな心理術が働いていたことも事実だった。

　文月が一〇年ぶりに一ノ瀬の声を聞いたのは、一度目の着信があった夜のことだった。最初の電話がかかってきた時はみかんの好奇心剥き出しの視線もあって結局は着信に応じなかったのだが、その夜もう一度着信が入ったのだ。文月は応じるべきか躊躇《ためら》ったが、同じ日に二度も電話をかけてきたことを考えれば操作ミスやかけ間違いではないことは明らかであり、何か大切な用があるのかもしれないと思い応答することにした。だが一ノ瀬は久しぶりに声が聞きたかったという以外には特別な用はなかったようで、自身の一方的な近況報告を終えると、「たまには会おう」とうわべだけの約束を交わして電話を切ってしまった。文月は昔と変わらない彼の元気そうな声が聞けて懐古的な気分にはなれたが、あらためて考えてみると年賀状で十分ともいえる内容でしかなかった。

しかし問題はその翌日に受信した一ノ瀬からのショートメッセージだった。そこには、並べられたいくつかの日時の中から文月の都合の良い日を選択してくれという内容が記されていたのだ。つまり一ノ瀬はイエスかノーでは答えられない質問を文月に投げかけてきたというわけである。一ノ瀬が意図的にそのプロセスを踏んだのかは分からないが、少なくとも文月の内面にいくつかの心理的原理が働いたことは事実だった。

まず最初に文月の心理に働いたのが一貫性の原理だ。これは自分が言ったこと、もしくは要求を受け入れたことに対して、一貫性のある行動を取ろうとする原理である。人は常に社会からの評価を気にしながら行動をしているため、一度始めたことをすぐに変えたりやめたりすると、社会的信用を失うのではないかという不安に駆られてしまうのだ。

次に働いたのは、誤前提暗示という心理術だ。これは、質問の本題とは違った複数の選択肢を提示することで相手の行動を誘導するテクニックである。人は複数の選択肢がある質問を迫られると、そこに自分の欲しい答えがなくても提示された条件の中から選んでしまうのだ。ファストフード店で必要のないサイドメニューをつい注文してしまうのは、この心理が働いているからである。

また一対一のコミュニケーションツールとしての電話やメールは、対面して言葉を交わすよりも余計な情報が入らないため、会話以上に言葉が重要な意味を持つ。そのため相手からの質問を受け流すことがいっそう難しくなるのだ。

文月の場合、たとえ表面的な挨拶だったとはいえ「会う」という約束を交わした上で、より具体的な選択肢をメッセージによって提示されたため、一ノ瀬からの質問に誘導される形で返信をしてしまったのだ。

しかしながら文月が知っている一ノ瀬は、人と会うためにそんな面倒な段取りを踏むような人間ではなかった。自らの行動を心理学的に分析し、そこに受動的な理由を求めてしまうのは文月の悪い癖である。むしろ彼に会うことを決めたのは文月の意思だった。どうしても、確認しておきたいことがあったからだ。

車内アナウンスが目的の駅名を告げた。

文月は冷房で冷えきった体に血流を送り込むように立ち上がり、電車を降りた。

五反田駅のホームは全ての予定を白紙にしたくなるような熱気に包まれていた。吸い込んだ息でさえ体温よりもずっと高く感じるほどである。降りてまだ数秒しか経っていないにもかかわらず、体中から汗が滲んでいる。文月は早くも冷蔵庫のような電車の中に逃げ込みたくなっていた。

五反田駅は高架駅となっているため、眼下には大きな国道と街並みを見渡すことができた。一面のアスファルトに照りつける容赦ない陽射しが陽炎を作り出し、街全体を揺らしているように見えた。巨大なエネルギーに全ての色を奪われたその街は一〇年前と変わることなく、大きな口を開けて文月を飲み込もうとしているようだった。

そこは沙耶が住んでいた街だった。


目的の階でエレベーターを降りると、左手には男女それぞれのトイレ、正面には給湯室、そして右手には木枠にガラスが組み込まれた可愛らしい扉があった。ガラスの扉には二枚の葉が広がるようなロゴデザインと共に『いちのせ心理クリニック』と書かれたシールが貼られている。

インターホンはなかったためガラスを軽くノックすると、受付に座っていたショートカットの女性がさっと立ち上がって出迎えてくれた。年は文月よりも若そうで、落ち着いた印象の笑みが特徴の女性だった。年賀状から得た情報によれば、一ノ瀬の妻ではなさそうである。

文月はエアコンの涼しい風を受けながら女性の後を歩いていた。フロア全体の大きさは共有スペースを除いて二〇坪ほどで、相談室は全部で三つあるようだった。それぞれの部屋の前にはソファーが置かれ、クライエントの同伴者が寛《くつろ》げるようなスペースも設置されている。来談者のプライバシーを守るパーティションも設置されているが、全体的にゆとりをもって作られているため狭さは感じなかった。

前を歩く女性が一番奥の相談室の前で立ち止まると、文月にその部屋で待つように告げた。カウンセリングが入っていない部屋は客室として使われているのだろう。文月は相談室に入ると、造りの良さそうな木製の椅子を引いてそっと腰を下ろした。

相談室の内装は特に気を遣っているようで、壁やカーペットはベージュで統一されており、木製のテーブルとの調和が心地よかった。部屋の隅に置かれた丸い葉をつけた観葉植物も部屋によく合っている。また壁に設置された木製のラックには箱庭療法に使用される様々な人形が並べられていた。

箱庭療法とは、砂の入った箱とミニチュア玩具を用いて行う心理療法の一つである。これは言葉での自己表現が十分でない人であっても心の状態を表現することができるという特徴があるため、子供に用いられることが多い心理療法だ。

山手通りから聞こえてくる騒がしいほどの車やバイクのエンジン音の中、扉をノックする音が聞こえてきた。

入って来たのはトレイを手にした先ほどのショートカットの女性だった。しかし、トレイの上にはお茶が一つしか載せられていないようだ。

女性はテーブルにグラスを差し出して言った。

「申し訳ございません。一ノ瀬のカウンセリングが長引いておりまして、少々お待ちいただけますでしょうか」

胸に下げられたＩＤを確認するとそこには臨床心理士と書かれていたため、文月はその女性に妙な親近感を覚えた。

「ありがとうございます。よくあることですからね。私は構いませんのでお気遣いなく」

女性は文月の言葉に落ち着いた笑みを浮かべると、一礼して部屋を去った。

文月は一ノ瀬が今でもカウンセリングを行っていることが分かり、少し嬉しくなった。

肌に張り付いたポロシャツの冷たさが文月の体温を下げていくようだった。汗が引くまでのちょうどいい時間になりそうだ。文月は氷が入った緑茶を口にしながら、今日一ノ瀬に会いに来た目的をあらためて頭の中で整理することにした。しかし目的といえるほど大それたものでもない。一ノ瀬が連絡をしてきたタイミングは、真沙が訪ねて来たタイミングと関係があるのか。それだけである。むしろ好奇心のほうが先立っているようにも思えるが、文月はどうしてもその答えを確認しておきたかった。

真沙が心理臨床センターに訪ねて来たのは、一ノ瀬が電話をよこした一ヶ月前のことだった。それだけの期間が空いていることを考えれば、一ノ瀬と真沙を繋げるのはさすがに尚早かもしれない。だが、一ノ瀬からの連絡は実に一〇年ぶりのことだ。それに比べれば一ヶ月という期間など、文月には誤差の範囲でしかないようにも思えてしまうのである。そして文月は真沙から告げられた叔父の死という情報も気にかかっていた。沙耶の叔父の死、真沙が訪ねて来たこと、そして一ノ瀬からの連絡。それらが繋がっているという根拠などどこにもないが、文月にはそれが偶然とは思えなかった。

なぜなら一ノ瀬は、当時文月と沙耶の間に起きたことを知っている人物だからだ。沙耶のカウンセラーになった時、文月は綿谷のほかに一ノ瀬にもスーパービジョンを行ってもらっていたのだ。当時はお互いがまだ実習生だったため、学生同士のグループ間でもスーパービジョンが行われていた。そのため一ノ瀬は、沙耶の生い立ちや当時彼女が置かれていた環境、そして文月が抱いた逆転移のこともよく知っているはずだった。

但《ただ》し、全ては一〇年も前の話である。しかも一ノ瀬にとって沙耶は直接のクライエントではない。ましてや真沙は彼女の妹だ。もしそんな二人が繋がっているのであれば、それは不自然としか言いようがない。やはり文月の思い過ごしなのだ。

今日は余計なことは考えずに一〇年ぶりに会う友人との楽しい一時をすごすべきだ、と文月はようやく腹を括《くく》った。

あれこれ考えているうちに、山手通りの喧騒も気にならなくなっていた。

扉をノックする音と同時に、その隙間から懐かしい顔が覗いた。

「よう文月。悪いな、ちょっと統合失調の気《け》のあるクライエントだったもんで」

「ご無沙汰してます。忙しそうですね、一ノ瀬さん」

文月の言葉に促され、一ノ瀬は照れくさそうに部屋に入って来た。

一ノ瀬は紺の薄手のジャケットの下にグレーのスラックスを合わせていた。少し膨《ふく》よかになったような気がするが、それ以外は一〇年前となんら変わっていなかった。彫りが深く端正な顔立ちだが嫌味はなく、笑うと目がなくなるような憎めない表情になるのも当時のままだった。現在の年齢は四〇才のはずだが、文月と同じ三〇代半ばと言っても誰も疑わないだろう。

そんな一ノ瀬を見た途端、文月が抱えていた嫉妬心や劣等感など跡形もなく消えてしまっていた。

「ちょっと場所変えないか」

一ノ瀬はクイっとグラスを傾ける仕草をした。

「どちらかというとまだランチの時間帯じゃないですか」

「こんな部屋で話してたら、それこそカウンセリングになっちまうぞ」と一ノ瀬は文月の返事を待つように目を細めた。

実のところ今日は飲みに誘われることを避けた時間を選んだのだが、結局は一ノ瀬のペースとなってしまうようである。しかし考えてみれば、一〇年ぶりに会う相手だ。相談室で二人でお茶を飲んだところで話が弾むわけがない、と文月は彼の提案を受け入れることにした。


文月と一ノ瀬はカジュアルな雰囲気のバーのカウンターに横並びで座っていた。

スケルトン天井からぶら下がるスピーカーから流れるテンポの良い音楽と、開け放たれたままの扉から入る風が心地よい店だった。二軒目は一ノ瀬が気を遣って駅近くの店を選んでくれたため、外を覗けばすぐ頭上に五反田駅のホームが見え、店内には発車ベルや車両の音が頻繁に聞こえていた。

そんな喧騒さえBGMに変えてしまうような不思議な開放感の中、文月は女性のバーテンダーが作ってくれた酒を楽しんでいた。

　文月が入ったこともない店に妙な共感を覚えてしまうのは、つい先ほどまで緊張した状態が続いていたせいだろう。一軒目は一ノ瀬にご馳走になったため値段は分からないが、そこはこれまで足を踏み入れたことのないような上品な門構えをした静かな小料理屋だった。六本木の有名店で修業を経て五反田に店を出したという大将の料理は、どれを食べても何度も舌鼓を打ってしまうほど美味しかった。特に生まれて初めて食べた白子は絶品だった。ただ、何年もコンビニと牛丼屋のメニューしか食べていない文月にとって白子が出てくるような空間は異世界そのものだった。そのため一軒目では終始萎縮してしまっていたのだ。

　しかし、その店では文月が知りたかった話を聞くこともできた。それは一ノ瀬が開業に至ることになった理由やそれに纏《まつ》わる様々な苦労話である。

　一ノ瀬の話によれば、総合病院の精神科で働く臨床心理士の仕事内容は雑用そのものだったそうだ。彼は「患者は自分の訴えに耳を傾けて欲しいと願って来院している」という強い信念を持って働いていた。しかし精神科医は初診の患者でさえ一〇分程度でカウンセリングを終えてしまうことがほとんどで、薬を処方した後はアセスメントさえ作成したことがないような看護師にマニュアル化された治療法を丸投げしているのが実情だった。また精神科医からは「三〇分でロールシャッハ・テストをして所見を出せ」などと理不尽なことを言われたり、看護師からは「患者と話すだけでなんの治療になるんですか」と非難されたりすることも日常茶飯事だったという。国家資格を持つ者こそが神という暗黙のルールが支配する病院の中では、臨床心理士は精神科医の雑用係として働くしかない。一ノ瀬はそんな悔しさをバネに開業を決意したことを話してくれた。

文月は次々に出される小皿をご馳走になりながら、そんな一ノ瀬の話に聞き入っていた。誰もが一度は憧れる開業ではあるが、それを実践した者の言葉はさすがに説得力があった。

ちなみにロールシャッハ・テストとは、インクの染みでできたような模様が印刷されたカードを見せて人格の特徴や症状を調べる代表的な投影法の一つである。

一軒目の堅苦しい店から開放感のある店に移ったせいか、文月も少し酔いが回り始めていた。文月はバーテンダーに勧められたウォッカベースのカクテル、一ノ瀬は三杯目のジントニックを飲んでいた。バーテンダーと親しげに話をしているところを見ると、一ノ瀬は店の常連のようだった。

文月は夜に人と会った記憶さえ思い出せないほど、外で酒を飲むのは久しぶりだった。酒が嫌いというわけではないが、飲む機会がほとんどないのだ。自宅の冷蔵庫にはスーパーで買った発泡酒と缶酎ハイが数本入っているが、それを飲むのも月に一度あるかどうかという程度である。もっとも毎日飲んでいたら金が続かないという懐事情もあるのだが。

しかし一〇年ぶりに会った友人と飲む酒はやはり美味しかった。文月はこれ以上酔いが回らぬよう、二軒目からはペースを落とすことに決めていた。一ノ瀬に会いに来た目的を忘れてはならないからだ。だが二軒目に移った今も、彼の口からは真沙の話はおろか、沙耶の話さえ出ていなかった。

一ノ瀬はそんな文月の心算をよそにゴルフの話に夢中になっていた。二軒目に来てからずっとその話題である。いくら人の話を聞くことに慣れている文月でも、縁もゆかりも興味もないスポーツの話を聞き続けるというのはさすがにつらくなっていた。

「ゴルフはいいぞ。研修会の仲間からさ、開業するんなら絶対にやったほうがいいって言われて始めたんだけどな、その通りだった。なんなら今のクライエントは全部ゴルフ繋がりといってもいいかもしれないな」

同じ言葉を聞くのは何度目だろうか。文月はそのたびに前向きに考えるふりをしていたが、もはや首を傾げるだけのリアクションしかしていない。

「型落ちしたクラブでよかったら一式やるぞ。どうだ、文月も始めてみないか?」

一ノ瀬は上気した赤い顔で興奮気味に言った。だいぶ酔いが回っているようだ。

「お気持ちは嬉しいですけど、残念ながら今の僕とゴルフの間にはなんの接点もないですから」

「あれ？　確か綿谷教授もゴルフ好きだったはずだぞ」

「え……」

ようやく自分の知っている固有名詞が出てきたと思ったら、今度は恩師の知らない一面を知らされることになり、文月は返答に窮した。

「研修会の誰かが教授とラウンドしたって話を聞いたことがある。かなり上手《うま》いらしいぞ。まあ彼の場合いろんな研修会の理事をかけ持ちしてるから、しょっちゅうコンペとか参加してるんだろうけど」

臨床と教育こそが人生。それが文月が綿谷に抱いていたイメージだったため、意外だった。

「そうでしたか。全く知りませんでした」

「あれ、最近教授とは話してないのか？」

「いえ、こないだも一緒に昼飯食べたばかりです」

「そっかあ、懐かしいな。元気なの？」

「元気ですよ。相変わらず学食のハンバーガー食べてますし」

一ノ瀬は吹き出しそうになって言った。

「あのでっかいやつか？」

「ええ、ワラジみたいなやつです」

気づけば、二人は学生の頃に戻ったように顔をくしゃくしゃにして笑い合っていた。

「ところで文月、まだあのアパートに住んでるんだな」

年賀状の返事が来ないため、一ノ瀬は文月が今も同じアパートに住んでいることをあらためて確認しているのだろう。

「ええ、もう一六年になりますよ。さすがに冷蔵庫は買い替えましたけどね」

一ノ瀬は大学院時代に文月のアパートへよく遊びに来たり、終電に乗れない日は泊まることもあった。なお、数年前に買い替えた冷蔵庫は彼が就職を決めて引っ越すことになった際に譲ってもらったものである。

「一ノ瀬さんには謝らないといけないですね」

「なにをだ？」と一ノ瀬は妙に真剣な表情で答えた。

「年賀状の件です。毎年もらってたのに一度も出さずにすみませんでした。でも毎年楽しみにしていたんです。正直、どんどん手が届かない存在になっていく一ノ瀬さんにちょっと嫉妬してましたけど」

「ああ、そのことなら気にするな。俺が勝手に送っていただけだから……」

「一ノ瀬さんは立派ですよ。今では自分のクリニックを経営して、しかも家庭まで築いているんですから。あの住所からすると一軒家に住んでるんでしょう。僕には夢のまた夢の話です」

一ノ瀬は肩を落とすように大きなため息を吐《つ》いた。

文月はなにかまずいことでも口にしてしまったのかと自分の言葉を辿ったが、思い当たる節はなかった。

「それは文月の思い違いだ」と一ノ瀬はカウンターを見つめながら続けた。「俺は一度社会に出てるだろう。当時大学院にいた連中よりもスタートが遅れていたことに劣等感を持ってたんだ。だから早く結果を出したいっていう焦りがあった。それに開業したのも、病院のやり方に不満があったというのは嘘ではないけど、本音を言うと逃げ出したかったんだ。病院での勤務は確かに金はよかったけど、身も心もボロボロになっちまってな。開業したのはもう少し自分のペースで仕事がしたかったからなんだ。それで銀行から資金を借りてどうにか開業することはできたけど、今じゃその返済で手一杯。おかげで最近はクライエントの顔が金に見えてくることさえある」

文月は学生の頃と同じように、社会の厳しさを一ノ瀬から教わっているような気持ちになっていた。

「でもやっぱり立派ですよ。今では家族だって養っているんですから」

「嫁には愛想つかされて、娘を連れて出ていかれちまった」

文月は言葉を失うと同時に、一ノ瀬の女癖の悪さを思い出した。

「まさか……」

一ノ瀬は黙って頭を下げた。

文月はそんな一ノ瀬を見て、クリニックの受付にいたショートカットの女性を思い浮かべていた。彼は昔からショートカットの女性にめっぽう弱かったのだ。よく見れば、目の前にいる女性のバーテンダーもショートカットである。

肩を落とす一ノ瀬を見つめているうちに、文月は彼が突然連絡をしてきた理由を見つけたような気がした。一ノ瀬は自分の話を聞いて欲しくて連絡をしてきたのだ。きっとそうに違いない。やはり人間はどんな立場になろうとも、自分の話を聞いてもらえなければ生きていけない動物なのだ。文月は天を仰ぐように彼に抱いていた余計な懐疑を吐き出した。

しかしそんな文月の悟りも虚しく、一ノ瀬はさっと立ち上がって言った。

「悪いな、せっかく会えたのにつまらない話になっちまった。今日、俺が文月に話したいのはそんなことではないんだ。ちょっと失礼」

文月がその言葉の意味を理解する頃には、一ノ瀬の背中は店の奥に消えていた。

今日話したいこと……確かに今、一ノ瀬はそう言った。文月はもうそろそろお開きの時間になると思っていたため、予想外のロスタイムを宣言されたような気分だった。やはり彼が一〇年ぶりに連絡をしてきた背景には、それだけの理由があったのだ。それは年賀状では伝えられないことであり、先日の電話でも話せない内容ということでもある。直接会って、酒が入らなければ話せないことなのだ。

文月は酔いを醒ますためにバーテンダーに水をもらい、一気にそれを飲み干した。

一ノ瀬はトイレから戻ると再び文月の隣に座った。顔を洗ったのか、さっぱりとした顔をしていた。少し身構えるように様子を窺っていると、彼は神妙な面持ちで話を切り出した。

「実は近所にゴルフの練習場があってさ」

文月は拍子抜けしてしまった。一ノ瀬が今日どうしても話したかったこととは、ゴルフの話だったのだろうか。

「練習場っていっても、ビルの屋上にある鳥カゴみたいなところなんだけどな。ほら、最初のうちはどうせまともに当たらないんだし、練習場の広さなんて関係ないだろう。だから始めたばかりの頃は毎日のように通ってたんだ。そしたらある人が声をかけてくれてな。俺、目も当てられないほど下手《へた》だったみたいでさ、それでその人が教えてくれるようになったんだ。基本すら分かっていない俺に毎日のように丁寧に教えてくれたよ。ラウンドにも連れて行ってもらった。おかげで誰と行っても恥ずかしくないくらいのレベルになることができた」

一ノ瀬はグラスに残っていたジントニックを飲み干すと、バーテンダーに同じものを注文した。

やはり一ノ瀬の今日の本題というのはゴルフの話のようだ。だがトイレから戻った後は酔いが回っているようにも見えなかった。文月は聞き流すモードに切り替えようかと迷ったが、もう少しだけ彼の話に耳を傾けることにした。

一ノ瀬はバーテンダーからジントニックを受け取ると舐《な》めるように口に含んでから続けた。

「それで俺もその人にはかなり世話になったし、何か返さないといけないと思ってな。代わりにカウンセリングをしてあげることにしたんだ。返報性の原理ってやつが働いたわけだ。もちろん金はもらってないし、面接記録だって残してない。悩み事があればなんでも聞きますよっていう軽いやつだ」

返報性の原理とは、人は相手から何かを与えられるとお返しをしなくてはならないという心理に捉われてしまう原理である。人間の心にはいくつもの行動原理が存在しているが、それらの中でも返報性の原理は代表格と呼ばれるほど強い影響力を持っている。

一ノ瀬は続けた。「だが、その人の話を聞き始めてすぐに妙な違和感を覚えたんだ。そして彼の話を聞くうちに、それは確信に変わった。俺はこの人が話していることと全く同じ話を、過去にも聞いたことがあるって。しかしな、いくら好意でカウンセリングをしているとはいえ俺も臨床心理士だ。クライエントのプライバシーは守らないといけない。だから文月に報告することができなかったんだ」

文月は話の流れの中に、結びつくはずのない自分の名前が突然出てきたことに驚いた。

「僕に報告……とはどういう意味ですか」

「どのみち文月には打ち明けなければならないことだったんだがな。それに、その人はもういないのだから」

「その人、亡くなったんですか」

「ああ、一ヶ月半ほど前に……」

嫌な予感しかしなかった。一ノ瀬が先ほどからしきりにゴルフの話をしていたのは、これを話すための前振りだったのだ。

「その人は掛井という人物だ。沙耶さんの育ての親だよ」

文月は全身の力が抜けたようにカウンターに腕を落とした。

「俺もカウンセリングをするまでは気づかなかったんだ。だが、今考えてみれば彼には初めから心に深い闇を抱えているような雰囲気があったような気もする。そして話を聞いていくうちに、彼の闇は俺の想像以上に深くなっていった。掛井は亡くなった自分の娘の話ばかりしていたよ。沙耶さんの話をね」

文月は遠のいていく意識を引き留めるように、歯を食いしばって一ノ瀬の話を整理した。一ノ瀬はゴルフを始めたのは開業をしてからだと言っていた。ということは、彼が掛井と会ったのも五年前のはずだ。つまり一ノ瀬は沙耶が亡くなった五年後に掛井と出会い、彼女の話を聞いていたということになる。一ノ瀬は一体どのような話を聞かされたのだろうか。文月の疑心は肥大化していくばかりだった。

だが一ノ瀬が次に放った言葉は、そんな疑心など一瞬で吹き飛ばしてしまうほどの破壊力を持っていた。

「実は先日、俺のクリニックに警察が来たんだ」

「警察？」

「私服刑事っていうのかな。詳しくは分からないけど、一人でふらっと現れたんだ。最近は警察も人手不足だそうで、必ずしも二人一組で動かなくてもいいんだそうだ。なんだか腹の出ただらしなさそうな感じのやつだったけど、目つきはやけに鋭かったな」

文月はもはや話の主旨さえ掴めなくなっていたが、一番先に浮かんだ質問を口にした。

「警察が来たのは、掛井が死んだことに関係しているんですね」

一ノ瀬は何度か頷いてから言った。

「沙耶さんには真沙さんという妹がいただろう」

「よく憶えてますね……」

文月は白を切るように答えるのが精一杯だった。

「掛井から話を聞くまでは忘れてたよ。だけど話を聞いているうちに、文月のスーパービジョンをしていた時の記憶が鮮明に蘇ってきた。当たり前だよな、俺は文月から聞いた話を、今度はその当事者から直接聞かされたのだから。そして真沙さんの本当の父親が彼であることも、真沙さんがそれを知らずに生きていることも、その全てをあらためてあの男から聞かされたんだ」

一ノ瀬は深く息を吐き出してから続けた。

「警察が訪ねて来た理由は、真沙さんの行方を探しているからだ」

文月はその言葉の意味を失いそうになった。そんなはずはないからだ。真沙はつい先日、心理臨床センターへ訪ねて来ているのだ。

「それって失踪ってことですか？」

「警察はただ行方を探しているとしか言わなかったが、意味は同じだろうな」

「ちょっと待ってください。警察が一ノ瀬さんのクリニックに来たのって、具体的にはいつの話ですか」

「文月に電話した日の二週間くらい前だったと思う」

ということは、文月はその二週間前に真沙と会ったということになる。

文月は嫌な予感が現実にならないことを祈るような気持ちで尋ねた。

「ちなみに警察は、真沙さんの行方が分からなくなったのはいつだと言ってました？」

「確か二週間前だと言ってた」

つまり、真沙は文月を訪ねた後に失踪したということだ。

「恐らく警察は俺のことを掛井のカウンセラーだと思っていて、それでクリニックを訪ねて来たんだと思う。当然俺は彼について知っていることは全て話したし、警察もそれきり来てはいない……」

文月は全てのエネルギーがアルコールと共に蒸発してしまったように、ダクトが剥き出しの天井を眺めることしかできなかった。

五反田駅のホームからは、駆け込み乗車を注意する駅員の声が聞こえてきた。心地よく聞こえていたはずの街の喧騒も、いつしか耳障りな音に変わっていた。

第5話　認知的不協和理論の代償

文月は最近主流となっているセルフ式のカフェがどうにも好きになれなかった。ただコーヒーが飲みたいだけなのにカウンターに並ばされ、数えきれないほどの種類の中から一つの商品を選ばなければならず、挙げ句の果てには四段階もあるサイズまで決めなければならないからだ。それらの店の味が嫌いというわけではないが、優柔不断な文月には「コーヒー」と言えばその店の定番が出てくる喫茶店スタイルのほうが性に合っていた。

文月は久しぶりの休日の午後を多摩センター駅近くにある大型ショッピングセンターの中に入った喫茶店スタイルのカフェで、コーヒーを飲みながらすごしていた。といってもそこは個人経営店ではなく、昔ながらの喫茶店形式を売りにした全国チェーン店である。広々とした店内に設置されたそれぞれの席は木のパーティションで仕切られており、座っただけで水を出してくれる快適な店だ。また平日はいつ来ても空いているところも文月は気に入っていた。

文月にとっての休日はカウンセリングが入っていない日ということになるため、そのほとんどが平日だった。心理臨床センターは土日及び祝日は基本的に休館となっているのだが、学校や会社を休めないクライエントもいるため、休館日であっても出勤せざるを得ないのだ。

午前中にショッピングセンターに入ったスーパーで生活品の買い溜めをして、その後このカフェで積み残した仕事をこなすというのが、文月の休日のルーティンとなっていた。特にここ最近は毎日カウンセリングが入っていたため休みを取れておらず、纏めなければならない資料も山積みだった。

まずやらなければならないのは、面接資料の整理とクライエントごとのアセスメントの見直しである。文月の場合、多い日は一日六件のカウンセリングが入るため、その日だけでは纏めきれなかった資料を休日に整理する必要があるのだ。また文月は同じ相談室で長く働いていることもあって抱えているクライエントが多く、中には数年に渡りカウンセリングを続けている人もいる。そういったクライエントの場合は初期の症状から見つめ直す必要があるため、資料を整理するだけでもかなりの時間を費やすことになる。

一番長い付き合いのクライエントは、カウンセリングを続けて六年になるヨシダさんという五〇代の男性だった。彼は重度の被害妄想と幻聴を抱えて心理臨床センターへやって来たため、文月は彼の話を丁寧に聞いた上で提携先の精神科病院を紹介することに決めた。しかしヨシダさんは自分の話を親身に聞いてくれた文月にカウンセリングをして欲しいと精神科医に申し出て、その翌年に戻って来てしまったのだ。

以来ヨシダさんは病院と心理臨床センターの両方に通っており、治療的退行が見られる時期もあったが現在は症状もかなり落ち着いていた。ただ彼のようなケースの場合は精神科医との連携が必要になり、その確認だけでも時間を要するため資料の作成を後回しにせざるを得なかった。

そんなクライエントの整理が終わっても、文月の仕事はまだ終わらなかった。文月はみかんの教育係のため、彼女のクライエントにも気を配らなければならないのだ。

みかんの新たなクライエントはマイカさんという一八才の女性だった。彼女は文月の職場のある大学の付属高等学校に通う三年生だが、進学は希望せずに就職を望んでいた。しかしマイカさんはこの時期になっても就職活動をしようとしないため、進路指導係の教員が心理臨床センターに予約を入れたのだ。心理臨床センターは学生たちのキャリアセンターを目的として作られたわけではないのだが、同じキャンパスにあるためそういった使い方をされることが多いのだ。

そして心理臨床センターに来たマイカさんのインテーク面接を行った後、文月は思慮の末にみかんにマイカさんを担当させることを決めた。文月が悩んだ理由は、マイカさんの態度が文月でさえ口を挟みたくなるほど反抗的だったからである。そのためマイカさんを任せれば、みかんが苦労するであろうことは想像に難《かた》くなかった。しかし先日の綿谷からの助言もあり、みかんには早い段階でクライエントとの間にラポールを築くことの煩労を経験させておく必要があると考え、決断したのだ。

だが今のところ、みかんとマイカさんとの関係は悪くないようで、カウンセリングも問題なく進んでいるというのが文月の印象だった。但し、文月はカウンセリングに直接関わることができないため、二人の間にどれほどのラポールが築けているかまでは分からない。

ずっと断り続けてきた教育係という仕事だったが、実際にやってみるとそれは文月にとって思っていた以上に繊細で手間のかかるものだった。しかし自分の指導によって後輩が成長していく姿を見守ることに、文月は喜びを感じるようにもなっていた。

溜まっていた仕事が終わると肩の荷が降りたように体が軽くなり、自由を手にしたような気分になった。文月はコーヒーをもう一杯注文することにし、テーブルの上に置かれた呼び出しボタンを押した。やはり「コーヒー」と言えばコーヒーを出してくれる店は居心地がよい。

新たなコーヒーが運ばれてくると文月はそれをブラックのまま口に含んだ。自然と出た太息に、ようやく休日を実感した。文月はテーブルの上に広げていた全ての資料を閉じて窓の外を眺めた。

時候の挨拶では秋涼などという言葉を使う季節になっているはずだが、ショッピングセンターの正面ゲートを出入りする利用客のほとんどは半袖姿だった。夏という季節が年々引き延ばされているような感覚を抱いているのは文月だけだろうか。いや、その季節に儚《はかな》い線香花火のようなイメージを重ねていた人も少なくないはずである。彼らは夏休みが終わっても一向に終わる気配を見せないその季節への認知的不協和を、一体どのように解消させているのだろう。文月はそんな答えのない疑問を浮かべながら、外を歩く半袖姿の人々を眺めていた。

ちなみに認知的不協和とは、人が持つ複数の情報の間に不一致が存在する状態のことである。また、自身の都合のいいように本心をすり替えてしまうことを心理学では認知的不協和理論という。たとえば煙草を吸うことは体に悪いと分かっていながら、ニコチンが少ない煙草なら問題はないはずだと自分に言い聞かせながら吸っている状態がそれだ。

一ノ瀬と再会した日から早一ヶ月が経っていた。そしてあれ以来、文月は一ノ瀬と一度も連絡を取っていなかった。真沙の消息は今も分からないままなのだろうか。そしてそれは掛井の死と関係しているのだろうか。文月は抑えきれない胸騒ぎを抱えたまま、真沙に連絡をしてみるべきか、それとも一ノ瀬に連絡をするべきかという葛藤を続けていた。

　真沙の連絡先は、先日彼女が訪ねて来た時にみかんが聞いていた。それを聞いて連絡をすれば、せめて真沙の安否につながる情報くらいは得られるかもしれない。もしくは一ノ瀬に彼女が訪ねて来たことを打ち明け、その情報を警察に伝えてもらうことで何かしらの手助けができる可能性もある。どちらも真沙がまだ見つかっていないという前提の話ではあるが、文月は溜まっていた膨大な作業を言い訳に認知的不協和理論を働かせ、その決断を先延ばしにしていたのだ。

　文月は先日一ノ瀬に会った際、真沙が訪ねて来たという情報を彼に伝えなかった。一ノ瀬からの電話と真沙が訪ねて来たことの関係を確かめたい、という別の目的があったからだ。ただ、話の流れ次第では真沙の件を打ち明ける心積りはあった。文月も一ノ瀬も臨床心理士という仕事を続けている限り、それがスーパービジョンだったとはいえ、関わったクライエントの話は報告すべきだと考えていたからだ。だが結局、文月は最後まで自分が持っている情報を彼に教えることはなかった。むしろ、真沙という名前さえ久しぶりに聞くような態度で一ノ瀬に接していたのだ。そこには「警察」という言葉に動物的な本能が働いたという理由もあったかもしれないが、文月が口を噤《つぐ》んだ理由はほかにあった。

　一ノ瀬は掛井と繋がっていたことを文月に報告しなかったことに罪悪感を覚えていた。そして一〇年ぶりに対面した文月にそれを打ち明け、その話の延長線上に真沙や警察といった話題を切り出した。だがもし彼の目的が罪悪感を打ち明けるためであったとしたら、年賀状は無理だとしても、せめて先日の電話でそれを掻い摘んで話したり、探りを入れるような話題があってもおかしくはなかったはずだった。そのほうが文月にも接種理論が働くため、お互いの会話もスムーズに運ぶはずだからである。しかし一ノ瀬は電話でもショートメッセージでも用件は一切明かさずにかつての友人を段取りよく誘い出し、二人が直接会った上で文月が知らない情報を並べたのだ。それこそが文月が一ノ瀬に情報を明かさなかった理由だった。

ではなぜ一ノ瀬はそれらの話題を文月に直接伝えなければならなかったのだろうか。それは、一ノ瀬が年賀状でも電話でも伝わることのないコミュニケーションを求めていたからだと文月は考えていた。

心理学では言語以外の要素でコミュニケーションを取ることをノンバーバルコミュニケーションという。人間には自分でも気づかないうちに表情や仕草などによって感情を表してしまう習性がある。そのため相手の動きを注意深く観察すれば、その感情や心理状態を見分けることができるのだ。つまり一ノ瀬は「真沙」や「警察」という言葉にどのような反応を示すかを確認するために文月を誘ったということになる。

相手の様子を確認したかったのは自分ではなく、一ノ瀬のほうだったのだろうか……。

文月は窓から射し込む眩しい西陽に目を細めた。

これ以上無稽な思考を巡らせたところで、友人への疑心は膨らんでいく一方だった。しかし文月は一ノ瀬に対して何かを疑っているわけでも、疑いたいわけでもない。余計なことを考えてしまうのは、真沙にも一ノ瀬にも連絡することさえできない自分に問題があるからなのだ。

「今夜、一ノ瀬さんに電話をする」

文月はそう心に誓い、レシートを手に席を立った。


文月は通話を切るとスマートフォンをローテーブルに置き、パイプベッドの上に仰向けになった。

足がはみ出しそうな小さなベッドの上で目を閉じると、野猿《やえん》街道を走る車や多摩モノレールが通過するいつもと変わらない音が聞こえた。さらに耳を澄ませてみると、近くを流れる大栗《おおぐり》川の水流が微《かす》かに聞こえてきた。先日の台風の影響で水嵩《かさ》が増しているのだろう。文月は一六年間も同じ部屋に住んでいるため、些細な変化にも気づいてしまうのだ。

文月は『イノウエハイツ』という建物の二階の部屋に住んでいた。そんな名前が付けられているおかげで人に説明する際には「イノウエハイツというアパートに住んでいます」と伝えなければならないところが玉に瑕《きず》ではあるが、住み慣れてしまったせいか家賃の安さも含めて概《おおむ》ね気に入っている部屋ではあった。

文月を除いたアパートの住人はほとんどが学生のため、平日の午後はいつも静まり返っていた。もちろん文月も初めは学生だったわけだが、大学が職場になってしまったため引っ越す必要もなくなり、一六年間も居ついてしまったのだ。入居時からすでに古い建物だったので現在の詳しい築年数は分からない。ただ、激しく錆び付いた外階段を上り下りするたびに「いつ取り壊されても仕方がない」と覚悟を決めるほどの古さであることは確かである。文月がそんなアパートに住み続ける理由の一つには、「この際、取り壊されるまで住み続けてやろう」と意地になっている部分もある。

先ほどの電話の相手は文月の母だった。父の命日が近づいているため、今年は実家に帰ってくるかという確認をするために電話をしてきたのだ。だが文月は今年もそしてその先の年も、そこへ帰るつもりはなかった。そもそも母が住んでいる家は文月の実家ではないからだ。文月の母は再婚した夫と、その間にできた息子の三人で新たな生活を送っていた。

文月が中学生だった時、とても穏やかな性格だった父がこの世を去った。死因は自殺だった。父は仕事の重責から精神を病み、うつ病を患っていたのだ。だが文月にとって父の死よりもつらかったのが、残された母の姿を見ることだった。憔悴《しょうすい》した母は笑うことはおろか、全ての感情を失ったようだった。テレビのバラエティー番組やお笑い番組を見ても、ただ画面を凝視するだけで何一つ反応を示さなくなってしまっていたのだ。文月は努めて平静を装うようにしてはいたものの、そんな母とどう接すればよいかさえ分からず、自分の無力さを嘆くことしかできなかった。

そんな母の様子に変化が見え始めたのは、文月が高校生になってからのことだった。母は現在の夫と出会い、交際をするようになったのだ。文月は複雑な思いを抱えながらも、日を重ねるごとに母が自分が知っている母に戻っていくことが嬉しかった。そして母は文月が高校を卒業するとすぐに再婚をした。そのため、文月が義父と一緒に暮らした経験はない。母が気を遣って文月が大学入学で家を出るタイミングまで待ってくれたのだ。二人の間に子供が生まれたのは、その翌年のことだった。

ただ文月は義父との関係も、現在中学生の弟との関係も悪くはなかった。むしろ文月は義父に感謝してもしきれないほどの恩を感じていた。大学受験で狙っていた国立に落ち、学費の高い私立にしか受からずに悩んでいた文月に資金を出してくれたのが義父だった。その後、彼は大学院の学費まで援助してくれたのだ。そしてなにより、母に再び幸せな家庭を与えてくれたことに心から感謝していた。

だがそんな家に帰ったところで、他人の家族の中に自分という異物が入りこんでいるような後ろめたさは消えなかった。自分がいたはずの輪はもうそこにはなく、その住まいさえ変わっているのだ。そこは、生まれた子供のために苗字を変えた母の新しい家族が住んでいる場所でしかなかった。文月は母の幸せを邪魔したくなかった。そのため文月と母の関係も、たまにかかってくる電話以外は正月に顔を見せる程度のものでしかなくなっていた。それが父の命日であろうと家に戻らない理由だった。

「真沙にどことなく似てるの、文月くんは」

ふと沙耶の言葉を思い出した。

真沙は小学生の頃に両親を事故で失い、その後叔母の家族に引き取られて高校を卒業するまでその家で育てられていた。彼女は新しい家族の中で、「自分はここにいてもよい人間なのだろうか」と自問しながら生きてきたのだ。文月は母の新しい家族と一緒に暮らした経験こそないが、そんな真沙の気持ちには深く共感することができた。

心理学ではこの共感を類似性の原理と呼ぶ。人は自分と似た相手に好意を持つ習性を持っている。同じ境遇で育ったり、同じ趣味を持っていたり、考え方が似ている人と一緒にいることで漠然とした不安が取り除かれ、自分を肯定していられるからである。

確かに僕と真沙はどこか似ているのかもしれない……。文月は沙耶が言った言葉の意味を、一〇年がすぎた今になってようやく理解したような気がした。

明け放っていた窓から入り込んだ風がビニール袋を揺らした。

母からの電話に対応していたため、スーパーで買って来た物を床に置いたままにしていたようだ。文月はベッドから身を起こし、それらを冷蔵庫の中に入れた。膝下ほどの高さしかない小さな冷蔵庫のため、買い出しをした日は詰め込まなければ入らないが、文月一人しか使わないのであれば十分なサイズである。

窓の外を眺めると、日が暮れるまでまだ少し時間がありそうだった。今日はもうやることもないため、文月は久しぶりに近所の健康ランドへ行くことに決めた。部屋に付いている風呂はユニットバスのため足が伸ばせず、職業病ともいえる腰痛がなかなか癒えないのだ。休日に健康ランドへ行き、時間が合えばマッサージをしてもらうことが文月の密かな楽しみであり、唯一の贅沢な時間でもあった。

一ノ瀬にはその後で電話すればよいだろう。文月が弾むような気持ちで健康ランドへ行く準備をしていると、ローテーブルに置いてあったスマートフォンが大袈裟《おおげさ》な音を立ててメッセージの着信を伝えた。テーブル面がガラスのため音が響くのだ。

きっと母だろう、と文月はスマートフォンに近づいた。

母には電話をした後になって本来の用件を思い出すという迷惑な習癖がある。今日はどんな用件を忘れたのかとスマートフォンのロックを解除するとメッセージの送信者は母ではなく、みかんだった。彼女が文月の休みの日に連絡を入れてくることはかなり珍しいことだったため、クライエントとの間に問題でもあったのだろうかと心配になり急いでメッセージを確認した。

『お休み中すみません。先ほど警察の人がお見えになりました。先生を訪ねて来たようでしたが、今日は休みだと伝えたらまた来ると言って帰ってしまいました』

メッセージの末尾には、彼女の困惑を代弁するような顔文字が添えられていた。

一ノ瀬が言っていたように、その男は一人で現れた。

文月が相談室の入り口付近にあるソファー席を勧めると、男は物珍しそうに部屋の中を見回しながら名刺を差し出した。

名刺の真ん中には『荻堂陽太《おぎどうようた》』と書かれ、その右隣には『警視庁大崎警察署生活安全課』と書かれていた。年齢は文月と同じくらいのようだ。体型はやや太り気味といった感じで、座面の低いソファーに座っているせいでスーツのジャケットからはみ出た丸い腹が余計に強調されていた。頭頂部にははねるような寝癖が残っており、普段からあまり身なりには気を遣っていないようにも窺える。腹も髪型も隙だらけではあるが、よく見ると顔だちはかなり整っていて切れ長の目が特徴的だった。警察という言葉に権威の原理が働いていたせいか、それとは真逆のどこか人間味溢れる荻堂という男に、文月はまだほとんど話をしていないにもかかわらず親しみを覚えはじめていた。

権威の原理とは、社会的地位が高い人やその地位を象徴するようなステータスシンボルを持つ人に対して、無意識のうちに従ってしまったり影響されてしまう心の働きをいう。

一ノ瀬に電話をしようと決めた日から数日が経っていたが、文月は彼に連絡をしていなかった。警察が訪ねて来たというみかんからのメッセージを受け取り、二の足を踏んでしまったのだ。そしてその翌日にあらためて警察から心理臨床センターに連絡が入り、翌週の文月のカウンセリングが入っていない時間に荻堂が来ることになったのである。

警察が訪ねて来る理由が、失踪した真沙の件であることは明らかだった。そしてそれは彼女が未だ見つかっていないということを意味していた。つまり警察は、掛井の死と真沙の失踪になんらかの関係性があると疑っているということだ。だが文月は真沙について知っている情報をどこまで警察に伝えるべきか思案に暮れていた。

扉をノックする音が響き、続いてみかんが部屋の中に入って来た。

荻堂は車椅子で入室したみかんに驚いた様子で立ち上がろうとしたが、文月はそれを制して入り口付近にいる彼女に近づいた。

みかんがお茶出し係を行うことはかなり珍しいことだった。過去に一度クライエントの前で膝の上に置いていたトレイを落としてしまった経験があり、それ以来、手の空いているスタッフに頼むようになっていたからだ。だが、そんな彼女がわざわざお茶を運んで来たのには理由があった。

「ありがとう」と文月はみかんに近づいてトレイを受け取った。

みかんは口を尖《とが》らせて、視線が痛いほどに文月を睨みつけている。「全部話してもらいますからね」というメッセージである。

文月は「分かってるから」と顔をしかめるようにノンバーバルメッセージを返し、片手で扉を開けたままみかんの退室を促した。

「約束ですからねー」

閉まる扉の隙間からダメ押しのようなみかんの囁きが聞こえてきた。文月は警察と話したことの全てを報告することを、約束させられているのだ。

警察に会う前に、文月は一ノ瀬から聞いた話の全てをみかんに打ち明けていた。彼女に全てを話した理由は、警察が来る前にどうしても確認しておきたいことがあったからだ。真沙の連絡先である。みかんは先日真沙が訪ねて来た際に、受付係の義務として彼女の連絡先を聞いていた。だが受付の資料は来談者のプライバシーに関わるため、文月やほかのスタッフが勝手に閲覧することを許されていない。つまり文月が真沙の連絡先を確認するにはセンター長か、バイトとはいえこの施設で唯一の受付係であるみかんに許可を得なければならないのだ。もちろんセンター長に一から事情を話すというのは現実的ではないため、選択肢は一つしかない。

こんなことなら先日のランチの時にさっさと聞いておけばよかった、と文月は後悔しながらみかんに資料の閲覧を頼んだのである。

文月が知りたかったのは、真沙の電話番号ではなかった。彼女がそれ以外に何か情報を残していたかどうかを知りたかったのだ。つまりはメールアドレスだ。初めてセンターを訪れた人が記載する来談者記入シートには、任意ではあるがメールアドレスを記載する欄もあるからだ。

これは妄想以外の何ものでもないのだが、もし真沙がここを訪ねて来た日に失踪したのであれば、文月は彼女が自分に対して何か手がかりを残しているような気がしていた。だがみかんに警察が訪ねて来た後でそれを聞けば、彼女を不安にさせてしまうばかりか、二人の信頼関係に溝ができてしまう恐れもある。そのため文月が真沙の情報を得るには、一ノ瀬から得た情報の全てをみかんに打ち明ける必要があったのだ。

そして「警察と話した内容も全て打ち明けること」という新たな条件を飲まされた上で、文月はようやく真沙が残した来談者記入シートを見せてもらったのだ。もちろん他のスタッフには知られないようにこっそりとである。

真沙が書いた来談者記入シートを確認すると、そこには住所や電話番号のほかにメールアドレスが記されていた。大手検索サイトが提供するフリーメールサービスを利用して作成されたアドレスだった。

警察はこの連絡先のことを知っているのだろうか。もしこれが真沙が自分だけに残した連絡先であったのなら、警察にその情報を教える前に連絡をすべきではないだろうかと文月は悩んでいた。それが警察に対して、真沙の情報をどこまで伝えるべきか思案に暮れていた理由だった。

文月はみかんから預かったトレイの上に載せられた二つの冷たい麦茶をテーブルに差し出した。

荻堂は礼を告げると言った。「彼女、先日こちらへ伺った際は受付にいらっしゃいましたが、臨床心理士のかたなんですか？」

文月はソファーに腰かけて言った。「ああ、奈良咲ですか。彼女はまだ見習いなんです」

「そうでしたか。もしあんなに可愛い人が私のカウンセラーだったら、緊張して何も話せなくなってしまいそうです」

文月は刑事らしからぬ発言に面食らってしまい、どう返答してよいか悩んでしまった。

荻堂は慌てて自分の言葉をフォローするように続けた。

「すみません、隣に上司がいないとつい余計なことを話してしまう癖がありまして。ところで、先生はいつもこの部屋でカウンセリングをなさっているのですか？」

「はい、決めているわけではないのですがほとんどがこの部屋です。一番長く働いているせいか、すっかりここが定着してしまいまして。ああ、先生っていうのはやめて下さい。悠木で構いませんから」

「分かりました。悠木さんはこの職場で働いてどのくらいになるのですか」

「大学院を修了してからは、もう一〇年になります。そのくせ今も非常勤なのですが」

「大変なお仕事だと思います。落ち着きのない私にはとても務まりそうにありません」

「臨床心理学の世界では、人に話をするよりも人の話を聞くことのほうが難しいと言われているのですが、考えてみれば刑事さんも人の話を聞くお仕事ですよね」

「ああ確かに。実は似たもの同士なのかもしれませんね」と荻堂は屈託のない笑顔を見せて続けた。「ところで悠木さんはご自身のクライエントの資料は全て保管なされているのですか？」

　逡巡したが、文月は正直に答えた。

「ええ一応は。再び症状があらわれてセンターに戻って来るクライエントもいらっしゃいますから、資料はなるべく保管することにしています」

「そうですか。じゃあ、一〇年前の資料も？」

「さすがに一〇年も前の記録となるとどうでしょうか。探しても出てこない可能性もあると思いますが」

　予想外の質問だったため、文月は含みを持たせるような答えを返していた。

「それでは、一〇年前に一度うちの署員が悠木さんを訪ねて来たことは憶えていらっしゃいますか」

「憶えています。警察が訪ねて来るなんて人生でもそうある経験ではありませんので。確かその時はお二人でお見えになったと思います。一人は女性のかただったと記憶していますが」

　沙耶が自殺して少し経った頃、当時のカウンセラーだった文月のもとに警察の人間が訪ねて来たことがあった。死因が自殺だったことを確認するために、沙耶が亡くなる前の精神状態を聞きに来たのだ。確か二人とも荻堂と同じ警察署から来ていたはずである。その時は綿谷も同席した上で警察への対応をしたのだが、それ以来彼らは一度も訪ねて来てはいなかった。

「よく憶えていらっしゃいますね。しかしその二人はもううちの署にはいないので、今となっては当時の資料さえどこにあるのやら。警察ってそういうところ、本当にだらしないんです。では、その二人がこちらへ伺った時にお話しした内容も憶えていらっしゃいますか?」

「ええ。掛井沙耶さんという私のクライエントが亡くなってしまい、その件で来られました。彼女は私にとっては初めてのクライエントでしたので忘れもしません」

「つらい経験をなさったのですね」と荻堂は同情するようにため息を吐いたが、何かを思い出したように続けた。「悠木さんは掛井沙耶さんの資料は今もお持ちなのでしょうか?」

文月は沙耶に関する質問をされるとは思ってもいなかったため、返答に窮した。やはり警察は人の話を聞くプロなのだ。しかし彼らは臨床心理士とは違い、相手の言葉を誘導するプロであることを肝に銘じた。

「基本的にはクライエントの面接記録やアセスメントなどの資料は保管するようにはしているのですが、先ほども申し上げた通りそれだけ前の資料となると……」

「ですよねえ。うちの署だったら資料どころか憶えている署員さえいないですよ。日々の業務が忙しすぎるんですよ、まったく」

「お察しします」と文月はゆっくりと頷いてみせた。

「あ、すみません。今日は愚痴《ぐち》を聞いてもらいに来たわけではないんです。実は今日お邪魔させていただいたのは、先日その沙耶さんの育ての親である叔父の掛井さんがお亡くなりになったことなのです。聞いていらっしゃいます？」

文月は逡巡したが真沙から聞いたことは伏せて答えることにした。

「先月、大学院の頃の友人と会う機会がありまして、その時に聞きました」

「一ノ瀬さんですよね。それでしたら話が早くて助かります。では彼が掛井さんのカウンセラーだったこともご存じですね」

「それもその時に聞きました。何しろ彼とは一〇年ぶりに会ったので、あまりの偶然に驚くばかりでしたが」

「それはそうですよね。ちなみに悠木さんは一ノ瀬さんと一〇年間連絡を取っていなかったのですか？」

「ええ、彼から年賀状が送られて来る以外は一切の連絡を取っていませんでした」

「そんなに長い期間連絡を取っていなかったのに、なぜお会いすることに？」

「彼が連絡をくれたんです」

「そうですか、一ノ瀬さんのほうから……」と荻堂はソファーに背をあずけて腕組みをした。

これも誘導だったのだろうか、と文月は憶測を巡らせた。

荻堂は姿勢を正すように座り直してから言った。「少々立ち入った話になってしまいますが、一ノ瀬さんは家庭が上手くいっていないそうですね。ご存じでしたか」

「詳しいことは聞いてませんが、奥さんとうまくいっていないようなことは先日聞きました。一ノ瀬さん、昔から女性にはもてていたので」

余計な情報ではあるが、文月は荻堂が彼のことをどこまで知っているのかを探ってみることにした。

荻堂は特に様子を変えることもなく言った。「彼ハンサムですもんねえ、声も渋いし。あれで臨床心理士だなんて反則ですよ。私なんて相手にしてくれる女性といったら握手会に行った時のアイドルくらいなものだもんなあ」

話がそれた理由は分からないが、どうやら荻堂は一ノ瀬からかなりの情報を得ているようだ。文月はこれ以上彼との関係を掘り下げられないよう、話題を変えることにした。

「荻堂さんはアイドルがお好きなんですね」

「ええ、推してるアイドルの握手会には必ずといっていいほど参加してます。なんか元気もらえるんですよね。悠木さんはお好きなグループとかあります?」

荻堂は鼻息を荒くして切れ長の目を文月に向けた。

「そこまで入れ込んだことはありませんが、荻堂さんの気持ちは分かります。彼女たちは日常の悩みや問題を一時でも忘れさせてくれる貴重な存在ですからね」

荻堂の切れ長な目が丸く輝いていた。

文月は臨床心理士のため、相手の言葉を否定しないように訓練されている。そのため習慣として肯定的な意見を述べたままでだが、荻堂は感銘を受けたようだ。

もしかすると彼は計算高い人間ではないのかもしれない……。

寝癖をエアコンの風に揺らしながら仔犬のようにこちらを見つめる荻堂に、文月は再び親しみを感じるようになっていた。彼には最初から権威の原理が働くことはなかったが、警察の人間にここまで自分を晒《さら》け出されると調子が狂ってしまう。だが荻堂が自己開示を利用し、文月から何かを聞き出そうとしている可能性があることも否定はできなかった。

自己開示とは自身の弱点やネガティブな面を晒け出すことにより、相手に親近感や特別な感情を抱かせる心理術だ。特別な情報を教えるという行為から秘密の共有関係が生まれるため、相手を丸め込むには効果的なテクニックでもある。

「すみません、また話が脱線してしまいました」

荻堂は反省するようにジャケットを腹の前に引き寄せた。丸い腹が邪魔しているせいで、ボタンは留まりそうにない。

「あの、悠木さんは沙耶さんに妹さんがいらしたことはご存じですか？」

「真沙さんですよね。沙耶さんのカウンセリングで、妹さんの話が何度か出たことは憶えています」

「一〇年前のクライエントの話をよく憶えていらっしゃいますね」と荻堂は心底感心したような表情で文月を見つめた。

「沙耶さんは私にとって初めてのクライエントでしたから……もちろん詳しいことまで憶えている自信はありませんが」

何度も頷いている荻堂の様子を見る限り、彼は真沙がここを訪ねて来たことは知らないようだった。

「荻堂さんは真沙さんを探しているのですね」

「一ノ瀬さんからお聞きになっていたのですね。そうなんです、まだ見つかっていないんですよ」

やはり真沙の行方は見つかっていなかった。文月は認知的不協和理論を盾に決断を先延ばしにしてしまったことを後悔した。

「昔のことで恐縮なのですが、悠木さんは真沙さんとお会いになったことはありますか？」

「いいえ。先ほども申し上げました通り、真沙さんは沙耶さんから聞いた名前でしかありません」

「ですよね。もしかしたら悠木さんなら何か知ってるかもしれないと思って来てはみたのですが。ああでも、捜索願とかが出されているわけでもありませんし、本来なら警察が動く事案でもありませんので……」

文月は肩を落とした荻堂を見ているうちに少し気の毒になってしまったが、今さら発言を取り消すことはできなかった。

「実は私が一番気になっているのは掛井さんの亡くなり方なんです。彼は二ヶ月半ほど前にご自宅の浴槽の中で亡くなりました。自殺という可能性も残されてはいますが、死因は事故死です。ただ浴槽で亡くなった場合、その判断には慎重にならざるを得ないところがありまして……。それが溺死だった場合は事故ということになりますし、もしくは自殺を装った他殺という可能性も完全に否定することはできませんから」

「他殺？」と文月は思わず口を挟んだ。

「ああ、ご心配なさらないで下さい。掛井さんが事故死だったことはうちの鑑識が下した判断ですので。ちょっといただきますね」

荻堂はまだ手を付けていなかった麦茶を一気に飲み干すと、生き返ったような表情をして大きな息を宙に浮かべた。

「どこまで話しましたっけ。そうそう、掛井さんの死に方です。実はね、悠木さんもご存じかもしれませんが、一〇年前に亡くなった沙耶さんも同じような亡くなり方をしているんです。沙耶さんのほうは自殺だったようですが、二人揃って同じ亡くなり方をするなんて、どう考えてもおかしいと思いませんか？　だから私はそのことを以前の上司に相談したんです。そしたら、偶然を見過ごすようなやつは刑事になんかなるなって、こっぴどく叱られてしまいまして。あ、その人、一〇年前にここへ来た女性のほうの署員です」

「……そうでしたか」

名前は忘れてしまったが、全てを見通すような目をした女性だったことはよく憶えている。ちなみに文月は沙耶がどのように亡くなったかをその刑事から聞いていた。

「しかしできすぎた話ですよね。一〇年前に亡くなった沙耶さんは悠木さんのクライエントだった。そして少し前に亡くなった掛井さんは一ノ瀬さんのクライエントだった。しかも悠木さんと一ノ瀬さんは大学院時代の同級生だったわけです。そこに繋がりを感じないほうが難しいと思うんですよ」

文月はかなり不安な表情を浮かべていたようで、荻堂が庇《かば》うように言った。

「ああ、別に誰を疑うような話ではないんです。先ほども言った通り、私もうちの署もこれが事件だとは考えていませんから。それに私は刑事課ではなく、生活安全課の人間ですので」

文月にとっては刑事課であろうが生活安全課であろうが警察は警察だ。彼の言葉に不安を感じないほうがおかしいだろう。

「捜索願が出されているわけでもないのに、荻堂さんはなぜそこまでして真沙さんを探しているのでしょうか？」

荻堂は躊躇《ちゅうちょ》せずに答えた。「それをご説明していませんでしたね。掛井さんは不動産関係のお仕事をしていたんです。具体的には五反田の高級住宅地に大きなマンションを所有していましてね、その管理が彼の主な仕事でした。実はそのマンションの相続人が真沙さんになっているんです」

文月は呼吸さえ忘れたように身を固くしていた。荻堂の言葉は、「警察が真沙を疑っている」という意味にしか聞こえなかったからだ。

「しかしなぜ掛井さんは実の娘でもない真沙さんに遺産を遺《のこ》そうとしたんでしょうかねえ。しかも当の真沙さんはどこへ行ってしまったのやら」と荻堂は寝癖を押さえるように頭を抱えた。

文月は荻堂が真沙の出生の秘密を知らないことを察した。

荻堂は急に身を乗り出すと真顔で言った。

「悠木さん、最後に一つだけお聞きしてもいいですか？」

「どうぞ」

「そもそも悠木さんは沙耶さんの育ての親、つまり掛井さんとお会いしたことはあるのでしょうか」

「いいえ。一度もありません」

その日、文月は二つ目の嘘をついた。

第6話　光が沈む場所

沙耶のカウンセリングを始めて五ヶ月近くが経とうとしているにもかかわらず、僕は彼女の主訴を見つけることができずにいた。

それはまるで深い霧がかかる森の中で一匹の小さな蛍を探すような作業だった。視界が利かない薄暗い世界の中で、ようやくぼんやりと滲む灯火を見つけても、その光は磁力が反発するように僕の指先をかわし、森の奥深くへと消えてしまうのだ。僕は霧に霞んでいく小さな光を見つめるたびに判然としない焦りを募らせていった。

その一方で、僕と沙耶の距離は近づいていた。彼女が週に一度同じ時間に遅刻することなく、この部屋を訪れてくれることがその証拠である。「時間通りに来ることなど当然だ」と言う人もいるかもしれないが、臨床心理の世界ではそれはカウンセラーに対する信頼を表す客観的な指標と考えられている。つまり今のところは、沙耶が僕をカウンセラーとして信頼してくれていると考えてよいのだ。ただ、それがラポールと呼べるものであるかどうかは今の僕には分からない。

主訴に関わることかどうかは判別できないが、沙耶は現在二つの葛藤を抱えていた。一つは妹の真沙に実の父のことを伝えるべきかという葛藤。もう一つは叔父との歪んだ関係を受け入れ続ける自分への葛藤である。特に叔父の話は具体的な内容にまで及ぶこともあり、僕はそれを聞くたびに胸が抉《えぐ》られるような痛みを味わった。しかし当の沙耶は叔父に対して憎しみを持っているようにも、負の感情を抱いているようにも見えなかった。むしろ沙耶は自身が抱えている葛藤を客観的に把握しており、僕にその判断を委ねようとすることもなかった。

沙耶は自立した一人の大人の女性だった。そして少なくとも僕の目には、彼女がカウンセリングを必要としているようには映っていなかった。そんな僕の一方的な主観的バイアスが、クライエントの主訴を未だ見つけられていないという焦りに繋げているのだ。

「悠木くんが言うように、沙耶さんがこれまでいくつものカウンセリングを受けてきたことを鑑みると、彼女がカウンセリングという行為自体に依存している可能性は否定できないと思う。そして彼女はそのことに気づいていない可能性もある。だとしても決して焦る必要はないし、彼女を焦らせてもいけない。大切なのは今のペースでクライエントの話にしっかりと耳を傾け続けること。そうすれば彼女はきっと心の奥底にしまっている物語を聞かせてくれるはずだ」

これは前回のスーパービジョンで綿谷教授にもらったアドバイスだ。要するに彼は、クライエントの主訴が見つかっていない僕を遠回しに励ましてくれているのだ。

頭では理解できていた。結果を焦ってはいけないことも承知していた。それでも僕は沙耶との関係がカウンセラーとクライエントという立場を超えてしまっているような気がしてならなかった。はっきり言えば、僕は彼女に惹《ひ》かれていた。その感情は無意識の領域を満たして意識の領域にまで溢れ、もはや制御することもできないほどに僕を支配しようとしていた。

しかし僕も心理学者の端くれである。週に一度必ず沙耶と会う、という単純接触を繰り返していることが僕の感情を増幅させていることは百も承知だ。人は知らない人や物に対しては批判的な対応を取るが、繰り返し会ったり見聞きする機会が多くなるほどその対象に好意を持つ傾向があるのだ。

だが、どんな精神分析も僕の胸の痛みを和らげる助けにはならなかった。僕はクライエントに抱いてしまった恋心を戒めるべく、その気持ちまで正直に綿谷教授に打ち明けた。

「カウンセラーも生身の人間だ。クライエントに対しての陽性の逆転移から恋愛感情を抱いてしまうことは決して珍しいことではない。悠木くんが沙耶さんに抱いた感情は決して異常なものではなく、むしろ正常な反応であると考えてよいだろう。ただほとんどのケースでは、クライエントはカウンセラーに対してそのような感情を望んではいない。クライエントは自身が抱えた不安を解決するために来談しているのだからね。臨床心理士はクライエントの問題を解決するために存在している。それだけは忘れてはいけないよ」

それが綿谷教授のアドバイスだった。育てるべきはラポールであり一方的な恋愛感情ではない。僕はそう自分に言い聞かせ、沙耶とのカウンセリングに臨んでいた。ただ、「沙耶は僕のことをどう思っているのだろうか」という気持ちだけは胸の奥に閉じ込めることができそうになかった。

沙耶は鮮やかなグリーンのソファーに腰かけていた。襟にリボンが付いた白いブラウスに膝丈ほどの長さのプリーツスカートとヒールの高いアンクルブーツを合わせおり、背もたれにかけられたベージュのコートとの色使いが綺麗な秋らしい服装だった。

一方の普段と変わらない地味なジャケットを着た僕は、沙耶の偶発的な誘惑に抗《あらが》うべく必死に自分の視線を制御していた。ソファーの座面が低いため、スカートの裾が引き上げられて彼女の白い太腿が顕《あらわ》になっているからだ。

沙耶はカウンセリングが始まってから三〇分ほどが経過しているにもかかわらず、一言も言葉を発していなかった。それだけではない。彼女は僕と一度も視線を合わせていなかった。だがその理由は容易に想像がつく。沙耶の隣には彼女の叔父、掛井が座っているからだ。今日はいつものテーブル席ではなく、ソファー席を使用しているのもそのためである。

沙耶の右隣に座る掛井は、落ち着いたブラウンの起毛のジャケットにクリーム色のパンツを合わせていた。ネクタイはしていないがジャケットには白いポケットチーフが挿されており、嫌味のない清潔感があった。年齢は五〇代半ばだと彼女から聞いていたが白髪はなく、よく通る声にも張りがあって若々しかった。不動産関係の仕事をしているということも聞いていたため、僕は彼に対してどこか陰湿なイメージを勝手に描いていたのだが、実際はそれとは真逆の紳士的な男性だった。

僕はあらためてソファーに並んで座る二人を眺めた。まるで二人揃ってコーディネートしたようなファッションスタイルは、それが親子というよりも恋人同士のようにさえ映っていた。

掛井が今日のカウンセリングに参加している理由は、前回のカウンセリング時に沙耶が彼を連れて来たいと言ったからだ。それが彼女の意思なのかは分からなかった。しかし彼は沙耶の保護者である。断る理由などどこにもないため僕はそれを承諾し、今日は家族療法というカウンセリングスタイルとなったわけだ。

家族療法とは、家族に代表されるような密接な関わりが生じる場で生活する人々に、それぞれの視点からアプローチを行う心理療法である。

掛井は初めの挨拶を済ませてからは、ほとんどと言ってよいほど一人で話していた。ゴルフやダイビングといった自身の趣味の話を三〇分以上もの間続けているのだ。僕は興味のない話でも、一つ一つ丁寧に相槌を打ちながら聞くことを心がけていた。穿《うが》った考え方かもしれないが、彼がカウンセラーとしての僕を見定めているようにも思えたからだ。

ようやく趣味の話が終わると、掛井はローテーブルの上に置かれていた緑茶を一口飲み、少し腰を浮かせてから座り直した。もともと近かった二人の距離はさらに縮まり、常に体の一部が触れているほどの近さとなった。たとえ彼が保護者であったとしても、その距離は成人をすぎた一人の女性と接するパーソナルスペースとは言い難いものだった。

　パーソナルスペースとは人が持つ縄張り意識ともいえる距離のことである。特に四五センチメートル以内はごく親しい人が許される密接距離と呼ばれており、それ以外の人が近づくと不快感を伴う距離だ。ちなみに四五センチメートルから一二〇センチメートルは個体距離と呼ばれ、友人関係のような少しくだけた関係性の距離。一二〇センチメートルから三五〇センチメートルは社会距離と呼ばれ、ビジネスなどのあらたまった場での人との距離。それ以上になると公衆距離と呼ばれ他人との距離となる。俗に言われるソーシャルディスタンスとは社会距離のことである。

　だが沙耶は体を近づけた掛井に対してなんの反応も示すことなく、膝の高さほどのテーブルを見つめていた。まるで閉じ込められている高い塔の上から異国の街並みを見下ろしているような眼差しだった。そして掛井が話している間、彼女はずっとその姿勢を保っていた。

　掛井は高そうな腕時計を確認して言った。

「おや、もうこんな時間でしたか。沙耶のカウンセリングのはずなのに悠木さんが私の話をあまりにも真剣に聞いて下さるので、つい喋りすぎてしまいました。いやいや、さすがは臨床心理士さんです」

「いえ、沙耶さんからお聞きになっているとは思いますが僕はまだ見習いですから」

「聞いております。しかしね、悠木さんにお会いした瞬間、この人はどんな話でもちゃんと聞いてくれる人だとビビっときてしまいましてね。あなたならきっと、将来立派な先生になられると思いますよ。おかげで沙耶があなたのカウンセリングに通い続けている理由もよく分かりました」

やはり掛井は僕を見定めるために来たようだ。

「ありがとうございます。正直言ってお役に立てているかどうかも分かりませんし、至らぬ点がありましたら遠慮なく仰《おつしや》って下さい」

「とんでもございません。沙耶はよほどあなたのことが気に入ったのだと思います。これまで様々な相談室へ通わせたんですがね、こんなにも沙耶が満たされた表情になったことは一度もありませんでした。だから私は悠木さんに感謝しているんです」

沙耶は自分の意思でカウンセリングを受けているとばかり考えていたが、今の話が事実なら、それは掛井の指示だったということになる。未だに彼女の主訴を見つけられない原因はそこにあるのだろうか……。僕はそれを確かめるべく、思い切って質問してみることにした。

「掛井さんは、なぜ沙耶さんにカウンセリングが必要だと思われたのですか？」

掛井は少し驚いたように答えた。

「そうですか、その話は沙耶から聞いていらっしゃらないのですね」

どの話のことを言っているのかは分からないが、僕は相手の言葉を待った。

「実は私、大学の頃に少し心理学を勉強した時期がありましてね。と言っても私は経済学部でしたから、一般教養でいくつかの講義を履修した程度でしかありません。しかし当時の講義の中で心理学は私が一番興味を惹かれた学問でした。悠木さんの前で言うのもお恥ずかしい限りなんですが、そんな経緯もあって心理学という学問の大切さは自分なりに理解しているつもりなんです。カウンセリングという行為がいかに大切なものであるかもね」

沙耶は掛井の言葉に反応を示すこともなく、遠い世界を見つめるようにテーブルを見つめている。

「聞いているとは思いますが、沙耶は早いうちに両親を亡くしたでしょう」

僕は逡巡したが、沙耶の視線を気にしながらゆっくりと頷いてみせた。

「それで私が沙耶を育てることになったわけですが、当時の彼女はいっぺんに様々なものを失った状態でした。両親を失ったばかりか、住む場所も、通っていた学校さえ変わってしまったわけですから当然ですよね。だから沙耶には心のケアが必要だったんです。

一方の私にとっても、男手一つで沙耶を育てるのはやはり難しいと考えていました。特に女の子の場合、我々には分からない体の変化やそれに纏わる悩みも多いでしょう。そこで沙耶が中学生になった頃に心理クリニックへ通わせることにしたのです。初めは女性のカウンセラーがいいだろうと思いましてね、沙耶に合いそうな人を私が選びました。彼女が中学生の頃に穏やかな日々を送ることができたのはそのカウンセラーのおかげだと私は思っていました。ですが沙耶は高校に上がる頃になると、次第にその相談室へは行かなくなってしまったんです。きっと思春期という時期と重なっていたこともあったのかもしれませんね。

しかし私はカウンセリングを継続させることは必要だと考えていましたから、今度は数名のカウンセラーの中から沙耶に選ばせることにしたのです。すると彼女は優しそうな男性のカウンセラーを選んだので、彼に決めました。その後は定期的に彼のもとへ通うことになり、私も暫くは安心してこの子を任せていました。ですが、ある問題が起きました」

掛井は隣に座る沙耶の体を隅々まで確認するように眺めた。

その視線につられて、僕は思わず沙耶の太腿に見入ってしまった。

掛井はそんな僕を観察するように続けた。

「問題というのはね、沙耶が発育していくにつれて美しさを増していったことなんです。そのカウンセラーも男ですから、私は彼を責めるつもりはありません。それに私はカウンセリングに参加していたわけではありませんし、その部屋の中で何が起きていたのかまでは知りません。でもね、私は沙耶の様子を見ればすぐに分かるのです。彼女がその男とどんな関係を結ぼうとも……。

私はすぐに沙耶を違うクリニックへ行かせることにしました。しかし沙耶はその後も新たなカウンセラーとの間で肉体関係を持つようになりました。堪り兼ねた私はもう一度女性のカウンセラーを選びましたが、それもうまくはいきませんでした。それで沙耶が通う大学の施設にも相談室があることを知り、私が彼女にこちらを勧めたのです」

僕は沙耶がいくつかの心理相談室に通っていたということは知っていても、その理由まで考えようとはしていなかった。「彼女は治療的関係に依存している可能性がある」と綿谷教授は言うが、依存しているのは掛井の可能性もあると僕は思った。

「そういった経緯があってこのセンターへいらしたのですね。お話しいただきましてありがとうございます。至らぬ点が多く、ご迷惑をおかけしていなければよいのですが」

僕は沙耶を気にしながら言ったが、その表情が変わることはなかった。

「ご心配はいりません。沙耶はあなたを選んだわけではありませんので」

僕は掛井の言葉の意味を見失った。

「とはいえ、沙耶はあなたのことをとても信頼しているようですね。いや、それ以上の感情を抱いているのかもしれません。先ほども申し上げた通り、私は彼女のどんな些細な変化でも分かってしまうんですよ」

掛井の顔に笑みはなかった。

僕はその冷たい視線に体が凍りついたように萎縮し、沙耶の表情さえ窺うことができなかった。そして、沙耶に選ばれたような錯覚に陥っていた自分が無性に愚かしく思えた。

「ああ、すみませんね。変な意味はないんです。今日は悠木さんとお話しすることができてよかったです。いい人そうですし、あなたならきっと沙耶の支えになってくれるでしょう」

僕は凍りついた体を無理やり動かすようにぎこちなく頭を下げた。

掛井は隣に座る沙耶を、まるで自分の作品を眺めるように言った。

「どうです？」

僕は首を竦《すく》めるように視線を返した。

「ああ、いきなりすみません。彼女の今日の服装、よく似合っているでしょう」

「今日だけでなく、いつも素敵な服を着ていると思います」

本心とは違う言葉だった。僕はもっと学生らしいカジュアルな服装をした沙耶のほうが好きだった。

「いつも私が選んでいるんです。下着までね」

掛井は僕が完全に言葉を失ったことを確認してから続けた。

「私は彼女が幼い頃から一緒に暮らしていますので、彼女にはどんな色が似合うか、どんな素材が彼女の艶やかな肌を引き立てるかまで、全て知り尽くしているんです。中学を卒業するまでは一緒にお風呂に入っていたくらいですからね。ですから私は彼女の背中にあるほくろの数まで知っています。それが人には言えないような場所にあることも」

僕の視線は無意識のうちに沙耶の太腿を見つめていた。

掛井は僕の視線を遮るように、彼女の太腿に手を載せた。

「だからね。もし沙耶があなたとなんらかの関係を持った時は、いやそれを持とうとした時でさえ、私にはすぐに分かってしまうんです」

僕を縛りつける掛井の冷たい視線が胸を突き刺すような痛みに変わった。

掛井は沙耶の太腿に載せた手を少しずつその付け根に近づけながら、身動きの取れない僕に続けた。

「私は沙耶の愛し方を知っています。どうすれば悦ぶのか、どうすれば乱れるのか、どうすれば……」

掛井の手が沙耶の太腿の先に近づくと、その体が一瞬動いた。

「ほら、私は沙耶のことを熟知しているのです。触られるだけでは満足できない体だということも。彼女はね、肉体的な苦痛さえ悦びに変えることができるんですよ。私は彼女の様々な表情を知っていますが、苦痛の中で見せる彼女の表情が一番美しいと……」

「もう、結構です」

僕は掛井の言葉を遮っていた。

沙耶の太腿の上に載せられた掛井の手に一粒の水滴が落ちた。

初めて見る沙耶の涙だった。

掛井は俯《うつむ》いたままの沙耶の髪を耳にかけ、胸に挿してあったポケットチーフで彼女の瞳をそっと拭いた。

「失礼しました。まだ学生の悠木さんには少し刺激が強かったかもしれませんね。ただこれだけは忘れないで下さい。私はいつもあなたを見ています。たとえ沙耶の気持ちがあなたに移ったとしても、それは一時的なものでしかありません。あなたも将来は立派な先生になるおかたですからそんなことは心得ているとは思いますが、今日はそれをお伝えしようと思い、沙耶の了承を得た上で同席させていただきました」

掛井は沙耶の腹部に手を移して続けた。

「それとね。もう一つお伝えしなければならないことがあります。沙耶は子供を産むことが難しい体なんです。彼女は一度妊娠したことがありましてね。相手は二番目のカウンセラーです。その時の中絶手術が大きな負担となり、その可能性を限りなく失ってしまったのです。医師からは諦めたほうがよいとさえ言われています。彼女はそういう体だということをお忘れにならないようにお願いします。全ては沙耶のためなのです」

掛井の冷たい瞳に涙のようなものが見えた。だが僕にはそれがとても汚らしいものにしか映らなかった。

その日、沙耶は一言も話すことなく部屋を去った。

僕は沙耶に抱いている陽性の逆転移と同じくらい、掛井に対して陰性の逆転移を抱いていた。それはとても鮮明で、疑いようのない感情だった。憎しみである。


人間の思考力や判断力は夕方になると激しく低下すると言われている。脳は朝起きてから休むことなく思考を続けており、時間の経過や気象などの環境変化に左右されながら疲労を蓄積していく。そして夕方に近づくにつれ視覚的な負担も加わることで、思考力や判断力が一気に下がるのだ。心理学ではこれを黄昏時《たそがれどき》効果と呼ぶ。

文月は湖に沈む夕陽を眺めていた。

その水面はまるで空を映す大きな鏡のようだった。オレンジ色の空とそれを正確に模写する巨大な海に挟まれたようで、じっと見つめているとどちらが本当の空なのかさえ分からなくなり、体はそれぞれの引力に引かれ合うように軽くなっていった。文月は沈む夕陽を前に、沙耶との思い出も、今抱えているクライエントも、全て放り出してこのまま空と海の狭間に閉じ込められても構わないとさえ思っていた。

文月はゆっくりと水面に近づいていく光にそっと手を差し伸べた。それはまるで、一〇年前に探していた沙耶の主訴のようだった。文月は最後までその光に触れることはできなかった。それは沙耶の内面ではなく、外界に存在していたものだったからだ。それがカウンセリングの中で彼女の主訴を見つけることができなかった理由だった。そしてそれを知った時、文月は当時のスーパーバイザーだった綿谷への沙耶に関する報告を放棄したのだ。

小さなさざなみがオレンジ色に煌《きら》めいていた。穏やかな波が足もとに近づいては引いていった。冷たい風が体を包み込むたびに、文月は薄着でこんな場所へ来てしまったことを後悔した。一一月に入ったばかりではあるが東京と静岡の気温は明らかに違うのだ。

文月はあらためて海のように広がる薄暗い浜名湖を一望に収めた。

ロールシャッハ・テストで使われるカードの模様のような形をしたその湖は、南端部が外海と通じている汽水湖である。淡水と海水の栄養素が集まり、豊富な種類の魚や生物が棲んでいるため漁業が盛んなことでも知られている。

そんな湖のほとりに文月が立っている理由はほかでもない。真沙と会う約束をしているからだ。

真沙にメールを送信したのは荻堂という刑事が来た日の夜のことだった。文月は彼が帰った後、約束通りみかんに警察との会話の全てを報告した。すると彼女は今すぐにでも真沙にメールを送るべきだと尻を叩くように文月を急《せ》かした。みかんに言われなくてもそうするつもりではあったのだが、真沙が訪ねて来てからすでに二ヶ月以上がすぎていたため、文月は一体どんな内容のメールを書けばよいのかと考えあぐねていた。そんな煮え切らない態度を見るに見兼ねたのか、彼女は文月のスマートフォンを取り上げると真沙に送るメールの内容を一緒に考えてくれたのだった。

みかんの助けもあって真沙へのメールを送ることはできたのだが、その返事はすぐには返って来なかった。

返信を待って二週間ほどが経った頃には文月はさすがに真沙の身が心配になり、せめて一ノ瀬には彼女が会いに来たことを伝えるべきかとも考えた。しかし、みかんはそんな文月の不安を見透かすように言った。

「実は私、あの日真沙さんと少し話したんです。といっても、来談者記入シートに連絡先を書いてもらいながら天気の話をしたくらいですけどね。でも真沙さん、とても穏やかでしたし、彼女が深刻な問題を抱えているようには見えませんでした。だからもし真沙さんがあの日以来姿を消したのだとしたら、それは彼女の意思だったのではないかと思うんです。それに彼女、メアドを記入する時もスマホを何度も確認しながら書いてましたし。あれって無料で取得できるからたくさん作っちゃうじゃないですか。でもメインで使ってるメアドなら普通は憶えてますよね。先生が考えているように、私もあれは彼女からのメッセージだと思うんです」

一部は初めて聞く話もあったが、文月にもみかんの考えと重なる部分はあった。心理臨床センターに来た真沙の様子を何度思い返しても彼女の言葉や表情には強い意思があり、思い詰めているような様子はなかったからだ。文月は長年臨床心理士を続けているため、妙な考えを起こしてしまいそうな人はすぐに見分けられるのだ。みかんの助言もあって、文月はもう少しだけ真沙からの返事を待つことにした。

真沙からの返事を待つ期間、文月は警察に彼女とは会ったことがないと嘘をついた理由を自分なりに考えていた。

真沙の実の父は、彼女が叔父だと信じている掛井である。そんな本人さえも知らない重大な秘密を、赤の他人である自分が知っているという歪《いびつ》な同情心が働いたことは否《いな》めない。また、自分と似たような環境で育った真沙に対して類似性の原理が働いたことも確かだろう。だが心理分析では語れない理由もあった。それは、掛井という汚れた人間から真沙を遠ざけるためである。掛井は沙耶が抱えた問題の根源だったからだ。沙耶の妹をあの男から守らなければならない、という文月の動物的本能が掛井から真沙を匿《かくま》ったのだ。

一ノ瀬の話によれば、掛井は実の娘のことで悩んでいたという。彼は真沙に自分が実の父であるという事実を明かすべきか思案に暮れていたのだ。文月は掛井と真沙の間にどれほどの交流があったのかは知らない。だが彼が晩年まで一ノ瀬にそんな相談をしていたことを鑑みれば、恐らく真沙はその事実を聞かされてはいないはずである。そしてこれまで得た情報の中から推測するのであれば、現在それを知っているのは文月、みかん、一ノ瀬、そして綿谷ということになる。そのため文月は死亡した掛井のマンションの相続人が、彼の姪である真沙になっていることを荻堂から知らされても驚くことはなかった。しかしその事実を知らない荻堂からすればそれは不自然な流れであり、刑事としてそこに事件性を疑うのは無理もない。つまり荻堂は掛井の死に対し、真沙の関与を疑っている可能性があるということだ。そう考えれば文月は真沙をあの男からだけではなく、結果的には警察からも匿ったことになるのかもしれない。

それが正しい判断だったのかは分からない。だが荻堂は掛井が事故死であることは間違いなく、刑事事件になることはないとも断言していた。また彼は日々の業務の不満を文月に吐露するほど忙しそうだった。そしてあれ以来荻堂からの連絡がないことを考えると、事件性が認められない掛井のことにまで手が回っていないか、事件でもない事案のことなどもう忘れてしまっているのだろうと文月は考えていた。ただ、どんなに考えても分からないことがあった。それは、真沙が姿を消した理由である。

真沙から返信が来たのは、文月がメールを送ってから一ヶ月がすぎようとした頃だった。彼女が文月の職場を訪れてからはちょうど三ヶ月がすぎた頃である。

短い文面ではあったが、真沙は育ててもらった静岡の叔母の家の近くで職を見つけて働いているそうで、毎日を忙しく元気に暮らしているようだった。そしてメールの末尾にはこう書かれていた。

『悠木さんにお話ししたいことがございます。もしよろしければそちらへ伺いますので、近いうちにお会いできれば幸いです』

文月はその返信に、真沙が残したメールアドレスはやはり自分へのメッセージだったことを確信した。

ひとまずの安堵と共に、文月は真沙からの返事があったことをみかんに報告した。すると彼女は再び文月のスマートフォンを使って返信する内容を考えてくれた。だが、今度は勝手に送信ボタンを押してしまったのだ。しかもそのメールには文月とみかんのカウンセリングが入っていない複数の日時が記載され、さらには『こちらのほうから伺います』とまで添えられていたのである。

そんなみかんの択一式の問いかけが働いたのか、真沙からの返事はすぐに来た。そして真沙と会うことになった当日、文月は午前中のカウンセリングを終えた後に静岡へ向かうことになったのだ。みかんも一緒にである……。

　真沙に指定された待ち合わせ場所は、湖に囲まれたような施設だった。浜名湖には北東部分から南に大きく突き出した半島があるため、まるで湖の中に街が浮いているような場所があるのだ。

　だが問題はそこまでの交通手段だった。最寄駅の多摩センター駅から電車を乗り継ぎ、新幹線を利用して浜松駅へ到着しても、その待ち合わせ場所まではバスで一時間近くもかかる。運良く全ての乗り継ぎがうまくいったとしても片道三時間半以上だ。さらに問題なのは帰路だった。食事を終えて帰る頃には、終電に乗ることができるかさえも怪しい時間帯になっているはずだ。どうせなら安い旅館にでも一泊して次の日の始発で帰ることも考えたが、あいにく次の日は朝からカウンセリングが入っているため間に合うかどうか分からない。とはいえ、文月は真沙に日程の変更をお願いするわけにもいかなかった。その日時を指定したのは文月……いや、みかんだからである。

　しかしそんな交通手段問題は思いもよらないみかんの提案であっけなく解決した。彼女の家の車を出してもらうことになったのだ。みかんの話によれば、すでにご両親の承諾は得ており、彼女の母が運転をしてくれるということだった。文月はあまりの段取りのよさに、みかんは初めから家の車で行くことを考慮に入れた上で日時を指定したのだろうかと勘繰《かんぐ》るほどだった。しかし時すでに遅し。翌朝に来室するクライエントのことを考えれば彼女の提案を受け入れるほかないのだ。そして真沙との面会にみかんも同席するという条件をのまされ、文月は渋々頭を下げたわけである。

午前中のカウンセリングが終わってすぐに心理臨床センターを出発したため、待ち合わせ場所には約束の時間よりもだいぶ早く到着していた。

道中のみかんは終始機嫌がよく、まるで遠足に来た子供のように次から次へと用意して来たお菓子を文月に勧めては一人ではしゃいでいた。そして到着してもなお遠足気分が収まらないようで「せっかくだからロールシャッハ湖を一周したい」と言い出し、文月を待ち合わせ場所に置いて母親とドライブに出かけてしまったのだ。もちろん文月も誘われたのだが、長時間助手席で緊張していたせいか腰に痛みがあったため丁重にお断りし、湖畔を散歩しながら待つことにしたのだった。

船が係留されていない小さな桟橋から、一羽のカラスが夕陽に向かって飛び立った。浜名湖の水面は夕陽の大部分が溶けてしまったように赤く染まっていた。

文月はスマートフォンで時間を確認すると、湖に沈んでいく夕陽を残して待ち合わせの場所へ向かった。

蝋燭《ろうそく》の炎には人の心を和《なご》ませる効果があると言われている。その理由は諸説あるが、一定に見えて実は予測できないF分の一と呼ばれる不規則なゆらぎが人をリラックスさせたり、暖色の光源が人や物をいっそう美しく照らすことなどがそう考えられている要因だろう。だが臨床心理学ではそれをコミュニケーションを円滑にするためのツールとして捉える場合もある。蝋燭の炎は相手の視線からの退避場にもなるからだ。人は常に他者からの視線にストレスを感じているため、視線を外せる場所があることで互いの緊張感が自然と和らぐのだ。

リキッドキャンドルに灯《とも》された小さな炎が、テーブルに落ちたグラスや食器の影を小刻みに揺らしていた。

真沙が待ち合わせに指定した場所はペンションの施設の一つだった。客室は別の場所にあるそうで、本来は宿泊客に食事を提供するための食堂として利用されているのだという。だがシーズンを外れた平日のせいか客はなく、その施設には文月たち一組しかいなかった。

案内されたテーブルは湖が一番よく見える特別な席で、そこだけが別の小部屋のような造りになっていた。壁一面をくりぬいたような大きな窓ガラスからは浜名湖が一望でき、その水面には月明かりと共に光の破片が煌めいている。天井に設置されたスピーカーからは穏やかなBGMが流れ、時折聞こえてくる波音が心地よい贅沢な空間を彩っていた。

真沙は文月の正面の席に座っていた。キャンドルの明かりに包まれたような彼女は、首もとが丸く開いたノースリーブのブラウスの上にカーディガンを羽織り、肩下まである髪を片方の耳にかけていた。施設の照明が暗いせいか、真沙は心理臨床センターに訪ねてきた時よりもいっそう沙耶に似ているような気がした。ただ、彼女は先日よりも少し緊張した面持ちで料理を口に運んでいた。

文月の左隣には車椅子に座ったみかんがいた。彼女はリボンが付いたブラウスの上に胸元がV字に開いたセーターを着ており、大きな瞳をキャンドルの明かりで輝かせながら満足そうに食事を続けていた。テーブルが少し高そうではあるが、食事をする分には問題なさそうである。施設の入り口以外は段差のない造りになっており、各テーブルもかなり余裕を持って設置されているため、移動に関しても問題はないだろう。またトイレも多目的仕様となっていた。文月はみかんが同席することになったことを真沙にどう伝えようかと悩むと同時に、店がバリアフリーの造りになっているかどうかが心配だったため、ひとまずは胸を撫で下ろしていた。

だが、初めからそんな心配は無用だったようだ。実はこの施設は真沙がみかんを気遣って予約してくれていたのだ。二人がいつから繋がっていたのかは分からないが、みかんは文月の知らないところで真沙と連絡を取り合っていたのである。まるで旧知の間柄のように親しげに話す二人を見ているると仲間外れにされているような気分にもなってしまうが、みかんが同席することになったことに対する心配事がなくなったと考えれば結果的には良かったのかもしれないと、文月は認知的不協和理論を働かせていた。

ちなみにみかんの母は湖のドライブを終えて彼女を待ち合わせ場所で下ろすと、少し離れた場所にあるウナギの有名店へさっさと行ってしまった。彼女はウナギには目がないようで、二人の運転手を引き受けたのもその店に行きたかったからという理由があったようだ。

文月は午前中のカウンセリングが終わってすぐに出発したため、ワイシャツに地味なジャケットといういつもの仕事着で食事をしていた。自分だけが場違いな服装をしているのではないかと施設の人や真沙の目を気にしていたが、薄暗い照明のおかげで周囲に溶け込むことはできているようだ。

真沙はあらかじめコース料理を注文してくれていたようで、テーブルには次々と料理が運ばれて来た。文月はワインを勧められたが、帰りもみかんの母に運転してもらうことを考えるとさすがに申し訳ない気持ちになり、残念ながら遠慮することにした。みかんも酒はあまり得意ではないようで、結局三人ともアルコールは抜きでの食事を楽しんでいた。

ただが次々に運ばれてくる料理は、酒などなくても酔ってしまいそうなほど絶品だった。イタリア料理をベースとした創作料理の数々には産地の食材がふんだんに使用されており、希少性の原理も相まって文月は幸せを噛みしめるように食事を楽しんでいた。いや、腹を括る思いで一品一品を味わっていた。今日は二人にご馳走をする腹積りで来ていたからだ。

一皿ごとに真剣勝負をするように料理を味わっていたせいか、文月はメインの肉料理を食べ終えた頃には立ち上がれないほど満腹になっていた。その後さらにパスタが出されたがもはや味わうこともできず、飲み込むように平らげるのが精一杯だった。一方みかんと真沙は満足そうな顔で全ての料理を完食し、さらには食後に付くデザートとドリンクをメニューの中から嬉しそうに選ぶほどの余力を残しているようだった。

しかしそんな美味しい料理と自然溢れる贅沢な雰囲気、そしてキャンドルの幻想的な照明効果とは裏腹に、三人の会話は終始途切れがちでどこか堅苦しかった。その上会話のほとんどはみかんと真沙のいわゆる女子トークが中心で、文月は二人の話に相槌を打つ程度だったため三人が揃って同じ話題を話し合うような時間はほとんどなかった。

文月の認識に間違いがなければ、真沙には何か話したいことがあり、そのために今日の会食が設けられたはずだった。だが、食事が終わった今もそれらしき話題は出ていなかった。文月は元気そうな真沙の姿を確認することができただけでもよかったと考えてはいるものの、今日はこのままデザートを食べて解散になるのかと思うと肩透かしを食わされたような気分になっていた。

ただ、食事が終わるまで会話が続かなかった理由ははっきりとしていた。それはテーブルの上に置かれた真沙のスマートフォンだった。彼女は一つの話題が終わるたびにそれを確認し、どこか落胆したような表情をしたり、短いテキストを入力するような仕草を食事中ずっと続けていたのだ。当の真沙も食事中に自分がスマートフォンを使用していることを申し訳なく思っているようで、そのたびに二人に謝るのだが、忙しそうな彼女を見ていると日をあらためたほうがよかったのではないかと逆に恐縮してしまうほどだった。しかし真沙はデザートを注文した後に一度スマートフォンを確認してからは、一度もそれを見ることがなくなっていた。スマートフォンをバッグの奥に押し込むように仕舞ったからだ。

真沙はウェイターを呼び、先ほど食後のデザートと一緒に頼んだコーヒーをワインに変更してもらうと、自分を縛り付けていた小さな端末から解放されたように言った。

「あらためて今日は遠いところをお越しいただきましてありがとうございました。あの、お食事が終わってから言うのもおかしいのですが、今日は私のほうでご馳走させていただきますので悠木さんもみかんちゃんも遠慮なく注文して下さいね」

食事中ずっと緊張気味だった真沙の表情は、雲一つない空のように晴れ晴れとしていた。

「いえ、そんなわけにはいきません。今日は僕がお支払いしようと思っていましたので、お気遣いだけでも感謝します」

「え、そうなんですか。珍しい。じゃあ遠慮なく」とみかんが余計な一言と共に頭を下げた。

「それくらいどうってことない」

とは言ったものの、文月は贅沢なコース料理三人分の合計額が気になって仕方なかった。

「真沙さんの前だからって強がらなくてもいいのに」

頬を膨らませるみかんを見て、真沙はクスクスと笑いながら言った。

「悠木さんとみかんちゃんって本当に仲がいいんですね。なんか初々《ういうい》しくてちょっと羨ましくなっちゃいます。でも今日は本当に大丈夫です。実はもうある人が支払いを済ませているんです。初めからそういう約束だったので」

真沙の「約束」という言葉と、なぜか照れているみかんの態度の意味が分からずに首を傾げていると、ウェイターがドリンクとデザートを運んできた。大きな皿にケーキとフルーツとアイスクリームが載った贅沢な一皿だ。東京ならこれだけでも一五〇〇円はするだろう。

「しかし奈良咲の分もありますし……」と文月は合計金額を気にしながら言った。

「いえいえ、わざわざいらして下さったのですから当然です。それにお話ししたいことがあるのは私のほうなのですから」と真沙はワインを口に含んだ。

文月はますます真沙の言葉の意味が分からなくなり、とりあえずコーヒーを一口飲んだ。

「あの、もしかして今日はほかにも誰かいらっしゃる予定だったんですか？」とみかんが尋ねた。

「そのはずだったのですが」と真沙はスマートフォンを仕舞ったバッグを見つめながら続けた。「もう間に合わないって連絡が来ました。あの人、いっつもそうなんです……」

文月はみかんの質問でようやく状況を把握した。真沙がスマートフォンを気にしていたのは、今日同席するはずだった人物と連絡を取っていたからだったようだ。

「もしかして、今日来る予定だった人って真沙さんの恋人とか？」とみかんは好奇心丸出しの顔をして言った。

「私はそう思ってるんだけど」と真沙はキャンドルを眺めた。

何やら深い話になりそうな空気が漂っていた。文月はこれ以上質問を掘り下げないほうがよいのではないかと思い、脳をフル回転させて違う話題を探した。

そんな文月の懸念をよそに、みかんはキャンドルにオイルを注ぐように言った。

「その人、真沙さんの大切な人なんですね」

みかんの言葉にそっと頷き、真沙は続けた。

「それに、お世話になっている人でもあるの。私は今、この近くにあるアパートを借りて住んでいるんだけど、その部屋も彼が用意してくれたものなの。叔母の家もここから遠くはないのだけど、叔母は今私が静岡にいることも知らないと思うわ。でもここは私にとって故郷みたいな場所だから、いるだけで凄く落ちつくの」

真沙は自身が育った叔母の家があるから静岡へ戻ったと文月は考えていたのだが、どうやら少し事情が違うようだ。

「今日来るはずだった人は、真沙さんのことをとても大切に思っているんですね」とみかんは王子様に憧れる少女のような眼差しで言った。

「口ではそう言ってくれてるけど、向こうの事情もあって不安定な期間がずっと続いてて……私、どうやら普通の人を好きになれないみたい」と真沙は空になったワイングラスを見つめながら答えた。

もはや地震でも起きない限り話題を変えることは難しそうだ。しかも文月は恋愛話に関してはリアクションの取り方さえ分からない。だがもしこの話の延長に真沙が話したいことがあるのであれば、この場はみかんに任せたほうが賢明だろう。文月は身を潜めるようにそっと口を噤《つぐ》んだ。

みかんは空のワイングラスにそっと手を近づけて言った。

「よかったら、もう一杯どうですか？　私も一杯だけもらっちゃおうかな」

その言葉で真沙の顔に笑顔が戻った。

必要なのは言葉ではなく共感である。文月は臨床心理士としての基本的な姿勢をみかんから学んだ。

ワインが運ばれて来ると、いつの間にか女子だけの酒盛りが始まっていた。二人の会話についていくことができているかどうかは甚《はなは》だ以《もっ》て疑問ではあるが、文月なりにまとめると次のような内容だった。

真沙はまず、自身の職歴をみかんに説明した。彼女が高校を卒業した時期はリーマンショックの影響で経済が著しく低迷していたため、社会に出るタイミングとしてはかなり厳しい環境だった。それでもどうにか中堅企業に正社員として入社することはできたのだが、その会社は数年後に潰れてしまう。真沙はあらためて正社員としての働き口を探すが長く続く不況のため見つからず、派遣社員として働くことになる。その後派遣切りを一度経験するが、以降は大手ＯＡ機器販売会社の事務として派遣社員を続けていた。

そして真沙の話は恋愛遍歴へと続いた。彼女は最後に勤めていた会社の正社員の男性と恋仲になり婚約をした。しかし真沙の家庭環境の複雑さや姉が自死したという過去もあって相手の親から反対され、その婚約は破談となってしまう。そんな時に彼女を慰めてくれたのが、破談となった相手の上司だった。その男性は真沙の全てを受け入れてくれた。そして包み込むように彼女の傷を癒してくれた。ただ、彼には妻子があった。真沙はその男性と幸せになることを願ってはいたが、将来が見えず別れを決意した。そしてその後に出会ったのが今日同席する予定だった男性なのだが、彼もまた妻子を持つ人だった。

話を聞き終えたみかんはキャンドルに照らされた真沙に言った。

「今度はきっと幸せになれますよ。だってその人は真沙さんのために尽くしてくれているじゃないですか」

なんとも無責任な発言ではあるが、文月もこの場ではそれ以外の言葉が見つからなかった。

「私、小学生の時に両親を亡くしてからは叔母の家に引き取られて育ったでしょう。そのせいか、ずっと他人の家の中にいるような気がしていたの。だから本当の家族というものがどういうものなのか、未だによく分からなくて……。不倫を正当化するわけではないけど、既婚者くらいしか私のことを理解してくれる人はいないのかもしれないわ」

真沙は三杯目のワインを口に含むと小さなため息を吐いた。

みかんはまだ一杯目のワインの半分も飲んでいなかったが、頬はすでに赤らんでいた。

真沙の不倫話を掘り下げたいわけではないのだが、文月はどうしても気になっていたことがあったため尋ねてみることにした。

「お勤めしていた会社はお辞めに？」

「ええ、こちらに来る前に。と言っても私は派遣ですから、派遣会社にその意思を伝えたらそれで終わりですけどね」

「そうでしたか。でも真沙さんを心配されている人もいらっしゃるのでは？」

「どうでしょう」と真沙は文月から視線を外し、波音に溶けてしまうような声で続けた。

「警察は私のことを探しているようですが……」

やはり真沙は警察が自分を探すことを分かった上で姿を消したのかもしれない。文月はもう少し突っ込んだ質問をしてみることにした。

「真沙さんが東京を離れた理由は、掛井さんが亡くなったことと関係しているのですね」

真沙はゆっくりと頷くと、言葉を一つひとつ並べるように語り始めた。

「先日悠木さんにお渡ししたあの封筒は、叔父の家で遺品を整理していた時に見つけたものでした。ただあれは姉の部屋ではなく、叔父の部屋に保管されていたものでした。私は姉の部屋も確認しましたが、一〇年前から手が付けられていないようでしたので、やはりあれは叔父が保管していたものだったようです。しかし叔父の部屋で見つけたのはあれだけではなかったのです。

それは一冊のアルバムでした。ページを捲《めく》ってみると、そこには一人の女の子の写真が収められていました。まだ胎児の状態のエコー写真から始まって、小学生になる頃まで、その子が成長していく過程が大切に保管されていました。しかしアルバムのページを捲っていくうちに妙な違和感を覚えました。姉の写真だと思って見ていたそれは、私の写真だったのです」

大きな窓にはオレンジ色に染まった真沙が映っていた。文月はその姿が沙耶と重なっていくような感覚に陥った。

真沙はキャンドルの炎に語りかけるように話を続けた。

「まだ両親と暮らしていた頃のことです。私は毎年誕生日になると、叔父から手紙をもらっていました。しかしなぜか、その手紙は私だけに来ました。母が私にそれをくれるのです。お姉ちゃんにもお父さんにも内緒よって。まだ幼かった私は、きっと母は姉にも同じことをしているのだろうと考えていました。

でもその手紙は、どう考えても叔父が姪に宛てたものとは思えない内容のものばかりでした。正直言って私はそれをもらうことを恐ろしく感じたことさえありました。ただ、母があまりにも嬉しそうにその手紙を差し出してくるので、私は断ることもできずに受け取っていました。もちろん姉にも父にも秘密にしたままです。しかし両親が亡くなるとその手紙が来ることはなくなりました。叔父と叔母の仲が悪かったからかもしれませんが、私のほうも生活が一変したこともあって、そんな手紙のことはいつしか忘れていました。

そして叔父の部屋でそのアルバムを見つけた時、当時の記憶が鮮明に蘇ったのです。幼い頃に抱いていた姉への後ろめたさと共に……。ずっと謎だった私だけに送られてくる手紙の答えは、そのアルバムの中にありました。その後マンションの相続人が私になっていることも知り、確信はさらに深まりました。私は叔父の娘だったのです。しかし私はその事実を受け入れることが今もできていません。それが東京を離れることにした理由です」

揺れ動くキャンドルの炎のように文月の心は落ち着くことがなかった。

みかんもまた、呼吸を忘れたようにじっと真沙の話に聞き入っていた。

真沙は文月をまっすぐに見つめて言った。

「悠木さん、あなたは一〇年前、姉からその秘密のことを聞いていたのですね」

真沙が話したかったこと。それは文月が彼女の出生の秘密を知っていたのかという確認だったのだ。文月はその質問に正直に答えるべきか逡巡し、みかんを窺った。そっと背中を押すような優しい眼差しが視界に入った。「人の物語は親の物語から始まる」という言葉が文月の脳裏に浮かんだ。

「その話は沙耶さんから聞いていました。沙耶さんは自分だけがその秘密を知ってしまったことをずっと悩んでいました」

真沙はそっと目を閉じるとゆっくりと息を吐いた。

キャンドルの炎が小さく揺らめくと、その向こうに沙耶がいるような気がした。

「教えて下さり、ありがとうございます。私が幼い頃姉に秘密にしていたことは、その後姉の秘密になってしまっていたのですね……。でも一つ分かったことがあります。私が東京に出ても、いえその前から、姉が積極的に私と連絡を取ろうとしなかった理由がようやく分かりました。私は知らないうちに姉を苦しめていたのですね」

真沙の苦しみが胸に染み込んでくるようだった。文月にも父親の違う弟がいるが、一度も自分から連絡をしたことがなかったからだ。

スピーカーから流れる音楽と湖から聞こえてくる波音が時を刻むように続いていた。

「なんか似てますね、二人……」

波音に重なるように、みかんの声が耳に入ってきた。

真沙はその言葉に首を傾げてみかんを見つめた。

「実はお会いした時からずっと思ってたんです。あ、顔が似てるというわけじゃないですよ。たまに遠くを見つめるような仕草とか、ちょっとぼんやりしているような雰囲気が似てる気がするんです」

文月は思わず真沙を見つめた。

キャンドルの向こうから二つの瞳が文月を見つめ返していた。

「そういえば、沙耶さんからも同じようなことを言われたことがあります。彼女が僕をカウンセラーに選んだ理由は、真沙さんに似ているからだって」

「私と悠木さんが……」

文月はそっと頷いてから続けた。

「沙耶さんは真沙さんのことで苦しんでなどいませんでした。むしろ彼女はずっと真沙さんのことを思い続けていました。そして沙耶さんはいつも、妹には余計な気苦労を負わせたくないと言ってました。自分だけが大学へ行かせてもらったり、お金には困らない生活をさせてもらっていることを後ろめたく感じていたのです。きっと頻繁に連絡ができなかったのも、そんな気遣いがあったからだと思います。彼女はそれほどあなたのことを大切に思っていました。真沙はたった一人の大切な妹だって、何度も言ってました」

真沙の頰にオレンジ色の小さな光が落ちていた。

文月はポケットの中にハンカチを探したが、そもそも入れた記憶がないのだからあるはずもない。

そんな文月をよそに、みかんがそっと真沙にハンカチを差し出した。彼女の瞳にも溢れ落ちそうな涙が溜まっていた。

気づけば天井のスピーカーから流れていたBGMは消えていた。

静かな店内に、再び音楽が流れはじめた。しかしそれは天井からではなく、真沙のバッグの中から聞こえていた。

真沙はスマートフォンを取り出して確認すると、頭を下げて席を立ち、少し離れた場所で電話に応じた。

聞こえてくる真沙の声から推察すると、電話の相手はかなり親しい間柄の人物のようだった。

みかんは声を潜めて言った。「今真沙さんが電話してる人って、今日来るはずだった彼っぽいですね」

文月も声を潜めて言った。「人の電話に聞き耳立てるなんて趣味悪いぞ」

みかんは肘を文月の脇腹に押し付けて言った。「そんなこと言って、先生だって耳があっち向いてるじゃないですか」

「いてて、聞こえちゃうんだからしょうがないだろう。それにもしその人なら、ご馳走していただいたお礼の一つでも言っといたほうがいいかと思ってただけだ。こっちだって大人なんだから」

「なにその言い訳。大人ってめんどくさ」

「いいからその肘をどかしてくれ」

文月がみかんの肘と格闘していると、真沙がスマートフォンのマイクの部分を押さえて戻って来た。

「お取り込み中すみません」

「いえ、なにも取り込んでなど」と文月はみかんの肘を叩いて姿勢を正した。

真沙はスマートフォンを差し出して言った。

「あの、彼が悠木さんに代わってくれと……」

「ぼ、僕にですか？」

「ほかに誰がいるんですか」とみかんが即座に反応した。

文月は意味もなくジャケットの襟を整えて言った。

「ありがとうございます。僕もせめて今日のお礼くらいは言いたいと思っていたので」

呆《あき》れたような顔をしたみかんを尻目に立ち上がると、文月はスマートフォンを受け取って通話に応じた。

「お電話代わりました。本日は大変なお心遣い、誠にありがとうございました」

文月は深々と頭を下げた。

「おお、気にするな。そこのオーナーとは古い仲でな。それより、今日はそっち行けなくて悪かったな」

聞き間違いだろうか。文月は下げた頭を上げて真沙を窺った。

真沙は視線をそらすように俯いた。

返答に困っていると、スマートフォンの小さな穴の中から再び声が聞こえてきた。

「クライエントのご家族と話し込んでしまってな。そしたらそっちに行くにはもう間に合わない時間になってたんだ。今度また二人で会った時、事情はゆっくり話すよ」

文月が聞き間違いかと思った理由はほかでもない。聞き憶えがある声だったからである。

「もしかして一ノ瀬さん、ですか」

「……あれ、真沙から聞いてないのか？」

文月は慌てて真沙を確認した。

真沙の気まずそうな顔が今にも消えそうなキャンドルの明かりに照らされた。

オイルを使い果たした小さな炎が、湖に沈んでいく夕陽のように姿を消した。

第7話　冬の太陽と闇に浮かぶ月

文月の職場がある八王子市は夏は東京の平均気温よりも高くなり、冬はその平均気温よりも低くなる。特に冬の八王子市の寒さは都内で初雪が観測されると毎年ニュースに取り上げられることでも知られている。それだけの寒暖差が生まれるのは、市の東側には丘陵地帯、西側には山間部といった中央高地式気候によるためだ。

一二月中旬のキャンパスにはいつ雪に変わってもおかしくないような冷たい雨が降っていたが、白い息を吐きながら歩く学生たちは活気に溢れていた。今週は年内最後となる講義も多く、休み明けに後期テストがあるためだろう。

そんなキャンパスの中でも、北門付近にひっそりと佇む心理臨床センターは中央高地式気候を体験するには十分すぎる場所だった。文月は午後最後のカウンセリングを終えた後、いつもの相談室で冷え切った指先を膝で挟みながら、みかんのスーパービジョンを行っていた。エアコンを高めに設定しているため部屋全体の温度はそこまで低くないのだが、文月の定位置である窓際の席はとにかく冷えるのだ。冬本番を前に、文月は早くも電気ヒーターを自宅から持って来るべきかと悩んでいた。

木製のテーブルの上にはフルーツが挟まれたサンドイッチと温かいミルクティー、そして缶コーヒーが置かれていた。文月は珍しく差し入れを用意してみたのだが、開始から二〇分ほどがすぎても、みかんはそれらに手を付けていなかった。彼女は席に着いてからずっと俯いているため、スーパービジョンはおろか会話さえもほとんど進まず、蓄積されていく冷気のみがその部屋に存在しているような時間が続いていた。せめてこれがカウンセリングなら救いはあるのだが、彼女はクライエントではなく実習生である。

文月は重い沈黙に自分の立場さえ見失いそうになり、冷気に温度を奪われた缶コーヒーの蓋を開けて一口飲んだ。複雑な苦味が口内に広がるだけで状況は何一つ変わらなかった。実のところ、ここ数回のスーパービジョンは毎回こんな調子だった。そのため今日は柄にもなく差し入れを用意してみたわけだが、どうやらその効果はなかったようだ。

みかんは袖の長い厚手のセーターに指先をすっぽりと入れ、ミルクティーが入ったペットボトルをじっと見つめていた。決してふて腐れているわけではなく、文月の質問に言葉を詰まらせているのだ。

一方の文月はジャケットとワイシャツの中に薄いセーターが加わっただけのいつもと変わらないスタイルで沈黙を続けていた。文月もまた、答えに詰まるみかんにかける言葉を探しているのだ。

一つの課題を前に沈黙を続ける学生と、それを静かに見守る教員。キャンパス内であればどこでも目にする風景だろう。だが、文月にとってみかんは初めて指導を任された大切な生徒である。そんな彼女の笑顔さえ奪う状況を作ってしまったことに、文月は責任を感じていた。

指先をセーターの袖で隠したまま視線を動かそうとしないみかんを眺めながら、文月は先日の静岡からの帰りの車中で聞いた彼女の名前の由来を思い出していた。あの日、みかんは慣れない酒を飲んだせいで熟睡してしまったため、助手席の文月は運転をしてくれた彼女の母と様々な話をすることができたのだ。

みかんという名前は彼女の父が付けたのだそうだ。娘の出産予定日が冬であることを知った父は、その季節にちなんだ名前を探すことにした。しかし思いつく名前は全て寒さや冷たさを連想させるものばかりで、なかなか相応《ふさわ》しい名前は浮かばなかったという。そんなある日、父は偶然食卓に置いてあった鮮やかな色の蜜柑《みかん》に目を奪われた。そして冬に実る蜜柑は寒い季節を照らす太陽のようだと、その名前を付けることにしたのだという。

文月はその由来を聞いた時、あまりにもぴったりな名前だと感心して彼女の父に謝意を表したい気持ちを覚えた。みかんの笑顔は文月にとって日々の不安や鬱積を晴らしてくれる一筋の光明だったからだ。もしみかんに出会わなければ、文月は現在の不安定な働き方も過去の自分に対する失望も、その全てを否定する日々を送り続けていただろう。彼女の父が言う通り、みかんはいつしか文月の太陽のような存在になっていたのだ。だからこそ、彼女から笑顔を奪ってしまうような指導をしてしまった自分に、文月は重い責任を感じていた。

みかんの笑顔を曇らせてしまうことになった原因は、真沙に会った日の翌日のできごとにあった。文月もまだ詳細を把握することはできていないのだが、彼女が担当するクライエントのマイカさんとの間で何らかの問題が生じたようなのだ。しかも文月がその報告を受けたのは、それから一ヶ月近くがすぎてからのことだった。

「クライエントに対して強い陰性の逆転移を抱いてしまいました」

カウンセリングの中でどんな会話があったのかと文月が聞いても、みかんは同じ答えを繰り返すばかりでその詳細までは報告しようとしなかった。恐らくマイカさんから心ない言葉をかけられたのだろうという察しはついていた。だが具体的なカウンセリング内容が分からないままでは今後の方針を示すこともできず、文月は頭を抱えていた。

実はマイカさんがカウンセリング中にみかんに暴言を吐くことは以前にも何度かあった。しかし、みかんはそのたびに辛抱強く受け止めていたため、彼女の態度はすぐに軟化していた。そんな経緯もあり、文月はみかんにマイカさんのカウンセリングを継続させていたのだ。

現在高校三年生のマイカさんは進学はせずに就職することを望んでいたが、夏がすぎても一向に就職活動をしていなかった。そこで心理臨床センターでカウンセリングを受けることになったのだが、彼女は年末を控えたこの時期になっても就職先を見つけようとせず、進学をする友人たちと同じような生活を送っていた。しかし、マイカさんには就職に前向きになれない理由があったことが最近になって分かった。彼女の父は長年勤めていた会社を解雇されて失業していたのだ。しかもその件は最近まで学校にも報告されていなかった。みかんはそんなマイカさんに同情し、奨学金制度を調べたり学費の安い大学を探すなど、彼女が進学を諦めずにすむ方法を親身になって提案した。ところが就職することはすでに決めたことだったため、マイカさんにとってはみかんの親切が余計なお世話として映ってしまったのだ。

窓にぶつかる雨音だけが、文月とみかんを繋ぐ接点のようだった。その音がなければ時間が進む方向さえ分からなくなってしまうような長い沈黙が続いていた。

文月はこのままみかんが話し出すまで待つことも考えたが、これはカウンセリングではなくスーパービジョンであると自分に言い聞かせた。しかも文月は彼女が臨床心理士という職業に踏み出すための大切な教育の現場を任されているのだ。そのためにも、自分が指導する生徒がクライエントからどんな言葉を受けたのかという客観的事実を正確に把握しておく必要があった。

文月はみかんを諭すようにゆっくりと言った。

「奈良咲がマイカさんに対して負の感情を抱くことは決して異常なことではない。むしろそれは健全な心を持っているが故に抱く感情だ。だから自分の中に生じた感情を恥じる必要も、自分を否定する必要もない。なぜなら僕らもクライエントと同じように、心にたくさんの問題を抱えた生身の人間だからだ。

そして臨床心理士という職業は決して一人で務まる仕事ではない。そのためにスーパービジョンがある。これはカウンセラーに生じた感情を第三者と共有することで、クライエントとの関係を客観的に見つめ直すことができる大切な時間なんだ。だからこそスーパーバイザーである僕には、どんな感情も隠さずに話して欲しい」

返事を待ってみても、聞こえてくるのは窓を叩く雨の音だけだった。

文月は意を決し、単刀直入に尋ねた。

「体のことについて、何か言われたのか？」

セーターの袖に隠れそうな指先が小さな握り拳《こぶし》を作った。

マイカさんはこれまでも悪態を吐くことはあったが、みかんが抱えている障がいに関することにまでは及んでいなかったはずである。だが彼女の様子を見る限り、その答えは明らかだった。

カウンセリングの世界では、大人しい性格のクライエントであっても回を重ねるうちに突然態度が豹変したり、攻撃的になるようなケースは少なくない。これはクライエントが体験してきた対人関係をカウンセリングの中でも再現しようとする、転移という現象と考えられる。たとえば幼い頃から両親に虐《しいた》げられてきたクライエントはその関係をカウンセラーとの間でも再現しようとするため、カウンセリングでも自身の感情を表現することを避ける傾向にある。自分の感情を表現すれば相手から攻撃を受けるのではないかと無意識のうちに身構えてしまうからだ。だがカウンセリングを続ける中で相手の欠点や弱点を見つけると、それまで抑圧されていたクライエントの不安や怒りが激しく込み上げ、攻撃的な衝動が表出することがあるのだ。

静かな雨音に溶け込むように、みかんの声が聞こえてきた。

「そうではないんです……」

みかんはそう言うと、残りの言葉を押し込めるように口を噤んだ。

タイミング悪く文月のスマートフォンがテーブルの上で振動を始めたからだった。普段なら仕事中は必ず電源を落としておくのだが、今日最後のカウンセリングが終わった後に着信履歴を確認したため、そのままにしてしまっていた。

文月は振動を続けるスマートフォンをジャケットの内ポケットに押し込んで言った。

「悪かった、気にしないでくれ。言われたことを思い出すことはつらいだろうけど、教育係としてクライエントの詳細を把握しておきたいんだ」

しかしみかんはタイミングを逸したようで、再び口を閉ざしてしまった。

文月は小さなため息を吐き、綿谷の言葉を思い返した。

彼女は自分がクライエントとの間にラポールを容易に形成できてしまうことに気づいてい

ない可能性がある。それが初めて教育指導を行う文月に対しての綿谷の助言だった。そして文月はみかんにラポールを形成することの難しさを学ばせる必要があると考え、インテーク面接時から態度に問題が見られたマイカさんを彼女のクライエントとして選んだのだ。だが文月は自分でさえ手を煩わすであろうクライエントをみかんに担当させてしまったことを、今頃になって悔やんでいた。もしこの状況が続けば、彼女はクライエントに生じた逆転移への罪悪感だけでなく、自身が持つ障がいが臨床心理士という仕事の妨げになるのではないかという失望さえ抱くだろう。

みかんに非はない。全ては文月の責任である。しかし今はこの状況を回避する唯一の方法を彼女に告げること以外、できることはなかった。

「奈良咲にも話した通り、僕は初めて担当したクライエントに対して自他の区別を失い、その問題を綿谷教授にも報告せずに一人で抱え込むようになっていった。沙耶が抱えた問題は僕が解決する。いや、僕にしか解決できないと決めつけてしまったからだ。そして自分の主観に捉われた結果、取り返しのつかない結果を招いた。どんなに悔やんでも、どんなに自分を責めても、もう彼女は戻ってこない……。

だから、奈良咲には同じ失敗をして欲しくない。どんな時も問題を抱えた人たちの話を親身に聞き、そしてどんな時も不安など吹き飛ばしてしまうその太陽のような笑顔で待っていてくれる。奈良咲なら、そんな臨床心理士になれると思っている」

みかんは文月をまっすぐに見つめていた。

文月は覚悟を決め、一つの提案を告げた。

「気を悪くしないで聞いて欲しい。奈良咲は精一杯やった。しかしこの状況では、マイカさんは僕が引き継いだほうがいいだろう」

みかんは大きく息を吸い込むと、強張らせていた肩を落として言った。

「そうではありません。私は自分の体のことを言われたくらいで落ち込んだりはしません」

文月はみかんが何を伝えようとしているのか見当もつかず、眉をひそめて彼女を見つめ返すことしかできなかった。

みかんは文月から視線を外すと、窓に張り付いた雨粒を数えるように言葉を並べた。

「話したことがあったかもしれませんが、私は小学二年生の時に大きな怪我をしました。そのため、それからは特別支援学校に通っていました。車椅子になって自由がきかない生活に滅入《めい》ってしまうこともありましたが、またみんなと同じ普通学級に通えるようになりたいという一心で、どうにか日常の生活ができるようにまでなりました。

そして、中学に上がるタイミングでようやく普通学級に戻ることができました。でもその時には小学校の同級生たちはみんな、私より学年が二つも上になっていました。中には私のことなんて忘れてしまっている子さえいました。それでもその中学は小学生の頃一番仲がよかった子と同じだったので、私はまた彼女と遊んだりできることを楽しみにしていました。でも結局、その子とは以前のような関係に戻ることはできませんでした。当然ですよね、中学三年生になった彼女にとっては、小学二年生の頃のことなんて大昔のことですから。ましてや私は学年が二つも下になっていましたし……。

逆に新しく同級生になった子たちはみんな優しかったです。でもなんだかずっと気を遣われているようで、結局悩みを打ち明けられるような友達はできませんでした。そんな時に親身になって私の話を聞いてくれたのがスクールカウンセラーでした。彼女は週に一度しか学校に来なかったけど、私はその先生と話す時間が待ち遠しくてたまりませんでした。私がこの仕事に就くことを決めたのは、その人と出会ったからです。どんなにつらいことがあっても、必ず彼女みたいな臨床心理士になってみせるって。そしてもし臨床心理士になれたら、どんなにつらいことがあっても、困っている人の話を全て受け入れてみせるって。

だから私は、たとえ自分の体のことで心ないことを言われたって平気なんです。そう、思ってました……。でもあるんですね、どうしても受け入れられない言葉も」

みかんの指先が再び握り拳を作っていた。

セーターの袖に隠れた拳から悔しさが滲み出ているようだった。だが、もしみかんが今回のことで臨床心理士への道が絶たれてしまうという不安を抱いているのなら、文月はそれを取り除いてあげたかった。

「臨床心理士は医師ではない。だからクライエントの心の中を数値化することも、その症状に応じて薬を処方することもできない。でもね、大きな病院や有名な医師でも治せない病気もある。それが僕らが扱っている心の病気だ。そしてその病気には同じケースなど一つも存在しない。そのために臨床心理士ができることは、明日出会うかもしれないクライエントのために、一つ一つ臨床経験を積み重ねながら成長していくことだ。だから心配しなくていい。今回クライエントを引き継ぐことになっても、奈良咲は立派な臨床心理士になれる。それは僕が保証する」

無責任な言葉だった。だが、それが文月の本心だった。

「やっぱり先生は何も分かってないです」

みかんは今にも溢れ落ちそうな涙を天井を見上げるようにして堪えていた。

「では、受け入れられない言葉というのは？」

みかんはゆっくりと視線を下げると、その小さな拳を見つめながら言った。

「あなたは好きになった人を幸せにできない」

雨音に消されてしまうほど小さな声だった。

「そう、言われたのか」

みかんはその大きな瞳の中に文月を映して言った。

「私は先生のこと幸せにできませんか？」

いくつもの涙がその小さな拳の上に落ちていた。

冬の太陽の涙を隠すように、静かな雨音が相談室に聞こえていた。

みかんとのスーパービジョンを終えた後、文月は職場からバスで一〇分ほどの距離にある大型健康ランドに来ていた。

最近になって新規のクライエントが二名増えたこともあり、文月は静岡に行った翌日から一ヶ月以上働き通しだった。明日も朝からカウンセリングが入っているのだが、年末まで休みが取れそうもないことを考えると、この辺りで一度体を休めておく必要があったのだ。また文月にはクライエントの問題ではなく、暫く先延ばしにしてきた自分の身に起きていることを整理する時間も必要だった。

自身のセルフケアも臨床心理士の大切な仕事である、と文月は予定外の出費に確証バイアスを働かせながら広々とした浴槽の中で思い切り手足を伸ばしていた。なお、確証バイアスとは認知バイアスの一種で、自らの都合のよい情報ばかりを参照してそれに反証する情報には目を向けない傾向のことをいう。

クリスマスを間近に控えた平日のためか、館内は物淋しさを感じてしまうほど人が少なかった。浴室全体を見渡しても一〇名ほどの利用客がいるだけで、様々な種類の温泉が用意された浴槽は今日に限っては一人用と言っても過言ではなかった。文月は入場時に渡された会計用のリストバンドさえ洗い場に置いたまま、その開放感と共に贅沢な空間を存分に味わっていた。

季節ごとに変わる少しぬるめの温泉が入った浴槽の中には、洗濯ネットのような袋がぷかぷかと浮かんでいた。文月は目先まで近づいてきたその袋を引き寄せて中身を確認した。馴《な》染《じ》みのある甘酸っぱい香りが鼻腔を刺激した。袋の中に詰め込まれていたのは蜜柑の皮だった。

壁に掲げられた案内板を確認すると『蜜柑風呂』と書かれており、その下にはその効能が記されていた。そもそも蜜柑の皮は昔から漢方薬として使われている生薬《しょうやく》なのだそうだ。また蜜柑の皮に含まれる精油成分にはリラックス効果があり、ほかにも美肌、風邪予防、疲労回復、そして保温作用などの効果があるため、寒い季節にはうってつけの風呂であると書かれていた。

蜜柑はまさに冬の太陽だった。文月はあらためてみかんという名前を付けた彼女の父に感心しながら湯ぶねに体を沈めた。体中の血液に癒しが染み込んでくるような安らぎに包まれた。しかし文月が健康ランドに来たのは体を癒すことのほかに、先延ばしにしてきた自身の問題を整理するという目的があることを思い出した。

当然ながら、みかんの件も整理しなければならない問題の一つだった。但し、文月が彼女について考えなければならなかったことはクライエントのマイカさんに関することが中心であり、そこに個人的な感情は入っていないはずだった。しかし今日のみかんの言葉を受けてから、文月は自制していたはずの感情を抑えきれなくなってしまっていた。それは、これまで固く禁じていたはずの彼女への思いだった。

文月は抑制していた感情が溢れ出したような浴槽の中に、みかんの言葉を浮かべた。

「私は先生のこと幸せにできませんか?」

質問に答えられず、口を噤んでしまった自分が情けなかった。そして正直に気持ちを打ち明けてくれたみかんを思えば思うほど、自分のもどかしさに腹が立った。

文月はみかんと一緒にいる時間が好きだった。そしてみかんと一緒にいる自分が好きだった。彼女と共にする時間は文月にとって、自分という存在を肯定できる唯一の時間でもあった。誰かと時間を共有する。それだけで心が満たされていく。みかんは文月が忘れかけていたそんな時間を思い出させてくれた大切な人だった。そんな彼女がもし自分と同じ気持ちでいてくれるのだとしたら、ほかに必要なものなどないほど嬉しかった。みかんの気持ちに応えたい。文月は心の底からそう願っていた。

だがそれは簡単なことではなかった。みかんに問題があるわけではない。問題を抱えているのは文月のほうなのだ。文月は沙耶が死んでから一〇年が経った今も、彼女にかけられた魔法が解けずにいた。時が止まったままの相談室にずっと閉じ込められているのだ。そしてその魔法は掛井の死によって再びその威力を増し、文月をこれまで以上にきつく縛り付けていた。

「今の僕ではみかんを幸せにできない」

みかんが文月を幸せにできないのではなく、文月が彼女を幸せにできないのだ。それが口には出せなかったみかんへの答えだった。

蜜柑の皮が詰め込まれた袋が再び文月の体に近づいて来た。その甘酸っぱい香りを吸い込むだけで心が満たされ、文月の思考は再び振り出しに戻った。人の心の問題を解決する専門家であるはずの自分が腑甲斐《ふがい》なかった。

文月はみかんへの気持ちを水底に沈めるように浴槽を出た。

壁に備え付けられたシャワーが並ぶ洗い場で冷水を浴び、体を十分に冷やした文月はジェットバスがある浴槽へと移動した。左右の手すりに挟まるように浴槽の中に入ると、文月はジェットから出る泡が腰に当たる位置を確かめるように体を倒した。

シャワーで体を冷やしながら、少しぬるめの温泉とジェットバスに繰り返し入る。これが健康ランドを訪れた際の文月のルーティンだった。サウナや水風呂も嫌いではないのだが、温泉に来たのにそれとは関係のない時間を過ごすのはもったいないような気がするため、文月は基本的には温泉のみを楽しむことに決めていた。浴室を出た後にマッサージをしてもらうことも考えてはいるが、あえて予約はしていなかった。まずは時間を気にせずに思う存分温泉で体を癒し、浴室を出るタイミングでたまたま時間が合った時に施術をしてもらうというのが、文月が考える究極のマッサージだからだ。そしてもし時間が合わなければ素直に諦め、その分の料金が浮いたと思いながら家路に着く。そこまでが日常で疲れた体と心を癒す文月流のセルフケアだった。

ジェットの心地よい刺激に放心したように天井を見つめていると、入り口付近から元気な親子の声が聞こえてきた。はしゃぎながらタイルの上を走る幼い娘を、その父親が注意しているようだ。先ほどまで文月が入っていた蜜柑風呂に娘が入ると、幸せが滲み出たような顔をした父がその後に続いた。男は文月と同じくらいの年齢のようだった。

そんな親子を暫く眺めているうちに、文月は一ノ瀬のことを思い出していた。確か彼の娘も同じくらいの歳だったはずだ。だが現在、一ノ瀬は家族とは別居状態にあった。それもそのはずである。彼は事もあろうに真沙と不倫関係を続けているのだから。実は今日文月が健康ランドに来た目的は、体を癒しながら自身の考えを整理することのほかにもう一つあった。それは、鳴り続ける一ノ瀬の着信から逃れるためだった。

静岡で真沙と会食をした日から一ヶ月以上がすぎているが、文月は未だに一ノ瀬と連絡を取っていなかった。ただ、文月のスマートフォンには毎日のように彼からの電話がかかってきていた。しかし文月はどうしてもその着信に応じることができずにいた。

一ノ瀬は掛井の死に関与しているのではないか……。

そんな疑いが、一ノ瀬と真沙の関係を知った時から頭を離れなくなってしまったのだ。もちろんそれは文月が個人的に抱いている懐疑であり、ましてやそれを証明するものがあるわけではない。しかし万が一文月の考えが間違っていないのであれば、その事実を一ノ瀬の口からは聞きたくなかった。彼の電話に応じる前に、掛井の死の真相を自分なりに整理しておく必要があったのだ。それが、一ノ瀬からの着信に応じることができなかった理由だった。

文月が一ノ瀬に懐疑心を抱く理由を客観的に整理するには、あらためて二人の関係を見直しておく必要がある。一ノ瀬は文月が大学院生だった時に最も親しくしていた同級生だった。そして彼は沙耶のカウンセリングを行っていた文月のスーパーバイザーでもあった。もちろん文月は当時実習生だったため、綿谷の指導のもとで教育の一環として沙耶のカウンセリングを担当していた。しかしカウンセリングが始まり半年がすぎた頃から文月は自他の区別を失い、綿谷にその全てを報告することを放棄するようになっていった。

だが、文月は一ノ瀬にはその全てを話していたのだ。心理学者的な立場で言えば、お互いが見習いの実習生であったことが連合の原理を働かせたのだろう。文月は実習生という同じ立場であった一ノ瀬には、沙耶とのカウンセリングで起きたことも、そこで自身に湧き上がった逆転移の感情も、全てを打ち明けていたのだ。つまり沙耶との間で起きたことをその時間軸で把握していたのは、一ノ瀬だけということである。

ただ一ノ瀬は大学院を修了した後すぐに就職が決まったため、その後のスーパービジョンは全て電話で行われていた。よってそれ以降はスーパービジョンと呼べるほど形式的なものではなく、むしろ学生同士の雑談のような形で進められていたのだが、一ノ瀬はいつも文月の話を親身になって聞いてくれていた。しかしある一つのできごとがきっかけとなり、二人は連絡を取り合わなくなっていた。

従って一ノ瀬と沙耶という間接的な接点もその時点で断たれたはずだった。そもそも二人の間には物理的な繋がりはなかったのだから、初めから接点などなかったと言ったほうが正しいだろう。それ故に、一ノ瀬が沙耶の妹である真沙と繋がっているという実情は文月にとって不自然以外の何物でもなかった。

五反田のバーで一ノ瀬と酒を飲んだ夜、彼は家庭がうまくいっていないことを明かした。それを聞いた文月は、その原因は昔から好色だった一ノ瀬にあると考えた。そしてその相手を彼のクリニックの受付にいたショートカットの女性だと推定していた。一ノ瀬は昔から髪の短い女性が好みだったからだ。だがそれは文月の一方的な思い込みだったのだ。いや、一ノ瀬と不倫関係にある相手が真沙であったなど誰が想像できたというのか。

しかしそんな二人が繋がっていることは紛れもない事実だった。静岡で真沙と会食をした夜、文月は彼女の前で確かに一ノ瀬と話をしたのだから疑いようもない。そして明かされた事実からそれぞれの関わりを逆に辿っていけば、不自然だったはずの繋がりはそれぞれの細い糸が偶然交わっただけの、単純な関係へと姿を変えていった。つまり一ノ瀬と真沙が繋がっていたという事実さえ分かってしまえば、その接点を探せばよいだけのことだ。言うまでもなく、掛井である。

掛井は沙耶の育ての親であり、真沙の実の父親だ。そして、彼のカウンセラーだったのが一ノ瀬である。彼はゴルフの指導をしてくれた掛井への礼としてカウンセリングを行っていたと言っていた。そこに料金が発生していなかったとしても、文月はそのカウンセリングがいい加減に行われていたはずがないと考えていた。なぜなら一ノ瀬は開業できるほど実力のある臨床心理士だからだ。現に掛井は実の娘である真沙の秘密を打ち明けるほど、一ノ瀬を信頼していたのだ。そんな二人の関係を鑑みれば、なぜ一ノ瀬と真沙が繋がっていたのかという疑問への答えは簡単に導き出すことができた。そして一ノ瀬と真沙が不倫関係にあったことも、掛井という接点から逆に辿っていけばそれほど不自然なことではなくなっていた。

文月は一ノ瀬と真沙が恋仲になった経緯を次のように推察していた。掛井は真沙に自分が実の父であるという真実を告げるべきか悩んでいた。ところが掛井は真沙が引き取られた叔母とは仲が悪く、彼女との接点を失った状態だった。そのため掛井は真沙との接点を作る必要があった。そして自らの悩みの全てを打ち明けた一ノ瀬に、真沙との接触を依頼した。掛井は自ら真沙に真実を伝えようとしていたのか、あるいは一ノ瀬にそれを伝えてもらおうとしていたのかは文月には分からない。だが一ノ瀬が掛井の依頼を引き受けたことで想定外のできごとが起きた。出会うはずのなかった一組の男女が、恋に落ちたのだ。

水面に押し上がる無数の泡が、煮えたぎった熱湯のように見えた。さすがに長湯しすぎたようである。文月は両手で手すりを掴むと、横たわっていたジェットバスから体を起こして浴槽を出た。

腰の具合を確認するように浴室中央の休憩スペースに移動すると、文月は檜《ひのき》でできた休憩用の椅子に背を倒すように座った。

天井にある大きな天窓から見える空には、中途半端に欠けた月が浮かんでいた。冬の夜空から運ばれてくる心地よい冷気が文月に客観的な思考を促しているようだった。気づけば先ほどまでいた親子はいなくなっていた。

一ノ瀬は掛井の死に関与している……。

これはあくまでも文月の憶説である。だがこれまで整理してきた情報をもとに考えれば、文月が一ノ瀬に懐疑心を抱く理由は一つだった。それは、一ノ瀬が真沙を匿っているということだ。真沙は一ノ瀬が用意した場所に住んでいた。そこは彼女が育てられた叔母の家の近くだった。それにもかかわらず、真沙は静岡に戻ったことを叔母には伝えていないと言った。そこにどんな理由があるにせよ、その状況だけを鑑みれば彼女が一ノ瀬に匿われていることは明白だった。真沙を警察から匿ったのは文月ではなく、一ノ瀬だったのだ。

しかしなぜ一ノ瀬は真沙を警察から匿ったのだろうか。いや、なぜ彼女を匿う必要があったのか。それこそが、一ノ瀬が掛井の死に関与していると文月が考える理由だった。

だが文月は思考をその先に進めることを躊躇った。その先には果てしなく広がる闇しか存在していないからだ。そして文月には、自らその答えを出す前にどうしても確認しておかなければならないことがあった。逆転移についてである。

天窓から見えていた空には、月が姿を消した闇だけが広がっていた。

クリスマスの午後、文月は学生センターと呼ばれる校舎の上層階からキャンパスを見下ろしながら綿谷を待っていた。

大学と大学院は年内授業終了日ということもあり、校内のあちこちは学生たちで溢れていた。特に正門から続く中央広場には電飾と共に飾り付けされた巨大なクリスマスツリーが設置されているため、キャンパスは写真を撮るためにスマートフォンを翳《かざ》す学生たちで歩くスペースがないほど混雑していた。

文月は西陽に照らされた学生たちにかつての自分を重ねようと試みたが、一六年前とは時代が変わりすぎているため別の世界を覗いているような気分になり、窓から身を引いた。そもそも当時はこの学生センターと呼ばれる巨大なビルさえ存在していなかったのだから当然だろう。

昨年正門付近に新設された学生センターは、就職支援や各種手続きのための窓口、体育館や図書館、そして学食などが入った、学生を多角的にサポートすることを目的として建てられた校舎である。ただその上層階には特別な功績を持つ教授たちの研究室も入っており、綿谷の研究室もそこにあった。言うまでもなく、裏門付近にひっそりと佇む心理臨床センターとは違い、一年を通しての室温調整も万全な快適空間である。

ただ綿谷の部屋は研究室といってもそれほど広くはなく、ノートパソコンが置かれた造りのよさそうな作業机のほかに、来客用の会議テーブルが配置されただけの質素な空間だった。但し天井に届きそうな高さの幾つもの本棚だけは圧巻で、そこには壁が見えなくなるほどの書物が所狭しと並んでいた。中には様々な専門書や英語の文献、さらには日本の小説なども入っているのだが規則性がなく詰め込まれているため、本人でさえどこに何を仕舞ったか分からない状態のようである。そのため文月はこの部屋に来るたびに「ちょっとルーズな作家の書斎」といったイメージを抱くようになっていた。また隣の部屋には綿谷専用の相談室があるのだが、カウンセリングに使われていない時間は生徒に開放しているため、ほとんどの時間が院生たちの実習の場として使用されていた。

文月は会議テーブルに戻り椅子に座った。テーブルの上には二人分の紅茶とクッキーが置かれている。つい先ほど綿谷の教え子の院生が出してくれたものである。文月との約束の時間に遅れている綿谷が教え子に指示を出したのだろう。来談者にお茶を出すことから教えるのが綿谷の教育方針であり、文月も若い頃はよくやらされていたことを思い出した。

クリスマスの夕方を迎えようとする時間になぜ綿谷に会うことになったのかというと、どうしても彼に直接会って確認しておきたいことがあったからだ。そのため珍しく、というよりも恐らく初めて文月のほうから綿谷を昼食に誘ったのだが、二人のスケジュールが空いているのが今日のこの時間しかなかったのだ。彼に会うのは、まだ梅雨が明けていなかった初夏の頃に学食で昼食を共にして以来である。だが文月はみかんとのスーパービジョンや指導過程の報告をその都度《つど》メールで行っていたため、久しぶりに会うといった感覚はなかった。

また文月は綿谷にみかんの指導報告だけでなく、彼女との間で生じた個人的な感情もそのメールで打ち明けていた。具体的に言えば、みかんに告白されたこと、そして文月も彼女に対して好意を抱いている、といった報告である。これはかなり悩んだのだが、綿谷に全てを打ち明けることを決めたのは次のような理由があってのことだった。

教育係と実習生という関係が、みかんとクライエントとの関係に影響を及ぼす可能性があること。そして文月とみかんのスーパービジョンがそのカウンセリングに影響を与え、結果的にクライエントの感情を乱したり最悪の場合は問題を悪化させる可能性もあること。

文月は自身の感情をモニターし続ける必要があるのはカウンセラーだけではなく、スーパーバイザーも同じであると考えたのだ。また過去に綿谷への報告を放棄してしまったという負い目もその理由の一つではあった。

しかし、そんな文月の報告に対する綿谷からの返信は拍子抜けしてしまうほど簡素なものだった。

『悠木くんと奈良咲くん、お似合いだと思うよ』

もはや他人事である。文月は教育係としての義務や役割をまじめに捉え、律儀に個人的な恋愛感情まで報告した自分が哀れになった。

みかんの気持ちを知ってから二週間近くが経っていた。彼女は引き続きマイカさんのカウンセリングを続け、受付のバイトをそつなくこなし、文月ともこれまで通りに接していた。むしろみかんを意識しているのは文月のほうだった。その後の彼女とのスーパービジョンの時間はもちろん、受付で予約表を確認する時も、廊下ですれ違う時も、文月は自らの意思では顔の筋肉を動かせないほどぎこちない接し方しかできなくなっていた。みかんはそんな気持ちを知ってか、時にからかうように接してくれるのだが、文月はそれにさえ上手く応じることができない有様《ありさま》だった。要するに彼女のほうがよほど大人だということだ。

質素な部屋に西陽が射し込み、本棚に詰め込まれた書物がオレンジ色に染まった。

少しすると扉をノックする音が聞こえてきた。

綿谷は声を漏らすように息を吐いて腕組みを解き、紅茶を一口飲むとまた腕を組んだ。グリーンのセーターに茶色のコーデュロイジャケットを着た彼は、文月の報告を聞きながら何度も同じ仕草を繰り返していた。

一方のクリスマスとは縁遠い普段通りのスタイルの文月は、会議テーブルの向かいに座る綿谷に二〇分近く話し続けていた。今日の本題を話す前に打ち明けておかなければならないことがあったからだ。

それは初夏以来、文月の身の回りで起きた一連のできごとの全てだった。沙耶の妹である真沙が訪ねて来たこと、沙耶の育ての親である叔父の掛井が死んだこと、一〇年ぶりに一ノ瀬に会ったこと、警察が消息を絶った真沙を探して訪ねて来たこと、そして一ノ瀬と真沙の不倫関係……。文月はその全てを綿谷に打ち明けた。

ちなみに心理臨床センターに警察が訪ねて来たことは、文月とみかん以外に知っている者はいなかった。隠すつもりはなかったのだがセンターに荻堂が来た時、受付にはみかんしかいなかったためスタッフがそれに気づいていなかったのだ。

文月が全てを話し終えると、綿谷は組んでいた腕を解いて感心したように言った。

「確か最後に悠木くんと会ったのは七月の中旬くらいだったか。あれから半年も経たないうちに、随分といろいろなことがあったものだねえ」

「年末の忙しい時期に個人的なことで時間を割いていただき、すみません。クライエントの話を聞いたり問題を解決することなら少しは慣れたつもりでいたのですが、いざ自分のこととなるとどうにも……。しかも過去と現在のことが同時に進んでいるような気がして、自分一人ではどうしようもなくなってしまいました」

深刻な表情の文月とは裏腹に、綿谷はなぜか嬉しそうな表情を浮かべて言った。

「臨床心理士なんてそんなものだよ。いやどんな職業だってそうだ。たとえば金がなさそうな企業コンサルタントとか、口下手すぎる弁護士とか、スイングが格好悪いゴルフのレッスンプロとかね。ほら、傍目八目《おかめはちもく》って言うだろう。人間っていうのは他人のことはよく見えるのに、自分のこととなるとさっぱり見えなくなってしまう厄介な生き物なんだ。だから自分を責める必要なんてないさ」

「そう言っていただけると、気持ちが少し楽になります」

文月は忙しい時間を割いてくれた綿谷に対し、あらためて頭を下げた。

綿谷は悪戯っぽい笑みを作って言った。

「いや私は嬉しいんだ。だって君が個人的な相談をしてくるなんて、これまでなかったことだからな。それに現在進行形のほうはとてもいい話じゃないか。悩む必要なんてどこにある？　何度も言うけど、私は悠木くんと奈良咲くんはお似合いだと思うぞ。正直言うとね、彼女、私のタイプだからちょっと嫉妬してる」

文月は体から力が抜け落ちたようなため息を吐いて言った。

「勘弁して下さいよ。奈良咲は僕にとっては生徒なわけですし、そもそもお互いの気持ちだけでどうにかなるような簡単な問題ではないんですから」

「そうかい？　こと恋愛に関してお互いの気持ち以外に必要なものなんて、ほかに何があるんだ」と綿谷は目尻の染みがなくなるほど無邪気に笑った。

文月は妙に説得力のあるその言葉に共感を覚えたが、一ノ瀬と真沙の関係が脳裏をかすめたため慌ててそれを打ち消した。やはり素直にみかんのことを打ち明ける必要まではなかったようである。しかも彼女の件はこの先暫くネタにされることは間違いないだろう。文月は自分のコミュニケーション能力の低さにつくづくげんなりした。

「すみません。今日ご相談したいのは奈良咲のことではないんです」

「分かってるよ、ちょっとからかっただけだ。しかし悠木くんのほうから私に会いたいだなんて、相当思い悩んでいるようだね。それも、かつて私の教え子でもあった一ノ瀬くんについてときた。ひょっとして警察が訪ねて来たことにも関係しているのかい」

「そう考えています。ただ、僕と一ノ瀬さんの間で何かあったわけではありません。彼に関しては先ほどお話しした通りですから。ですが考えれば考えるほど、ある一つの可能性が頭を離れなくなってしまったんです」

綿谷は両肘をテーブルに突いて文月をまっすぐに見つめた。

文月はその瞳に全てを見透かされているような気がして怖くなったが、もう引き返すことはできないと覚悟を決め、今日の本題を切り出した。

「実は逆転移について教えていただきたいことがあります。そもそも逆転移という現象は当事者を超え、第三者にも転移する感情なのでしょうか」

綿谷はキョトンとした顔をしたが、すぐに意識をその質問の内容に戻したように言った。

「それはまた随分と難しい質問だな。逆転移はカウンセリングの当事者でなくても起こりうる現象なのか、という理解で間違っていないかい？」

「はい。もう少し具体的に言うと、スーパービジョンを行ったスーパーバイザーがカウンセリングを行った当事者ではないにもかかわらず、そのクライエントに逆転移を抱いてしまうケースは存在するのでしょうか」

綿谷はぽりぽりと頭を掻くとティーカップを持ち上げ、紅茶を一口飲んでから言った。

「つまり、当時悠木くんのスーパービジョンを行っていた一ノ瀬くんが、沙耶さんを虐げていた育ての親に逆転移を抱いていた可能性はあるか、ということかい？」

文月は綿谷のまっすぐな眼差しを押し返すように答えた。

「そうです」

綿谷は質問の全てを理解したように深い息を吐いた。そしてゆっくりと立ち上がり、作業机の奥にある窓際へと移動した。

文月は綿谷の背中越しに見える夕陽に目が眩《くら》んだ。

光の中から綿谷の声が聞こえた。

「心理学はかつて哲学の一部門だったことは悠木くんも知っているね」

文月は目を細めたまま答えた。

「内観の分析が心理学を哲学から独立させたのですよね」

哲学はギリシャ時代のソクラテスに始まり、その後学問として近代のデカルトやカントへと派生していった。しかし一九世紀に実験心理学の父とされるヴントという哲学者が内観を組織的に行い、それを分析したことで哲学から独立した心理学という学問が生まれたと言われている。そしてそれ以降の心理学は実験を積極的に取り入れ、そのデータを分析して結果を出すという方法を取るようになっていった。ちなみに内観とは、自分自身の心の動きや状態を自ら観察することである。

「そう、つまり心理学は集団のデータを扱った統計学とも言える。だが我々が扱う臨床心理学は、データの分析だけでは語ることのできない学問だということは君もよく知っているだろう」

「どうして人間はそのような行動を取るのかという集団を扱う学問が心理学、その一方、どうしてその人はそのような行動を取るのかという個人を扱う学問が臨床心理学、そう理解しています」

綿谷は窓の外を眺めたまま頷いてみせた。

文月はそんな後ろ姿に、彼が伝えようとしていることが分かったような気がした。

「つまり個人を扱う限り、逆転移が当事者を超えて他者に転移しないとは言い切れない、ということですね」

綿谷は眩しい光の中で満足げな表情を浮かべながら会議テーブルに戻った。

文月が神妙な面持ちで次の言葉を待っていると、綿谷はクッキーが入った皿を指差した。

「これ、お歳暮でもらった物なんだけどよかったらどう？　帝国ホテルのクッキーだそうだ」

綿谷は小分けにされた袋の中から一枚のクッキー取り出すと、大きな口を開けて一口で頬張った。

お言葉に甘えて、文月もそれを頬張った。しっとりとした舌触りと口の中に広がる程よい甘さが、答えを急ぐ文月の焦りを鎮めた。さすがは帝国ホテルだ。気づけば文月の顔には自然と笑みが漏れていた。綿谷は思い詰めた表情を浮かべる教え子に、客観的な思考を失ってはならないという教訓を一枚のクッキーを使って示してくれたようである。

しかし手にしたティーカップをじっと見つめる綿谷も、次の言葉を慎重に選んでいるようだった。彼もまた、この話の先には大きな闇が待ち受けていることに気づいているのかもしれないと文月は思った。

「師匠はねえ、カウンセラーとクライエントには対等な関係が必要だと常々唱えていたんだ」

綿谷が言う師匠とは、彼が師と仰ぐ来談者中心療法と呼ばれる心理療法の創始者カール・ロジャーズのことである。

「もっと言えばね、師匠は心理療法には診断も検査も必要ないとまで言い切っていた。人間を客観的に評価することなどできない、むしろ評価はそれを行った者の先入観となるだけで、来談者には何の役にも立たないものだとね。なぜなら彼はカウンセラーとクライエントという関係の中に対等性が失われれば、真の心理療法は行えないと考えていたからだ」と綿谷は静かにティーカップをソーサーに戻した。

「臨床心理学は集団を扱う心理学とは違い、あくまでも個人を扱う学問だからこそ対等な関係が必要ということですね」

「そう。特に我々のような臨床心理士はクライエントとの関係性を逸脱しないよう、常に細心の注意を払っていなければならない。悠木くん、君は実際にクライエントと完全に対等な関係でカウンセリングを行えたという経験はあるかい？」

難しい質問だった。文月は綿谷の教えを心がけ、常にクライエントとの対等性を意識しながらカウンセリングに臨んでいるつもりではあった。だが、完全に対等な関係でカウンセリングを行えたという経験はこれまで一度もなかった。いや、文月はそれを諦めていたのだ。たとえば医師と患者との間には、治す者と治される者という上下の関係が必ず生じる。それと同じように教師と生徒、上司と部下、親と子などの間にもその関係は必然的に生じる。もしその関係を否定してしまえば、それぞれの社会構造における関係性は成り立たなくなってしまうことは明らかだろう。当然ながらカウンセラーとクライエントの間にも、援助する者と援助される者という上下関係が少なからず生じてしまうことは避けられないことだった。そのため文月は「対等な立場でいることを心がける」という意識を常に持つことこそが、その問題を解決する唯一の方法であると考えていた。

「残念ながらどんなカウンセリングでも、クライエントと対等な立場でいられたことはなかったかもしれません」

言った途端、これが何かの試験なら自分はきっと落第だろうと文月は思った。

綿谷は声を弾ませるように短く笑って言った。

「気にすることはない、それは私も同じだよ。なにしろカウンセラーとクライエントが出会った時点で、すでにその関係性は決まってしまうのだからね。もし師匠の言う通りカウンセラーとクライエントの立場がまったくの対等な関係になることができるのであれば、そもそも我々のような職業の必要性はなくなってしまうだろう。だからこそ彼はあえて対等という言葉を持ち出したのではないか、と私は考えている」

文月は落第を免《まぬが》れた生徒のようにほっと胸を撫で下ろした。

「説明が少し遠回しになってしまったね。ただこの話を進める前に、まずは悠木くんの質問に答えたほうがよさそうだな。逆転移は当事者を超えて第三者にも転移する感情なのか、それが君の質問だったね」

綿谷はその答えの先に、さらに一つの答えを見つけているような気がした。文月は彼に身を委ねるように言った。

「よろしければ教えていただけますでしょうか」

「教えるほどのことでもないよ。だってその答えなら君が一番よく知っているだろうから」

やはり生徒に答えを考えさせるという指導方針は健在のようだ。文月は不意に出されたなぞなぞのような質問を様々な角度から解析した。しかし考えれば考えるほど綿谷の言葉の意味が分からなくなった。

「あれ、まだ気づかないかい？」

「すみません。答えが自分の中にあるという意味がうまく理解できなくて」

「言葉だけに頼っていると簡単な答えさえ見つからなくなってしまうこともある。君がメールで私に報告してくれたことを思い出してみるといい。その答えなら君がすでに経験しているはずだ」

文月は思わず声を漏らした。

「あっ」

逆転移は当事者を超えて第三者にも転移する感情なのか。その答えは確かに自分の中にあった。文月はみかんとのスーパービジョンでそれを体験していたのだ。

文月はみかんから「クライエントに対して強い陰性の逆転移を抱いてしまいました」という報告を受けた時、その具体的な言葉を聞いていないにもかかわらず主観的な想像を働かせた。彼女がマイカさんから障がいに関する暴言を吐かれたのではないかと決めつけてしまったからだ。そして文月はマイカさんに対して憤りを覚え、その感情がみかんからクライエントを引き継ぐという思考へと繋げたのだ。

「確かに体験していました。恥ずかしい話ですが、自分ではまったく気づくことができませんでした」

「君は奈良咲くんがクライエントに心ないことを言われたと思い込み、当事者ではないにもかかわらず陰性の逆転移を抱いた。違うかい？」

ぐうの音《ね》も出なかった。

綿谷はティーポットを持ち上げ、二つのカップに紅茶を注ぎながら言った。

「まだまだたくさんあるから遠慮はいらないぞ。しかしお歳暮ももらうだけなら楽なんだが、返報性の原理ってのはどうにも厄介なものだな」

文月もクライエントのご家族からお歳暮をいただくことはあるが、綿谷ほどの立場となるとその量もかなりのものなのだろう。

「お言葉に甘えて」と文月はお返しをする必要のない帝国ホテルのクッキーをありがたく味わった。

綿谷は穏やかだったその表情を強ばらせて言った。

「逆転移は当事者を超えて第三者に転移するケースもある。ということが分かったところで話を先に進めよう。一ノ瀬くんと沙耶さんの育ての親、ここでは掛井と呼ぼうか、その二人の関係性を考えてみよう。悠木くんは、一ノ瀬くんと掛井の関係をどのように分析しているる?」

「そもそもはゴルフの師匠と弟子という関係だったようです。そんな関係を続けているうちに一ノ瀬さんに返報性の原理が働いて、そのお礼にカウンセリングを……」

文月はそこまで言って残りの言葉を飲み込んだ。それまで師匠と弟子という上下関係が存在していたはずの二人の関係に変化が生じたことに気づいたからだ。文月は言いかけた言葉を訂正するように続けた。

「一ノ瀬さんと掛井の関係が対等に近づいた、ということでしょうか」

「ゴルフの師匠と弟子という関係が構築されていた二人の間に、その立場を逆転させてしまうほどの新しい関係が生まれたということになるな。しかも一ノ瀬くんは実力のある臨床心理士だ。たとえそこに金銭の授受がなかったとしても、掛井の話にプロ意識を持って耳を傾けていたことは間違いないだろう。そんな二人の関係を鑑みれば、彼らは通常のカウンセリングよりも濃密な時間を過ごしていたとは考えられないだろうか。特に掛井にとってみれば、その関係は理想的ともいえる対等な立場だったはずだ」

文月は捲ってはいけないページを先に進めるように口を開いた。

「一ノ瀬さんは掛井とのカウンセリングでは記録を残していないと言っていました」

「二人が話し合った証拠さえ残されていない……それこそが究極のカウンセリングなのかもしれないな。しかしこれはかなり特殊なケースだ。それだけに一ノ瀬くんが抱えていた逆転移は、私たちが考えている以上に深く複雑なものだったはずだ」

綿谷は文月の思考の奥底まで見通しているように続けた。

「一ノ瀬くんは一〇年前、悠木くんのスーパーバイザーを担当していた。そして彼は君が私への報告を行わず、自分だけがその話を聞いていることも承知していた。つまり一ノ瀬くんは友人である君を案じ、そのスーパービジョンを投げ出すことができずにいた可能性がある。たとえそれがスーパービジョンであっても、彼にとっては逃げ場のないカウンセリングと同じ状況だったのかもしれない」

「一ノ瀬さんは当時のスーパービジョンで、掛井に対して僕と同じ感情を抱いていたということですね」

「その可能性は否定できない。さらに一ノ瀬くんはその数年後、今度はその掛井本人から同じ話を聞かされることになってしまった」

「二重の逆転移……」

「そう。一ノ瀬くんは一〇年間にも及び、同じ人物に対して強い陰性の逆転移を蓄積していった。さらに彼は、その人物が大切に思う女性の実の父であるという複雑な状況まで抱えることになってしまった。一ノ瀬くんに生じた逆転移の深さなど、私たちには到底理解できるものではないだろうな」

綿谷の言う通り、一ノ瀬が抱えていた状況は一人の人間の思考範囲を超えてしまうほど複雑なものだった。文月は言葉を選びながら言った。

「一ノ瀬さんと掛井が完璧とも言える関係の中でカウンセリングを続けていたことは理解できます。特に掛井にとっては、人生を肯定的に追認することができた重要な時間だったのでしょう。しかし教授が仰る通り、一ノ瀬さんはプロの臨床心理士です。たとえ二人が対等な関係にあったとしても、彼が大学院で臨床心理学を学び、修士課程を修了しているという事実は消しようがありません。従って、その時間においての主導権は常に一ノ瀬さんにあったはずです」

綿谷は相槌を打つこともなく腕を組み、文月をじっと見つめていた。

文月は指先の震えを鎮めるように小さな深呼吸を繰り返し、核心を告げた。

「一ノ瀬さんはその濃密な時間の中であれば、掛井を意のままに操ることも可能だったとは考えられないでしょうか」

「それが君の頭から離れなくなってしまった、ある一つの可能性ということか……」

「はい。心理誘導です」

肩を落としたまま天井の一点を見つめる綿谷を見て、文月は悟った。彼は一ノ瀬に関する全てを打ち明けた時から、その可能性に気づいていたのだ。

夕陽が消えた黒い窓には、研究室の照明に照らされた二人の男の姿が映っていた。

第8話　人を幸せにする資格

閉め切ったカーテンの隙間から冷たい光が射し込んでいた。床に落ちた白い光の中には、窓の外でしんしんと降り続く雪の影が動いている。年が明けて早一ヶ月がすぎようとする心理臨床センターは、施設全体が雪で覆われたかまくらのようだった。

しかし僕がいる相談室だけは、ここが中央高地式気候であることなど忘れてしまうほどの温もりに包まれていた。入り口付近にあるソファー席のローテーブルには、外の冷たい光を打ち消すようなキャンドルの炎が灯されているからだ。その光は僕と沙耶を包み込むように暖色に染め、部屋の中にさらに小さな部屋を作っているようだった。

厚手の白いタートルネックのセーターの下に膝下までの起毛のスカートと長めのブーツを合わせた沙耶は、キャンドルが作り出す小さな炎に両手をかざしながらその光をじっと見つめていた。

一方その向かいのソファーに座る僕は、薄手のセーターの上に新調したばかりの厚手のジャケットを着て、オレンジ色に染まった沙耶を眺めていた。

たった一本のキャンドルがこの部屋にどれほどの温もりをもたらしているのかは分からないが、今日はいつもの窓際の席とは違って寒さを感じることはなかった。しかし沙耶は自分で用意したブランケットを腰の辺りから膝下まで覆うようにかけていた。僕は念のためエアコンの温度を確認したが、すでに一番高い設定になっていた。

沙耶とのカウンセリングでソファー席を使用するのは今日が二回目だった。一回目は彼女の保護者である掛井が来た時だったため、二人でソファー席を使うのは今日が初めてということになる。

掛井がカウンセリングに参加した週以降も、沙耶は決められた時間に遅れることなく心理臨床センターに通い続けていた。しかしその後の二ヶ月間ほどは、二人の間に会話はほとんど存在しなかった。沙耶はただ窓の外を眺め、僕はそんな沙耶を見つめる。相談室には二人それぞれが別の本を読んでいるような静かな時間だけが流れていた。

クライエントが口を閉ざし、会話が途切れてしまったのだ。通常であればそれを治療的退行と捉えなければならないことは承知していた。だが、僕は不思議とその時間に満たされていた。二人の間に流れる沈黙さえ、一つの会話として受容していたからだ。

遠い国を眺めるような沙耶の視線の先にたとえ僕がいなくても、彼女と時間を共有することで心は満たされ、自分を肯定することができた。そしてその気持ちは沙耶も同じであると信じていた。言葉など意味をなさないカウンセリングもあるのだと……。

いや、無理にでもそう考えるようにしていた。掛井が相談室を訪れて以来、僕は沙耶の口からその男の話を聞くのが怖かった。時に耳を塞ぎたくなるような、彼女が強いられている生々しい所為を聞きたくなかったのだ。

掛井がこの部屋に訪れるまでは、その男は沙耶の物語の中だけに登場する架空の人物のはずだった。だがその男は僕の目の前に現れ、具現化してしまったのだ。僕はこれまで沙耶から聞いた変質的とも言える掛井の話を思い出すたびに、その男に対する憎悪を募らせるようになっていた。そしてその感情は面接記録さえ見返すことができないほどに膨れ上がっていた。僕は沙耶を汚れた存在として認識してしまいそうな自分が怖かった。

沙耶と再び言葉を使った対話ができるようになったきっかけは、去年最後となるカウンセリングで僕が就職活動を始めようと思っていると彼女に伝えたことだった。僕はまだ資格さえ取得していない時期から就職活動をすることに後ろ向きだったのだが、大学院で一番仲の良い一ノ瀬さんの積極的な姿勢に触発されてその気になったのだ。

僕がようやく将来のことを真面目に考え始めたことを、沙耶はとても嬉しそうに喜んでくれた。そしてそれを機に彼女は過去のことではなく、将来のことについてを話すようになった。それは沙耶の将来ではなく、僕の将来についての話がほとんどではあったが、僕は前向きな進歩だと受け止めていた。

沙耶は僕の将来の中に自分の将来をあてはめていくような想像を楽しんでいるようだった。僕は自分が中心となる話題に戸惑いながらも、これまでしたことのなかった将来の話を続けるたびに、二人の距離がさらに近づいていくような気がしていた。そしてそれ以来、二人の会話の中に掛井の話も出なくなっていた。沙耶が自身の将来の話を避けていることは気になったが、僕はなによりも彼女に笑顔が戻ったことに安堵と幸せを感じていた。

僕はあらためて相談室の中に生まれた小さなオレンジ色の世界の中にいる沙耶を見つめた。彼女の目にも僕が同じように映っていたら嬉しいと思った。

「今日はソファーに座らない？」と言ったのは沙耶だった。そして僕の返事を待つこともなくソファーへ移動すると用意してきたキャンドルに火を灯し、部屋の電気を消してカーテンを閉めたのだ。前回のカウンセリングで、窓際で寒そうにしている僕に気づいた沙耶が気を遣ってくれたようである。僕はそんな彼女の心遣いとローテーブルの上に灯された小さな炎のおかげで心まで暖かくなっていた。

しかし沙耶がキャンドルを持ってきた理由は、部屋の室温を上げるためだけではなかった。

彼女は以前からアロマキャンドルに凝《こ》っており、僕にそれを試して欲しいと言っていたのだ。そのため今日沙耶がソファー席に座った理由も、カーテンを閉めて電気を消した理由も、アロマキャンドルを使用したカウンセリングを僕に勧めるためではないかと考えていた。

沙耶は僕と出会う前からいくつかの相談室に通っていたのだが、僕の前の女性カウンセラーはアロマキャンドルを使用したカウンセリングをすることが多かったのだそうだ。確かに臨床心理士の中にはアロマテラピーを用いたカウンセリングを行う人もいることは、僕も聞いたことがあった。

アロマテラピーとは漢方や鍼灸《しんきゅう》のように、心身の健康を目的に行われてきた代替補完医療の一つだ。臨床心理学では従来の心理療法とアロマテラピーをはじめとする植物療法を融合したカウンセリングで、クライエントの心身を豊かにしようという研究も盛んに行われている。ちなみに代替医療とは通常医療の代わりに用いられる医療のことを指す。

僕は臨床心理士として、その女性カウンセラーが沙耶に対してどのようなカウンセリングの運び方をしていたのかとても興味があった。だが自分の口からはその話を聞くことはできなかった。その女性と関係を持ったことがあると打ち明けられていたからだ。それがどのような関係だったのかは僕には分からない。しかし僕は沙耶がアロマキャンドルの話をするたびに、二人はまだ繋がっているのだろうかという嫉妬心を抱くようになっていた。

僕は女性に嫉妬しているという自分の混乱を鎮めるように、紙コップの中に残っていたブラックのコーヒーを一気に飲み干した。そして、沙耶は僕の体を温めるためにキャンドルを持って来てくれたのだと考えることにした。

一方の沙耶は自分で用意してきたペットボトルの水を飲んでいた。彼女はセンターに設置されているサーバーのコーヒーが好きだと言って毎回それを楽しみにしていたのだが、なぜか一ヶ月ほど前からそれを飲まなくなっていた。代わりに紅茶を勧めても、彼女は自分で用意してきた水しか飲まなかった。理由は分からない。だがとても美味しい料理を作ったり、アロマキャンドルに凝ったりする沙耶の性格からして、そもそもボタンを押せば出てくるような飲み物は彼女の口に合わなかったのではないかと僕は納得していた。

しかしカフェインの力など借りなくても、沙耶が持って来たキャンドルには僕の偏見や嫉妬心など簡単に鎮めてしまう効果があった。それだけではなく、オレンジ色をしたその光には二人の距離を近づける不思議な魔力さえあった。キャンドルを挟んで座る二人は自然とその小さな炎に手を寄せ合い、ソファーから身を乗り出すように近づいていた。そして二人の話す声も、囁くような小さな声に変わっていた。

沙耶は膝にかけていたブランケットを持ち上げると、僕が座るソファーへと移った。そしてブランケットを丁寧に広げ、僕の膝にもそれをかけた。彼女の髪の甘い香りと、まるで森の中に迷い込んでしまったようなアロマキャンドルの香りに、僕の鼓動は波打つように高鳴った。僕はオレンジ色の小さな世界の中に、さらに小さな世界が生まれたような感覚に陥った。そこはまるで僕と沙耶しか入ることが許されない世界のようだった。

二人は少し動けば体の一部が触れるほどの密接距離にまで近づいていた。僕は自分でも聞こえてしまうほどの心音を抑えるために、小さな呼吸を何度も繰り返した。だが甘い香りを吸い込むたびに僕の体は沙耶で満たされ、鼓動は高鳴るばかりだった。

「もう寒くない？」

沙耶は囁くような小さな声で僕に言った。

窓際が寒かっただけだから気にしないで、と僕は言おうとしたが沙耶が離れてしまいそうな気がして礼を告げるだけに留めた。

沙耶はキャンドルの炎を見つめながら言った。

「どこまで話したっけ」

先ほどまでの会話なんてどこかに吹き飛んでしまっていた僕は記憶を手繰り寄せるように答えた。

「真沙さんと僕が似ているっていう話だよね」

今日のカウンセリングの話題は、沙耶の妹である真沙さんが中心だった。

「そうそう、文月くんはどう思う？」

「真沙さんとは会ったことはないけど、確かに彼女が育ってきた環境は僕と少し似ていると思う。ただ僕の場合、母はまだ生きてるし、新しい父や弟とも一緒に暮らしたことはないから、他の家族の中で育てられた真沙さんが置かれてきた環境とは比べることなんてできないよ」

臨床心理士は自分のことを話すべきではないと承知していながら、僕は自分の話を積極的にするようになっていた。沙耶というクライエントに対してはそれが正しいと思っていたからだ。

「確かに真沙は私ともだいぶ違う環境で育ったからね。でもね、文月くんと真沙はやっぱり似ているような気がするの。いつも自分の居場所を探してるっていうか、ここに居てもいいよっていう誰かの許可を待ってるような、そんな目をしてるところが」

僕は沙耶が伝えたいことの意味が理解できてしまう自分を誤魔化《ごまか》すように言った。

「毎日鏡を見てるけど、そんな目してるかな」

体が触れそうなほど近くにいる沙耶と視線が重なり、僕は自分から問いかけたにもかかわらず目をそらした。

「ほら、そういうところ」

沙耶は両手で僕の頭を包むように押さえてその向きを戻した。

僕の体は糸で吊るされた操り人形のように、彼女の指示なしでは動けなくなっていた。

沙耶は僕の体を静止させたまま言った。

「文月くんはいつも私の許可を待つような話し方をしてる。違う？」

返答に困った僕は、誰かが自分の糸を動かしてくれることを願った。恐らく沙耶はそんな僕の行動心理を見透かしているのだろう。

僕はそれを認めた上で、言い訳を並べるように言った。

「きっとそれは、僕が臨床心理士であるという以前の問題なんだと思う。僕も真沙さんと同じように自分がそこにいても許される場所、もっと言えば自分を必要としてくれる場所を探し続けているような気がするから。誰かと話をする時、自分が育ってきた環境や体験を知らず知らずのうちに相手に投影してしまうことがその原因なんじゃないかな」

沙耶は鼻先が触れるほど瞳を近づけて言った。

「私がしているのはそんな難しい話じゃない」

僕は自分を操る糸から解放される言葉を慌てて探した。

「育ってきた環境や置かれてきた状況は人それぞれだから、同じ人なんかいないって言いたかったんだ」

沙耶は指に絡ませていた糸を解くように、僕の頭からその手を離した。

甘い香りが鼻腔に染み込んできた。暫くの間、僕は呼吸さえ止められていたようだ。

「そうかもしれない。私と真沙は幼い頃に同じ体験をしているはずなのに、お互いが置かれていた境遇は違った。少なくとも私は、誰かから必要とされる環境で育てられたから……」

沙耶は小さな炎に吸い寄せられるように近づくと、その光の中に他人の記憶を眺めるように続けた。

「それは家族という関係とも、一般の人が考えているような叔父と姪といった関係ともかけ離れたものかもしれないけど、私にはあの人に必要とされているという確信があった。それがあったからこそ不自由のない暮らしや、こうして大学にまで通わせてもらっていることが当然の権利だと思うことができる。そう考えればね、きっと私もあの人のことを必要としているの。だからあの人には感謝してる。

でもね、本当はいい教育を受けたり学費の高い大学へ通ったりするのは私じゃなくて、真沙でなければならないの。だって真沙はあの人の子供なんだから。私はね、それを横取りしてしまったの……。そんなことばっかり考えてるからかな。せっかく真沙が連絡をくれているのに、その返事さえしてあげられない」

小さな光が沙耶の吐息で揺らいでいた。

僕も身を寄せるようにその光に近づいて言った。

「連絡、待ってると思うよ。どんな事情があったとしても、真沙さんはたった一人の妹じゃないか」

「だからこそできないの」

消えそうなほど、キャンドルの炎が大きく揺らいだ。

沙耶はその小さな光を両手で持ち上げると、身を起こすようにソファーに座り直した。彼女の膝が僕に触れていた。

「私はもう、真沙とは会えないの」

僕はその理由を尋ねるべきか逡巡したが、言葉の続きを待った。膝の上のキャンドルをじっと見つめる沙耶は、これまで僕が見たこともないほど悲しげな顔をしていた。

「とっても単純で、とっても複雑なことが起きてしまったの」

僕はその言葉の意味が全く理解できなかった。

沙耶は小さな炎を目の高さまで持ち上げて続けた。

「だからね、いつか文月くんが真沙に会ったら伝えて欲しいの。あなたはとても大切な存在だよ。たった一人の大切な妹だよって。私の口からはもう言えなくなってしまったから」

僕は沙耶の言葉が理解できない焦りを鎮めるように、彼女が今抱えている葛藤を頭の中で整理した。

沙耶の叔父であり育ての親でもある掛井は、真沙さんの実の父でもあった。その事実を前提として考えれば、沙耶と真沙さんは実の姉妹ではないということになる。しかしその事実は姉の沙耶だけが知っていて、妹の真沙さんは知らずに生きている。そして沙耶は、真沙さんの実の親である掛井に性的な関係を強いられ続けている。真沙さんの実の父、そしてその男との関係、沙耶は二つの秘密を唯一の肉親であるはずの真沙さんにさえ口にできないという葛藤を抱えていた。

僕はそこまで整理してようやく沙耶が抱えた問題の本質を理解したような気がした。その二つの複雑な葛藤から自由になれないこと。それこそが僕がずっと探していた彼女の主訴なのではないかと。

僕は沙耶が抱えた小さな炎が消えないように言った。

「分かった。今後もし僕が真沙さんに会うことがあったら、その時はそう伝える。でも彼女は直接それを聞きたいと思っているはずだよ」

沙耶はゆっくりと首を左右に振った。それは僕が今言った言葉の全てを否定しているような仕草にも見えた。

「私はもう真沙には会えないの……」

沙耶はその小さな光をゆっくりと自分のお腹の辺りに下げた。

僕は沙耶が両手で抱える小さな炎から思わず身を遠ざけたくなった。同時に、彼女が新たに抱えてしまった葛藤にようやく気づいた自分に嫌気がさした。

「私、どんな顔をして真沙に会えばいいのかな。生まれてくる子は真沙の弟？　それとも妹？　そもそも私たちはもう姉妹ではいられなくなってしまうわ。真沙がそれを知れば、私はきっと軽蔑される。そしてあの子は私から遠ざかって行くの……文月くんだってそうでしょう」

内面に生じた激しい動揺を押し殺すように沙耶の手を握りしめた。二人の手の中には、一つの小さな命が力なく揺らめいていた。伝えたいことがあるはずなのに、それが言葉にならなかった。

僕は沙耶に再び体を操られたように動けなくなり、思考さえ働かせることができなくなっていた。今度は糸ではなく、彼女の言葉に縛り付けられているのだ。

「私ね、できることなら普通の幸せを経験してみたかった。これまでずっと誰かの所有物として生きてきたから……。だから文月くんと出会って、いろんな未来のことを想像していたの。いつかこの部屋から抜け出して二人で映画を観に行ったり。晴れた日は近くの川沿いを一緒に散歩したり。それで二人でたくさん話をして些細なことで喧嘩するの。でもいつも決まって文月くんが先に謝ってくれる。そんななんでもない日々をね、この部屋に来るたびに想像してた。叶わない夢だとは分かってたけど、それがすごく楽しかった。とても幸せだった。あなたと一緒にいる時間が好きだった。あなたと一緒にいる自分が好きだった。だって私には描ける未来なんてないから」

沙耶の手を強く握りしめた僕は、話す言葉さえ決まっていないままに口を開いていた。

「僕があなたを守ります」

僕は聞こえてきた自分の言葉でその意味を理解した。もう後戻りはできなかった。

「叶わない夢なんかじゃない。僕が沙耶を幸せにする」

キャンドルを抱える沙耶の手が震えていた。

僕はその手を力一杯握りしめた。

「僕と一緒になって下さい」

沙耶は頬に小さな光を落としながら言った。

「ありがとう。でもね、私には文月くんを幸せにすることはできない……」

沙耶の瞳から落ちる幾つもの輝きがキャンドルの炎を消した。

僕は照度を失った部屋の中で、憎しみなどという感情を遥かに超越した衝迫《しょうはく》を抱いていた。

沙耶の主訴は二つの複雑な葛藤から自由になれないことではなく、掛井という男から解放されることただ一つだとようやく理解したからだ。

キャンパスには太陽の光を一斉に跳ね返すほどの雪が積もっていた。春休みということもあり、学生たちの足跡さえついていない一面の白銀は、まるで小さな街を白いペンキで塗り潰《つぶ》したようにも見える。

年が明け、抱えているクライエントのカウンセリングとその資料作りに明け暮れているうちに二月も半ばとなっていた。年末まで鳴り続けていた一ノ瀬からの電話も、新たな年を迎えてからは一度もかかってきていない。そして文月もまた彼に連絡をしてはいなかった。一ノ瀬に連絡をすれば、無意識の奥底に閉じ込めたはずの時間が再び動き出してしまうからだ。文月は再びその出口のない時間の中に引きずり込まれることを恐れていた。いや、その時間がすでに動き出しているという現実を認めたくなかったのだ。

だがそんな文月の防衛機制は、たった一本の警察からの連絡によって打ち砕かれることになった。荻堂から電話があったのは年が明けて少ししてからのことだった。彼は電話では用件を告げず、会って直接聞きたいことがあるとしか文月に告げなかった。ただ電話越しの荻堂からは急いでいる様子を感じなかったため、文月はカウンセリングが途切れなく入っていることを理由に面会の日程をできるだけ先に延ばし、春休みに差しかかった今日を指定したのだった。

荻堂がその日程をすんなりと受け入れたことを鑑みれば、やはり急ぎの用件があるわけではないと考えてよいだろう。そして彼が話したいことは一ノ瀬や真沙の件ではなく、自分に関することであると文月は理解していた。つまり荻堂は「真沙と掛井には会ったことがない」という嘘を見破ったか、或いは文月の過去を調べたのだ。文月は彼についた嘘からも、そして一〇年前に犯した罪からも、もう逃げることはできないと覚悟を決めるしかなかった。しかし警察と会う前に、みかんに会って話しておきたいことがあった。それは二人の関係にけじめをつけるためにも、どうしても必要な時間だった。

文月は学生会館の裏手にある鉄製の丸テーブルが並ぶ休憩スペースで、みかんと昼食をとっていた。春休みとはいえ、さすがに東京の最低平均気温を下回る八王子の空の下でランチをしようと考える学生はいないようで、周囲の席には誰も座っていないどころか雪が残っているテーブルがほとんどだった。

文月はいつもの仕事着の上にコートを着て、鉄製の冷え切った椅子に座っていた。空は晴れているため陽射しはあるのだが、氷のような冷たさの椅子はさすがに腰への負担が大きそうだ。

一方のみかんはダウンジャケットに可愛らしい毛糸の帽子を被り、それとお揃いのマフラーと手袋、さらには毛布のような分厚いブランケットを車椅子が隠れるほどかけた完全防寒スタイルだった。

みかんは自分がしているマフラーの先を伸ばし、文月を覗き込むように言った。

「よかったら使います？」

寒そうにしている文月を心配してくれているようだ。

「ありがとう。でもこれのせいでなんだか息苦しくて」

文月は慣れないネクタイをしていたため、襟もとだけは妙に汗ばんでいた。

「さっきから難しい顔をしてるのはネクタイのせいだったんですね」

確かに難しい顔をしていた自覚はあったが心を読まれているようで悔しくなり、文月はぶっきらぼうに答えた。

「寒いだけだよ」

「だからおでん買ったんじゃないですか。ほら、早く食べないとどんどん冷めちゃいますよ。だいたい、外で食べようなんて言い出したのは先生ですからね」

二人の昼食はキャンパス内にあるコンビニで買ったおでんだった。文月はまだ湯気が残る容器の中に入った食べきれないほどのおでんの具を一つすくって口の中に入れた。口の中に広がる冬の味わいが文月の体を少しだけ温めた。

確かに外でランチをしようと言ったのも、今日は好きなものをご馳走すると言ったのも文月ではある。しかしみかんがコンビニのレジで容器に入りきらないほどのおでんを注文したため、すでに腹いっぱいになっていた。文月はまだ底が見えそうにない容器の中を見つめながら、今日の夕食もおでんになることを密かに覚悟した。

みかんをランチに誘ったのは、今日がマイカさんのカウンセリング最終日だという理由もあった。そのため午前中はマイカさんとそのご両親が心理臨床センターに来ており、文月もその場にみかんの上司として同席していたのだった。

結局、マイカさんは当初の予定通り就職をすることになった。家庭の事情で進学は諦めることになったが、服飾系の仕事に就くことが夢だったそうで、就職先は彼女が自分の力で探してきたアパレル関係の会社だった。

みかんはマイカさんの攻撃的な態度に苦労した時期もあったが、その後も粘り強く彼女の主訴を探し続けた。そしてクライエントが抱えた問題を一人の問題とせず、マイカさんが置かれている環境にまで広げて考えた。さらにはご両親や高校の進路指導係の教員とも連絡を取り、情報を共有しながら彼女が一人で抱えていた問題を一つ一つ丁寧に汲み取っていったのだ。

マイカさんとのカウンセリングを通じ、みかんは目を見張るような成長を遂げた。途中クライエントを引き継ぐことを考えた時期もあったが、今では最後まで彼女に担当させたことが文月の誇りにさえなっていた。唯一の課題でもあったラポールを築くことの難しさにも直面することになったが、みかんはそれを見事に乗り越えてみせた。文月は教育係という立場を超えて、あらためて彼女の臨床心理士としての資質に感心するばかりだった。

従ってみかんとのスーパービジョンもこれで最後となり、彼女がキャンパスに登校するのも学位授与式を除いては今日が最後だった。当然ながら、文月の教育係という役目も今日で終わりということになる。春からのみかんがいない日々を考えると少し寂しい気持ちにはなるが、文月は自分が指導した生徒が臨床心理士の道に一歩近づいたと考えるだけで素直に嬉しかった。

そしてさらに、今日はもう一つ祝うことがあった。春からのみかんの就職先が決まったのだ。内定の連絡を受けたのはつい先日のことである。文月はみかんが就職活動をしていたという話を聞いていなかったため突然の報告に驚いたが、内定の話はマイカさんのカウンセリングが終了したことと同じくらい嬉しかった。自分が指導した学生が、今まさに社会に羽ばたこうとしているのだ。

みかんの就職先は都立の精神保健福祉センターが運営する自立訓練施設だった。そこは障害者総合支援法に基づく自立訓練を提供し、精神障がいのある人が精神科病院から地域に移行したり、家族から自立するために生活訓練を行う場所である。施設には臨床心理士のほかにも精神保健福祉士、作業療法士、保健師といった様々な専門職がいて、ケースや支援の内容によっては心理学的な視点からの意見を求められることもあるため、やりがいは十分にありそうな職場だった。また、みかんは心理臨床センターで長年受付のバイトをしていたという実績も評価されたようだった。

陽射しがあることが唯一の救いではあるが、顔の筋肉が凍ってしまいそうな冷たい風が吹くキャンパスの中で、二人の話題は自然とみかんの就職のことに移っていた。

「私、まだ臨床心理士の資格持ってないじゃないですか。そんな状態でいざ就職するとなると、やっぱり不安になるものですね」

みかんの表情は空の青さとは対照的にどんよりとした雲がかかっているようだった。

弱気なみかんを見るのは今日が初めてのような気がした。しかし心理臨床センターでしか働いたことのない文月はどんなアドバイスをすればよいか分からないため、彼女を勇気づける言葉を探すことしかできなかった。

「カイジくんだってマイカさんだって、最後まで立派に援助したじゃないか。その経験を忘れなければきっと大丈夫だ」

「でも、これまでのカウンセリングは先生がいたからどうにかやってこれたんです。これからは自分一人の力で解決しなければいけないと思うと、やっぱり不安ですよ」

「僕はなにもしていない。奈良咲は自分の力を信じていいし、もし仕事で悩むようなことがあれば職場の先輩たちに遠慮なく相談すればいい」

「そうは言っても私、自分の面倒さえろくに見れないのに。しかもしばらくは試験勉強しながら仕事をすることになるわけで……そんなこと考えてたら、なんだか急に怖くなっちゃって」

まだ臨床心理士の資格を持っていないみかんは、一〇月に行われる試験の勉強をしながら仕事を続けることになる。しかしこれは臨床心理士を目指す者の避けられない宿命でもあるため慰めようもない。

「言っただろ？　奈良咲なら立派な臨床心理士になれるって。心配するな、僕でよければいつでも相談にのるから」

雲が消えたように、みかんの表情が明るくなった。

「ほんと？　だったらなんとかなるような気がしてきました」

加減を知らない子供のような顔をしたみかんを見て、文月は毎晩のようにスーパービジョンに付き合わされたら体が幾つあっても足りないと不安になった。

「ところで先生。今日はなんでネクタイなんかしてるんですか？　それにいつにもまして口数も少ないし……あ、分かった。もう私に会えなくなることが寂しいとか」

「馬鹿言うな。これはその、今日はマイカさんのご両親が来るから少しは上司らしく振る舞っておいたほうがいいかと……やっぱり似合わないか？」

「そういうことでしたか。似合わなくはないんですけどねえ」とみかんは文月の襟もとを眺めながら続けた。「なんか結び方が雑。やってあげますから、ちょっと近づいて下さい」

「え？」

「心配しないでいいです。お父さんのよくやってあげてるから慣れてるんです」

文月は座っていた椅子から腰を浮かし、息を止めるようにしてみかんに体を寄せた。

みかんは文月が結んだネクタイを一度外し、襟を立てて丁寧に結び直した。

二人は互いの息づかいを感じるほどの距離にまで近づいていた。

告白を受けて以来、文月はみかんを意識しすぎてしまい、まともに会話をすることができなかった。だが年が明けてからは不思議と二人の関係も戻っていき、以前のように仕事以外の話や互いの立場を超えた話ができるようになっていた。と言っても、みかんの接し方が変わったわけではないので問題は文月のほうにあったことは間違いないのだが……。

ネクタイを結び終えたみかんの指先が文月の襟もとで止まった。

ふと二人の視線が重なった。

文月は思わず目をそらし、みかんは指先をネクタイから離した。

みかんは少し照れたように言った。

「はい完成。ほら、学者さんって感じでかっこいいですよ」

文月はみかんが差し出したスマートフォンに映し出された自分を確認した。確かに自分で結んだのとは大違いだった。そして、なかなか様になっていた。

「で、どうなんですか?」

「どうって?」

「さっきの質問ですよ。寂しいんでしょ、私と会えなくなるの」

「大人をからかうな。僕は教育係として奈良咲が立派な臨床心理士になってくれればそれでいいわけで……」

みかんは悪戯っぽい顔をして文月を覗き込むように言った。

「寂しいって顔してますよ。心配しないでも時々電話とかメッセージしてあげますから」

「余計なお世話だ。寒さで顔の筋肉がうまく動かないだけだ」

「だから相談室で食べようって言ったのに」

返す言葉もないが、これから心理臨床センターに荻堂が来ることを考えると、みかんを少しでも遠ざけておきたいというのが本音だった。

「まあいいですけど。おでんは外で食べるのが一番美味しいし」とみかんは容器の中から一つ選び、口の中に入れた。

すっかり冷めているはずだが、美味しそうにおでんを頬張るみかんを見ていると文月の心はそれだけで暖かくなった。文月はそんな彼女を見つめながら、こんな日々がずっと続いて欲しいと思っていた。

しかし、文月には今日どうしてもみかんに伝えておきたいことがあった。彼女を昼食に誘ったのは、カウンセリングの終了や就職を祝うことだけが目的ではないのだ。

今日を逃せばもう二人で話す機会もなくなってしまうだろう。本題を切り出すタイミングは今しかない、と文月はみかんを窺うように言った。

「例の、返事のことなんだけどさ」

みかんは口に入れたおでんで頬を膨らませながら首を傾げた。

「この前の返事だよ……忘れたのか」

「忘れてないですよ。でもそれ、だいぶ前の話ですよね」

いっそのこと忘れていてくれたほうが気が楽ではあったが、文月は続けた。

「その返事がまだできていなかったから、ちゃんとしておいたほうがいいと思ってな。男のけじめってやつだ」

「このタイミングで、ですか？」

「仕方ないだろう。あれ以来ずっと考えていたことだし、奈良咲に会うたびにそのことが頭から離れなかったんだから」

みかんが呆れたように言った。

「だから私と話す時、ずっと顔が引きつってたんですね。まあ、そんなところが先生らしいですけど」

文月は年の離れた女子にからかわれているオジサンの気分になり、まじめに返事をしようとしていたことを少し後悔した。

そんな文月の気持ちを察したようにみかんが言った。

「先生、私が障がいを抱えてるからって恋愛経験ないと思ってません？　先に言っておきますけど私、結構もてるんですからね。だから今さら返事されたって、もういい人ができてるかもしれないですよ」

「そうなのか？」

「さあ、それはその返事とやらを聞かせてもらってから教えます」とみかんは言うと、背中をそっと押すような笑みで文月を見つめた。

考えてみれば、この暖かい笑顔に何度も勇気をもらっていたような気がした。文月は覚悟を決め、みかんへの返事を言葉に変えた。

「その……僕はあまり自分を肯定することができないタイプの人間なんだ。いつからそうなってしまったのかはっきりとは憶えてないけど、たぶんそれは父が死んだ時から続いているような気がする。

でもね、ある時そんな自分を肯定することができる時間を見つけることができた。沙耶と一緒にいた時間だ。自分はそこにいてもいいんだって許されているような気がして、僕は生まれて初めて自分のことが好きになれた。だから彼女が亡くなった時、もうそんな人には一生出会えないと思った。そしてその時から、僕は自分の人生からそういった感情を取り除いて生きていこうと決めたんだ。

そう決めたはずだったのだけど、奈良咲と出会って、こうして一緒に時間を共にするようになって、僕はまた自分を肯定できる時間を見つけることができた。そしてこれまで抱えてきた不安や葛藤なんて、本当はちっぽけなものだったんじゃないかとさえ思えるようになった。僕は奈良咲と一緒にいる時間が好きだった。そして奈良咲と一緒にいる自分を好きになることができた。この先も奈良咲と一緒にいられたらどんなに幸せだろう。そう思ってる。

だけどね、今の僕では奈良咲を幸せにすることはできない。終わらせなければならない過去が、まだ終わっていないから」

隙間風のような沈黙が二人の間に流れた。

みかんは屈託のない笑顔で冬の青空を見上げ、ちょうどそこに浮かんでいた白い月を見つめながら言った。

「待ってあげてもいいですよ。まあ、先生が私を待てるかどうかは分かりませんけど……」

その言葉の意味を理解する前に、みかんの声が文月の耳に届いた。

「いつか褒めてくれたことありましたよね、私の笑顔のこと」

文月はこれからみかんが何を伝えようとしているのか、見当もつかぬままに頷いた。

「あれ、すごく嬉しかったんです。自分の笑顔にそんなにも力があるなんて知らなかったから……。でもね、もし本当にそんな力があるのなら、それはこの体のおかげなんです」

その言葉に、相槌を打つことはできなかった。

みかんは吐き出した白い息の中に言葉を浮かべるように続けた。

「私が怪我をしたのは、小学校の校庭にあった遊具の上で、親友の女の子と遊んでいた時に足を滑らせてしまったことが原因です。突然のことだったので受け身も取れず、不運にも脊髄を損傷してしまいました。そして車椅子を使う生活をすることになり、特別支援学校に移ることになったんです。

でも私がそこで頑張れたのは、またその親友の女の子と一緒に遊べるようになりたいって思っていたからでした。それだけを励みに、もと通りの暮らしに戻れるように必死に訓練を受けました。それと、いつかまた普通学級に戻ることができたら、その子には心配をかけたくないとも思いました。だから、笑顔になる練習もしました。どんなにつらい時も、鏡に向かって思いっきり笑う練習をたくさんしました。その子とまた一緒に遊ぶことができると信じてたから……。きっと私の笑顔は、その時に作られたものなんでしょうね」

宙に浮かんでいた白い息はどこかへ消えていた。

文月は完全に言葉を失っていた。太陽のような笑顔を持っているとか、生まれながらに臨床心理士としての資質を備えているとか、自身勝手なバイアスでみかんという存在を分析し、彼女のことを分かったような気になっていた自分が浅ましく思えたからだ。

みかんは表情を失った文月を案ずるように言った。

「ごめんなさい。なんの話だかよく分からないですよね……」

みかんは暫く語り続けていたが、文月に生じた混乱と動揺があちこちで音を鳴らしているようで、その言葉は素直に耳に入ってこなかった。

「そういえば警察が来るの、今日でしたよね」

警察……文月はその言葉でようやく我に返った。今日警察が来ることは、みかんに伝えていなかったからだ。

しかし文月の疑問はすぐに解決した。考えてみれば、みかんはつい最近まで受付のバイトをしていたのだ。カウンセリングの予約でもないのに、何日も前から部屋が押さえられていることが不自然に映ったのだろう。しかも今日の午後は心理臨床センターにはカウンセリングが一件も入っていないのだからなおさらである。恐らく彼女は、文月が警察からみかんを遠ざけるために外での食事に誘ったことも承知していたのかもしれない。

「隠すつもりはなかったんだ」と文月はみかんをまっすぐに見つめて伝えた。

「分かってます。私も、もう先生の思い出に首を突っ込もうなんて思ってませんから」

みかんは文月から視線をそらし、少し恥ずかしそうに続けた。

「私ね、沙耶さんに嫉妬してたんです。変ですよね、亡くなってしまった人に嫉妬したってどうにもならないのに。だから余計に先生のこと、知りたくなってしまったんです。でもね、真沙さんと三人で食事をした夜、気づいたんです。先生の思い出は私の思い出ではないんだって。それは先生だけの大切な思い出なんです。だからもう、沙耶さんに嫉妬するのも、先生の過去に嫉妬するのもやめました。先生の大切な思い出にずかずかと入り込んでしまうような真似をして、すみませんでした」

みかんはゆっくりと頭を下げた。

「謝る必要はない。沙耶の話をしたのは僕だし、それを聞いてもらうことで心が癒されていたのは僕のほうなんだから。それに奈良咲がいなければ、僕はきっとこの先もずっとあの部屋に閉じ込められたままだったと思う。もう一度過去と向き合ってみよう。そんな気持ちになれたのは奈良咲のおかげなんだ。一年間、こんな頼りない教育係に付き合ってくれて、ありがとうございました」

文月はみかんに深く頭を下げた。

「女心、少しは分かる時もあるんですね」

みかんは大きな瞳に溜めた涙を指先で押し戻して笑った。

その笑みにつられて文月も笑っていた。

みかんはスマートフォンで時間を確認すると言った。

「そろそろ、時間ですね」

文月の心中を察したのか、みかんは続けた。

「大丈夫。ネクタイ、バッチリ決まってますから。あとこれ、今日の夕食にどうぞ」

残ったおでんを袋に入れて差し出すみかんに、文月はすっかり心の中を読まれている自分が可笑《おか》しくなった。

「ありがとう」

「先生が悩んだ時は、いつでも私が相談にのりますよ」

文月はもはやどちらが教育係だったのか分からなくなっていた。

そして、みかんの笑顔は今日も太陽のように眩しかった。


賑やかだった午前中とは打って変わり、心理臨床センターは閑寂に包まれていた。雪が積もるキャンパスの外れにひっそりと佇むその施設には、午後のカウンセリングが一件も入っていないのだからそれも当然だろう。

文月は普段は気にならないエアコンの音がやけに耳障りに聞こえる相談室で、大崎警察署から来た荻堂の様子をじっと窺っていた。

縒《よ》れた紺色のスーツを着て緩みきったネクタイを首からぶら下げた荻堂は、両肩を丸めるようにソファーに座っていた。後頭部の辺りの寝癖は相変わらずはね上がっており、丸い腹のサイズも前回と変わりない。

一方の文月もネクタイ姿ではあるが、先ほどみかんにきちんと結んでもらったため、身なりという意味では荻堂よりは社会人らしい服装をしているという自覚はあった。

荻堂は砂糖とクリームを二つずつ入れたコーヒーを飲み干して言った。

「あの……今日は、奈良咲さんはいらっしゃらないんですね」

「ええ。彼女は大学院を修了して就職先も決まりましたので、受付のバイトも春休みが始まるタイミングで終わりとなりました」

つい先ほどまでみかんが来ていたことは伝えなかった。

「そうでしたか……」

荻堂は今日の用件はみかんに会うことだったのではないかと思うほど残念そうな表情を浮かべた。何度か受付で彼女と接しているうちに、すっかり心を奪われてしまったようだ。

文月はそんな荻堂に少し同情し、コーヒーのお代わりを勧めた。

「もう一杯いかがですか？　ボタンを押せば出てくるので、よろしければ新しいものを入れて来ましょうか」

「よろしいんですか。それではお言葉に甘えて」

文月が立ち上がろうとすると、荻堂がそれを制するように立ち上がって言った。

「あ、自分で行って来ます」

文月は丸い腹を弾ませるように部屋を出ていく荻堂に妙な親近感を覚えていた。隙だらけの身なりや人懐っこい顔、そして裏表のなさそうな言動を見ていると、文月は彼が刑事であることをつい忘れてしまいそうになった。年齢は聞いていないが恐らく同年代のため、もし荻堂が同じ職場だったり同じ立場の人間であったなら、二人は気の合う友人になれるような気がしていた。しかし文月がどんなに親しみを抱いても、彼が刑事であるという事実に変わりはない。文月は自身の油断を振り払うようにあらためて身を引き締めた。

荻堂は湯気が立つコーヒーを二つ持って戻って来ると、一つを文月に差し出した。

「ブラックでよかったですよね」

「ありがとうございます。逆に気を遣わせてしまいすみません」

荻堂は砂糖とクリームも二つずつ手にしているが、それは自分が使うために持って来たようだ。

案の定、荻堂はそれらを全てコーヒーの中に入れながら言った。

「さすがに部屋を出ると寒いですね」

「すみません。今日の午後はこの部屋しか使っていないので、ほかは節電のため止めてしまいました」

「いえいえ、当然のことだと思います。うちの署なんて私がいる階は、人がいるのに天井の蛍光灯の半分が抜かれてますよ」

どこの職場も省エネには気を遣わなければならない時代になっているのだろう。文月も長年心理臨床センターで働いている責任感から、いつの間にか施設全体の節約を心がけるようになっていた。

荻堂は持ち上げた紙コップに唇を付けると、すぐにローテーブルに戻して言った。

「ところで悠木さん、最近は一ノ瀬さんとは？」

突然話題を変えた荻堂が少しわざとらしく映ったが、文月は事実を言った。

「夏に会ったきりです。その後一一月頃に一度だけ電話で話す機会がありましたが、それ以外は一切連絡を取っていません」

「そうですか。私のほうはその後、何度か一ノ瀬さんの心理クリニックにお邪魔させていただきましてね」

その言葉に動揺する理由はないのだが、文月はなぜか荻堂に心を探られているような気分になった。やはり警察は臨床心理士とは違い、相手から話を聞き出すプロであると文月は再認識した。

「一ノ瀬さんは元気でしたか？」

「はい。クライエントも結構抱えていらっしゃるようで、相変わらずお忙しそうでした。何一つ、変わった様子は見当たりませんね」

年始から一ノ瀬の着信が途絶えていたため、それを聞いて少し安心した。だが、荻堂の言葉尻には妙な違和感があった。

「あの、変なことをお尋ねしてもよろしいですか？」

刑事にそう質問されて断ることができる人はいないだろう。

「どうぞ」

荻堂は文月の顔色を窺うように言った。

「悠木さんは、一ノ瀬さんと真沙さんの関係のことをご存じですか」

「はい。そのことは電話で聞きました。正直私も驚いてしまいました」

「そうですよね。二人が恋愛関係にあったのですから驚いて当然ですよね」

文月は荻堂の回りくどい言い方に少し苛立った。荻堂は文月が真沙と会ったことがあることを知っていて、あえてその話を持ち出さないようにしているからだ。要するに彼は、文月がついた嘘を切り崩すために周囲から事実確認を固めているのだ。

いや、苛立ちの理由は荻堂の心中がまったく読めないことでもあった。ならばいっそのこと先手を打ってみるしかない、と文月は覚悟を決めて告げた。

「先日、真沙さんとは会ったことがないと言ってしまったのですが……申し訳ありません、実は真沙さんは荻堂さんが来る前に一度こちらにいらしているんです。ただその時は彼女から自己紹介を受けるまで、私はその人が誰かも知りませんでした。それと、真沙さんとは一一月に彼女のご実家近くでお会いしました」

荻堂は文月の告白に驚いた様子も見せずに言った。

「そうでしたか。実は私も年末に静岡へ行って真沙さんにお会いして来ました。一ノ瀬さんが彼女の居場所を教えてくれたんです。ですので真沙さんの消息に関しては心配していなかったのですが、彼女は掛井のマンションの相続人ということもありましたので、会って直接お話を聞きたかったのです」

荻堂がある程度のことを調べていることは想定していたため、文月は彼の言葉に動揺せずにすんだ。それよりも荻堂があの男のことを「掛井」と呼び捨てにしたことのほうが気になった。

荻堂は文月にそれを報告することが義務であるように続けた。

「真沙さんは包み隠さず話してくれました。突然姿を消した理由も、自分が掛井の実の娘であることも。彼女、静岡に行く当日にこちらに来ていたのですね」

徐々に追い詰められていくような気分になったが、文月は荻堂の視線から目をそらさなかった。

よほど文月の目つきが鋭かったのか、荻堂は機嫌を取るように言った。

「すみません、少し一方的に話してしまいました。真沙さんの件についてはお気になさらないで下さい。悠木さんは真沙さんを守るために私に嘘をついたのですよね」

掛井から真沙を守る、という意味で言っているのであればその通りだった。

「はい。事実とは異なることを申し上げてしまい、すみませんでした」

「いえいえ、私でも同じことをすると思いますよ」

荻堂が共感する理由は分からなかったが、文月はその言葉に安堵した。

「しかし掛井の件のほうは少し詳しく伺うことになってしまいます。よろしいでしょうか？」

その言葉は束の間の平安を取り上げるように文月の体を硬直させた。文月は真沙だけではなく、掛井とも会ったことはないと荻堂に嘘をついていたからだ。しかし荻堂がそれを看破するために文月に会いに来ることは分かっていたことだ。文月は荻堂がどこまで自分のことを調べているのか気になっていたため、話を続けさせることにした。

「構いません。どうぞ」

「ありがとうございます。悠木さんは前回私に、掛井とは会ったことがないと仰っていました。しかしそれは事実ではないようですね」

相手の小さな罪を許し、その後さらに大きな罪を受け入れさせる。これはフット・イン・ザ・ドアと呼ばれる心理術を応用した対話テクニックだ。荻堂が心理学を学んでいるとは思えないが、職業柄それが自然と身についているのだろう。

返事に戸惑う文月を見て、荻堂は続けた。

「ああ、少々乱暴な言い方になってしまいすみませんでした。悠木さんは掛井に会ったことがあることを、私に隠さなければならなかったのですよね。実は先日ある人にお会いしましてね、その人から過去のことは聞きました。しかしご安心下さい。私は今回の掛井の死について、悠木さんが関与しているとは考えておりませんので」

文月は頭の中で荻堂の言葉の意味を何度も繰り返したが、まるで理解できなかった。二つの嘘を暴いておきながら逆に擁護される、という居心地の悪い葛藤に支配されている気分である。そして「ある人」という人物が誰であるのかも、皆目見当がつかなかった。

しかし、荻堂が一〇年前に文月と掛井の間に起きたことを知っているのは明らかである。もう逃げることはできない、と文月は腹を括って言った。

「ご存じなんですね。一〇年前に私がしたことを」

荻堂はゆっくりと頷いて見せた。

文月は無意識のうちに触れていたネクタイを力一杯握りしめて言った。

「死んで当然の男なんですよ。あいつは……」

荻堂が来てからどれほどの時間が流れたのだろうか。窓から射し込んでいた西陽は消え、相談室は随分と薄暗くなっていた。時計の秒針が聞こえるほどの静けさに包まれた部屋には、文月が放った言葉だけが残響しているようだった。

そんな静寂を打ち破ったのは荻堂だった。

「悠木さんの仰る通りです。あいつは死んで当然の男でした」

文月は荻堂の言葉に自分の耳を疑った。彼は文月に嘘を認めさせ、過去に犯した罪を償わせるために来たのだと考えていたからだ。ましてや文月に同調する必要などどこにもないはずである。文月は荻堂がなぜ自分の前に現れたのか、ますます分からなくなった。

荻堂は文月の混乱を無視するように続けた。

「掛井のことは真沙さんからも先日お会いした人からも聞いておりますので、私はあの男がどんな人間だったのかは理解しているつもりです。それだけでなく、掛井の部屋を見た時からそれは分かっていたことでした」

「どういうことですか」

文月は自分が先に言い出した言葉であるにもかかわらず、荻堂に答えを求めていた。

荻堂は何か大切なことを思い出したような表情をして言った。

「そう言えばまだ悠木さんには、私が掛井の死に固執している理由をお伝えしていませんでしたね。先ほど掛井の部屋を見たと言いましたが、掛井が死んでいた現場には私も臨場しているんです。私が所属する生活安全課は、刑事課が扱わない街頭犯罪の全てを扱う部署でしてね。言ってしまえば何でも屋です。そのため他殺の可能性のない自殺や事故死のような現場には年中駆り出されるんです。それで私も掛井の現場に駆けつけたのですが、やはりそこには事件性が疑われるような要素は一つも見当たりませんでした。

しかし遺書とみられるものは一切見つからなかったため、それが自殺なのか、事故死なのかという判断は私にはできませんでした。一方うちの署の鑑識は、掛井の体から多量のアルコールが検出されたことを理由として事故死と判断しました。実は泥酔状態で風呂に入ってそのまま溺死してしまうというケースは決して少なくないんです。そのため、掛井が事故死だという判断は私も妥当だと思いました。しかしです……うちの署は自殺や特殊な事故死といったような事案に関しては、少々ナーバスになってしまうところがありましてね」

荻堂は身をかがめるように文月に近づき、声を潜めて続けた。

「少し前の話になるのですが、うちの署の管区内で妙な薬が出回ったことがあるんです。たった一錠で確実に死ぬことができる、という恐ろしい薬です。出所は薬学部に通う一人の大学生でした。その学生は自らが死ぬために薬を作ったのです。しかしどういうわけか、それは一つではありませんでした。もちろん事件は解決したんですがね、出回ってしまった薬のほうは回収できていない状況なんです。世の中にはそんな薬を必要としている人が、我々が思っている以上にいるようでして……」

そこまで言うと、荻堂は眉を大袈裟に上げて言った。

「そういった人々に関しては、悠木さんのようなお仕事をされているかたのほうがよくご存じかもしれませんね」

文月は臨床心理士として回答した。

「確かに、死ぬことばかりを考えて来談されるクライエントは少なくありません。しかしもし彼らがそんな薬の存在を知れば、ほとんどの人がそれを手に入れたいと思うかもしれませんね。なによりその薬そのものに依存してしまう可能性も考えられます」

「さすがは臨床心理士さんです」

荻堂は感心したように言うと、湯気が消えたコーヒーを一口飲んだ。

一方の文月は、余計に荻堂の心が読めなくなっていた。

「ちょっと話がそれてしまいましたね。そんな経緯もあって私は現場到着後、掛井の遺体だけでなく、彼の生活環境にも注意を払ったのですが……そこには、浴室に浮かんでいた掛井の遺体など吹き飛ばしてしまうほどの鮮烈な違和感があったのです」

荻堂は思い出したくない記憶の鍵を開けるような顔をして話を続けた。

「掛井は五反田にある、彼が所有するマンションの最上階に一人で住んでいました。しかしその自宅はどうみても一人で住んでいるようには見えなかったのです。そこには、もう一人の住人の気配があったからです。いえ、存在するはずのない女性の気配があったと言ったほうが正しいでしょう。

玄関には女性物の靴が並び、クローゼットには若い女性の洋服がぎっしりと収納され、洗面所には高そうな化粧品が丁寧に並べられていました。そして寝室には女性物の寝具、さらにトイレには生理用品までありました。もちろんその女性の部屋も別にありました。それにもかかわらず、掛井のマンションにはその女性が存在していないのです。

問題は掛井の部屋です。そこは大きな机と本棚、そして一人がけのソファーとテレビが置かれた書斎のような部屋でした。中でも机の上にぽつんと置いてあった四角い桐箱のような物に目が留まりました。その上蓋をそっとずらしてみると、白い陶器の入れ物がでてきました。私はそれを見て、そこに入っているものがすぐに分かりました。遺骨だったのです。

遺骨の近くには一人の女性の写真が飾られていました。一〇年前に亡くなった沙耶さんです。そしてその隣には何冊ものアルバムが積み上げられるように置かれていました。アルバムには沙耶さんの写真が納められていました。ほとんどが裸の状態のものです。さらにテレビの近くには年式の古いビデオカメラも置いてありました……。

法的には保護者という立場であったにもかかわらず、掛井が沙耶さんとどのような関係にあったのかは明らかでした。あの男は沙耶さんが亡くなってもなお、彼女を所有しようとしていたのです。掛井という男は悠木さんが仰る通り、死んで当然の男だったんです」

文月の防衛機制は次々とこじ開けられていく扉を前にその機能を完全に失っていた。ただ、その部屋に足を踏み入れてしまった真沙には同情するしかなかった。彼女は沙耶が遺した封筒と自身の幼少期のアルバムを、掛井の部屋で見つけたと言っていたのだ。

「真沙さんもその部屋を見たのですね」

「はい。あれを見れば掛井という男がたとえ死んでいたとしても、逃げ出したくなるのは当然です。ましてや、掛井が自分の実の父であることを知ってしまったのですから」

荻堂は真沙が消息を断った理由を早い段階から知っていたようだ。真沙の消息に関して、彼の焦りがあまり見えなかったのはそのためだったのだろう。

「少し長くなってしまいましたが私も悠木さんと同じように、掛井は死んで当然の男だと思っていることは分かっていただけたと思います。それを踏まえて、私は悠木さんが掛井と会ったことがないと言った理由をずっと考えていました。差し支えなければ、私が考えたその理由をお伝えしてもよろしいでしょうか」

もう逃げ場などどこにも用意されていなかった。文月は腹を括って言った。

「聞かせて下さい」

荻堂はソファーから身を乗り出すように言った。

「悠木さんは一〇年前、掛井に強い殺意を抱きました。そして犯行に及んだものの、彼を殺し損ねてしまった。あなたはその過去を隠すために、掛井とは会ったことがないと私に言ったのですね」

文月は荻堂の質問に答えるべく口を開けたが言葉が出ず、かろうじて頷くことしかできなかった。

荻堂は続けた。「ありがとうございます。しかし私は掛井の死に悠木さんが関与しているとは考えておりません。また、悠木さんに過去の件を償わせようなどということも考えていません。まずそれだけはご理解下さい」

荻堂は文月の嘘と過去を暴き、その罪を償わせるために今日ここに現れたはずである。しかしその全てに対して罪に問わないという荻堂の心中がますます分からなくなり、文月は再び居心地の悪い葛藤に支配された。

荻堂はどうしても聞いて欲しい話があって来談したクライエントのような目をして続けた。

「掛井の死で私が一番違和感を抱いているのは事故死という部分です。もしこれが自殺であったなら、私はこんなにこの事案に固執していなかったと思います。なぜなら掛井は愛していた沙耶さんと同じ死に方を選ぶことで、その歪んだ愛を完結させようとしたと考えれば筋は通るわけですから。もちろん一ミリたりとも共感はできませんがね。

しかし、うちの鑑識が出した死亡原因は事故死です。そこで問題になるのが死に方なんです。ご存じの通り、掛井は一〇年前に亡くなった沙耶さんと同じ死に方をしています。私にはこれが単なる偶然とは思えないのです」

そこまでの荻堂の話を聞いて、文月はようやく今日彼が訪ねて来た本当の用件が見えたような気がした。

「実は先ほど申し上げたある人を訪ねた時、私は一つの可能性の話を教えてもらいました。カウンセラーとクライエントという関係の中には、ほかではたとえることのできない特別な絆《きずな》が生まれるそうですね。臨床心理学ではそれをラポールと呼んでいるとか。

しかしカウンセラー側が常に気を配っていないとラポールは両者を必要以上に近づけてしまう。そのためカウンセラーは相手に個人的な影響を与えることを避けるために、自分と他人を区別することを常に意識しながらカウンセリングに臨んでいる。よほど注意しなければカウンセラーは、クライエントにとってカリスマ的な対象になってしまう場合があるからです。

ちなみにカリスマとは人を心酔させる能力の持ち主という意味があるそうですね。つまり必要以上に強力なラポールが形成された状況下では、カウンセラーの言葉はクライエントに対して非常に大きな影響を与えてしまうということです。

しかし正直言って、私はその話に強い抵抗を覚えました。だってもしそれが事実だとしたら、カウンセラーは意のままにクライエントを操ることができることになってしまうのですから……。でも、少し視点を変えて考えてみると、妙に腑に落ちてしまったのです。それはまさにアイドルとファンの関係に似ているではないかと。私もこれまで何人ものアイドルに心を奪われてきましたからよく分かるんです。心酔してしまう人たちの気持ちが」

アイドルの話には共感できなかったが、荻堂が伝えようとしていることは理解できた。彼は文月と同じ答えに辿り着いているのだ。だが、文月にも臨床心理士として伝えておかなければならないことがあった。

「臨床心理士は、相手の心を映す鏡になるように訓練されています。我々はクライエントの心に侵入したり、カウンセラーの個人的な影響を与えてはならないと教えられているのです。ですから、カウンセリングによって人の心を操るといったような考えを持つ臨床心理士など一人もいないと、私はこの場で断言します。もし荻堂さんがそのような心理術を用いた殺人を疑っているのでしたら、それは見当違いだと思います」

文月は一ノ瀬を庇っている自分に気づき、それを隠すように続けた。

「荻堂さん。先ほどから話に出てくる、ある人とは一体誰のことなのでしょうか?」

荻堂は口を歪めるように言った。

「申し訳ございませんが、匿名でのご協力というお約束でしたので申し上げることはできません。ただ、一ノ瀬さんではないことだけは確かです。彼は掛井のカウンセリングをしていたことはご存じですよね」

やはり荻堂は一ノ瀬を疑っているのだと文月は確信した。

「聞いていますが、一ノ瀬さんはカウンセリングというよりも、掛井の悩みを聞いていただけだと言っていました。ゴルフを教えてもらった代わりに相談にのっていた程度だと。もちろんそこに金銭は発生していないとも言っていました」

荻堂は文月の言葉に反応するように言った。

「その通りです。今回の事案に関して追いかけるべきは金の流れではなかったのです。当初私は真沙さんが掛井のマンションの相続人だということだけに目を奪われていました。しかし掛井の死からかなり時間が経過した今になっても、そこには金が絡んでいる気配すら見当たりません。なにしろ当の真沙さんは、今も相続の受け取りを拒否している状態なのですから。はっきり言って私は完全に行き詰まっていました。そんな時です、金以外に気になる点が浮上したのは。それが一ノ瀬さんと真沙さんの関係でした」

文月は回りくどい言い方を遮るように言った。

「一ノ瀬さんが掛井を殺したと疑っているのですね」

「そういうわけではありません。私は一ノ瀬さんが掛井を殺そうとした動機が分からないのです」

荻堂は頭頂部の寝癖の辺りを掻きながら、専門外の問題用紙を出された学生のように顔を歪めていた。

そんな荻堂を見て、文月は彼の推理がそこで止まってしまったことを察した。いくら刑事でも、一ノ瀬が抱えることになってしまった二重の逆転移にまでは辿り着くことができなかったのだ。

「悠木さんの大切なご友人を疑うようなことを申し上げてしまいすみません。私はただ、真相が知りたいだけなんです。もし本当に人の心を操り、自殺にまで追い込んでしまうような殺し方が存在するのだとしたら、それは先ほど申し上げた薬よりも危険な存在となってしまいます。私にはそれを放っておくことができないのです」

両膝の上で握り拳を作った荻堂が震えていた。文月は彼が掛井の死に固執する本当の「動機」を悟った。

荻堂は拳を握ったまま続けた。

「私はこれ以上悠木さんの過去を掘り下げるつもりはありません。そして掛井という人間が、死んで当然の男だったことも承知しています。しかし掛井の死が他殺であったのだとしたら、罪を犯した人間はそれを償わなければなりません。それが、私が信じる正義なのです。私は悠木さんなら、掛井の死の真相を知っているはずだと思っています。しかしあなたの証言がなければ真実は封印され、掛井は事故死のまま処理されてしまうのです」

文月は皺だらけのネクタイをただ見つめることしかできなかった。

「悠木さん。あなたは友人が犯した罪を知りながらそれを黙認するつもりですか。それが、あなたの正義なのですか」

音もない薄暗い相談室で、荻堂の問いだけが文月の耳に鳴り響いていた。

第9話　死んで当然の男

⌛

僕は遊歩道の上から目黒川のほとりに倒れている男を見下ろしていた。

周囲を見渡しても人の気配はない。聞こえてくる音は、深夜の山手通りを走る車の音と静かな川のせせらぎ、そして呻《うめ》くような男の息遣いだけだった。

掛井が深夜の目黒川のほとりで汚らしい呻き声を上げている理由。それは、僕が突き落としたからだ。しかしこの状況は初めから計画されていたわけではない。男の行動パターンを沙耶から聞き、僕はそれを確かめるために夜の五反田で掛井を尾行していただけなのだ。もちろんそのことは彼女に知らせていないし、今日のことも知らせてはいない。

沙耶から妊娠を告白されてから三ヶ月近くが経っていたが、僕らのカウンセリングは今も続いていた。彼女は現在妊娠五ヶ月で、見た目にもお腹の膨らみが分かるようになっていた。沙耶は本来なら四年生になっているはずだったが、大学は掛井の指示により退学手続きを取らされていた。しかし彼女は大学を退学した今も、その男の送り迎えのもと心理臨床センターに通っているという歪な状況が続いていた。

カウンセリングを続けているのは沙耶の意思なのか、掛井の指示なのかは分からない。だが僕はそれを彼女の意思だと信じ、毎週決まったその時間を待ち続けた。僕らは限られた時間の中で互いの心を重ねるように距離を縮めていった。そして二人が将来一緒になれる可能性を探し合った。僕は本気でそれが叶うと信じていたからだ。一方の沙耶は僕の話に笑みを浮かべながらも、それを夢物語としてしか聞いていない様子だった。だが僕は彼女が失ってしまった笑顔を少しでも取り戻せるのであれば、それでも構わないと思っていた。

僕に妊娠を打ち明けてからの沙耶は、一寸先の未来さえなくしてしまったような喪失感と、新たに誕生する命への義務感の狭間に閉じ込められ、まるで意思のない人形のような表情を浮かべるようになっていた。それは、父を亡くした時の母と同じ表情だった。

本来ならば祝うべき命の誕生が、沙耶にとっては絶望そのものとして体の中に存在しているのだ。そんな複雑な状況に立たされてしまった彼女の不安を少しでも晴らすことができるのであれば、僕はどんなことでもするつもりだった。だから僕はその体の中にいる小さな命さえ、二人の未来の一部として語るようになっていた。

二人にはカウンセリング以外にも会う時間が必要だった。しかし大学をやめてからの沙耶は、掛井にその全てを監視されるようになっていた。つまり僕らはカウンセリングの時間さえもその男に管理されているのだ。僕は彼女と二人きりで会える時間を増やす方法を思案するようになっていった。そして、カウンセリングの中でそれとなく掛井の行動パターンを聞き出すことを試みた。

僕は沙耶に余計な心配をかけないよう、なるべく自然な形で掛井の素行を聞くように心がけた。彼女が自発的にその男の話をするように誘導したのだ。だが沙耶が語る掛井の話は胸糞が悪くなるばかりか、吐き気さえ催すようなものばかりだった。彼女は妊娠してからもなお、その男に虐げられていたからだ。僕は感情の全てを押し殺すように沙耶が語る掛井の変質的な所行に耳を傾けた。そしてようやく、男にはある一つの行動パターンがあることを知った。掛井は週に一度だけ、決まった時間に泥酔して家に帰るという情報を掴んだのだ。

それだけ聞くことができれば十分だった。僕はその話を聞いた次の週から掛井を自宅の前で張り込み、尾行を開始していた。掛井は毎週木曜日になると必ず目黒川沿いにある小料理屋へ行くことが習慣となっていた。その小料理屋で若い女性と落ち合って食事を済ませると、二人は一緒に歓楽街にある接待クラブまで手を繋いで歩き、その店の階段を上っていく。そして掛井はクラブから出てくる頃には女性に支えられながら階段を下りるほど酔った状態になっており、その後は一人でふらふらと川沿いの遊歩道を歩いて家路につくのだ。僕は毎週尾行を続けたが、男はそのたびに同じ行動を続けていた。

掛井を尾行するのは今夜で五回目だった。だがいつもと同じコースであるにもかかわらず、先週とは別の場所を歩いているのではないかと錯覚するほど周囲の景色は様変わりしていた。先週までの目黒川の両脇には桜の花が咲き誇っており、深夜でもライトアップが続いていたため多くの人通りがあったからだ。しかし四月も中旬を迎えると桜の花は一斉に散り、ライトアップも消えた。目黒川を見下ろすように続く深夜の遊歩道は人の気配もなく、地面にへばりついた桜の花びらだけが残る薄気味悪い通りでしかなかった。

僕は薄暗い深夜の遊歩道を掛井の背中を見失わないように歩いていた。先週までとは違って人の気配がほとんどないため、息を凝らすように桜の木々に身を隠してその男を尾《つ》けなければならなかった。

しかし、僕はそんな自分の行動に疑問を抱くようになっていた。そもそも掛井を尾行する理由は、沙耶と会うことができる時間をこの目で確かめるためだったはずである。掛井は週に一度、木曜日の同じ時間にクラブの女と小料理屋へ行き、その後同伴客として女の店に行く。それだけ分かれば十分なはずだった。もう尾行など必要ないのだ。

ではなぜ、僕はこそこそと男の尾行なんて続けているのだろう……。

週に一度のカウンセリングでしか沙耶に会うことも許されず、そもそもそれ自体が掛井の管理のもとで続いている状況で、僕は息を潜めるようにその男を尾行している自分が哀れに思えた。

考え事をしていたせいか、雨上がりの地面に桜の花びらを擦り付けるように歩いていた掛井の姿を見失っていた。濡れた地面には外灯の光が反射しているだけで、人の姿は誰一人見えなかった。僕は外灯の光を避けるように闇の中を進み、男の姿を探した。

やがて暗闇の中から物音が聞こえてきた。水が連続的に落ちる音だった。僕は足音を立てないようにその音のほうに近づいていくと、掛井は遊歩道の内側に入り込んで川に向かって立ち小便をしているようだった。僕はさらにその音がするほうに近づいて目を凝らした。外灯の光が届かない場所のためはっきりとその姿が見えるわけではないが、そこにその男がいることは間違いなかった。

掛井は用を済ますとズボンのジッパーに手をかけながら遊歩道に戻った。だが男の足はそこでピタリと止まった。僕と目が合ったからだ。知らず知らず、僕はその距離を縮めてしまっていたのだ。

掛井は不思議そうな顔をして僕を見つめていた。僕は想定していなかった状況にどうすることもできず、蛇に睨まれた蛙のように男の目を見つめ返していた。

「冗談だと思って聞き流していたが、クラブの女が言ってた通りだ。お前、ちょっと前から俺のことを尾けてたのか」

男の顔から酔いは消えていた。

僕は咄嗟に逃げようとしたが、その得体の知れない凄みに膝が震えて動くことができなかった。

「なんだ。俺を殺す機会でも窺ってたのか」

「そうでは、ありません」

萎縮した声帯を無理やり働かせたため、それが言葉になっていたかどうかは分からない。

「じゃあなんだ。腹がでかくなった沙耶の裸の写真でもねだりに来たのか」

体が言葉よりも先に反応した。僕はその男に向かって走り出し、思い切り体当たりしていた。

僕は遊歩道の上から、目黒川のほとりに落ちた掛井を見下ろしていた。

掛井は僕が体当たりした勢いで腰の高さほどの防護柵を越え、転がるように水流のすぐ近くまで落ちていった。男は体のどこかを負傷したようで情けない声を出しながら呻いていた。

僕は防護柵を乗り越え、闇の中へと下りていった。掛井が倒れている辺りの頭上には橋が架かっているため、辺りは外灯の光も届かない暗がりになっていた。

僕は暗闇の中にいる掛井にゆっくりと近づいて立ち止まった。男は汚らしく散った桜の花びらと泥に塗《まみ》れ、背中を地面に擦り付けるようにして足首を抱えて悶《もだ》えていた。

なぜ彼を助けようとしているのだろう……。

僕はその汚らしい男の姿を見て思った。助ける理由などどこにもなかった。しかも今目の前にいるのは、沙耶が抱え続けてきた問題の根源である。こいつは保護者という立場を利用して沙耶を虐げ続け、その命さえも所有しようとする薄汚い悪魔なのだ。そんな奴がもし今夜都会の片隅で姿を消したとしても、誰一人悲しむ人なんていない。いや、むしろこんな奴は社会から消えたほうがいいに決まってる……。

僕の足は無意識にその男に近づいていた。だが、これは初めから考えていたことではない。掛井の行動を調べ、沙耶と会える時間を確かめるために尾行していただけなのだ。僕は急に自分の思考が恐ろしくなり、それを悔いるように男に手を差し伸べた。

しかし掛井は僕の慈悲を薙《な》ぎ払うように言った。

「そうか、沙耶に頼まれたわけか」

「違う。僕が一人で計画したことだ。沙耶は関係ない」

なぜか計画という言葉が勝手に口をついていた。

「あいつはそうやってお前みたいな小僧を誑《たら》し込んでは関係を結び、自分の思うように相手を操るんだ。挙げ句の果てにはさんざん世話をしてやったこの俺を殺そうと企んでいたとはな」

「沙耶は関係ない。これは僕一人の計画だ」

僕は自分が放った言葉が恐ろしくなった。指先が大きく震え、鼓動は破裂するほど高鳴っていた。

「虫一匹殺せねえような小僧に人殺しを頼むなんて、どうやら沙耶も頼る相手を間違えたようだな。帰ったらたっぷりとお仕置きしてやるさ。お前が想像もできないような方法でな。どうせお前は毎晩裸の沙耶を想像して一人で陰気臭く楽しんでるんだろうが」

掛井は痛みを堪えながら立ち上がり、足を引きずりながら僕に近づいて来た。

僕は思わず後退《あとずさ》ったが、振り絞るように言った。

「お前の歪みきった執着がどれだけ沙耶を苦しめていると思ってるんだ」

男は獲物を捕らえたような目つきで言った。

「沙耶は俺が幸せにするはずだった女が遺してくれた、たった一つの贈り物だ。だから俺には沙耶を愛する責任がある。まだ愛の意味さえ分からねえ小僧に何が分かる」

「沙耶は物なんかじゃない！　愛と執着を履き違えているのはお前……」

不意に呼吸ができなくなった。掛井の拳が鳩尾《みぞおち》に入ったからだ。僕は喧嘩などしたこともないが、無駄な動作が一切ないその一撃は訓練された者でなければ繰り出せないパンチであることくらいは分かった。

掛井は蹲《うずくま》った僕を仰向けにし、馬乗りになって僕の体を何度も殴った。僕はそのたびに声を上げて悶えることしかできなかった。

「たかだか見習いの分際で俺に説教か。じゃあ聞くが、臨床心理士の先生ってのは人の家族の中に土足で入り込むような真似をしてもいいって法律でもあんのか。挙げ句の果てにはこそこそと俺をつけ回して一体何をしようとしてたんだ？　沙耶はなあ、俺が愛した女の生まれ変わりなんだよ。俺がどれだけ沙耶を愛しているか、お前なんかに分かってたまるか」

「そんなの愛じゃない。お前は沙耶の気持ちなど少しも考えていないじゃないか」

返事の代わりに重いパンチが返ってきた。今度は顔面に入った。鼻の辺りの感覚がなくなり、生温い液体が口の中に充満した。

「お前が沙耶の何を知ってる。ああそうか、毎晩俺を欲しがるあいつの姿を見せてやれば納得するか。見せてやってもいいぞ、あいつが裸で俺をねだる写真をなあ。最新式のビデオカメラで撮った映像もある。お前も見たいんだろう？　あいつが乱れた姿を。正直に言えば今日のところはこの辺で許してやってもいい」

僕は言うことを聞かない唇を無理やり動かして言った。

「そんなことしなくても僕は沙耶を幸せにできる」

顔面に再び痛みが走った。

「まだ分かんねえか。大学を退学させてもカウンセリングに通わせてたのはなあ、沙耶の腹の膨らみを見せてお前に現実を教えてやるためなんだよ。お前と沙耶の間には未来なんかないってことをわざわざ教えてやったんだ。お前がどんなに沙耶に惚《ほ》れようが、沙耶がどんなにお前を頼ろうが、お前らの未来には絶望しかないってことをなあ」

男は再び酔いが回ったように僕の体の上で笑い出した。腹の底から漏れ出るような異様な嘲笑だった。

僕は男の下で抵抗する思考さえ押し潰されたような無力感を味わっていた。そして今僕が感じているこの屈辱は、沙耶が幼い頃から味わい続けてきた感情そのものだと悟った。これこそが沙耶の主訴だったのだ。

僕は笑い続ける掛井の体が浮いた瞬間、男を投げ出すように思いきり突き飛ばした。掛井は身を立て直そうと地面に足を着けたが、情けない声を上げて体を屈めた。先ほど挫《くじ》いた足を再び痛めたようだった。

気づくと僕は掛井の体の上に乗り、その首を力一杯絞めていた。男は足をジタバタさせて体を反転しようとしたが、僕は力の全てを指先に集中させた。

やがて掛井の足は動かなくなり、僕の腕を掴む握力も弱っていった。掛井の意識が徐々に遠のいていくのが指先から伝わってきた。

「僕は今日この男を殺すつもりだったのだろうか」

どこからか自分の声が聞こえてきた。僕は意識が遠のいているのは掛井ではなく、自分であるような感覚に陥った。

激しく引き合う二つの力の狭間で、僕の体は身動きが取れなくなっていた。掛井を殺そうとする僕と、それを止めようとする僕。彼らは一つの体を引き裂くほどの強さで僕の心を奪い合っていた。

「こいつは死んで当然の男だ。こんな奴が世界から消えたところで悲しむ人なんてどこにもいない。沙耶だってそれを望んでいるはずだ」

「確かに世の中には死んで当然の人間もいる。だがそいつを殺せば僕は人殺しだ。沙耶は人殺しの僕を愛してなんかくれない」

僕は葛藤を振り払うように指先に力を込めた。指先に生暖かい液体が流れてくるのを感じた。掛井の唇から吹き出た、汚らしい泡のような涎《よだれ》だった。男の体と同化していくような自分に吐き気がし、僕は瞼に力を込めて視界を遮った。そして必死に同じ姿勢を保ちながらもう一人の僕に言った。

「人の命を弄《もてあそ》ぶような最低な奴は死んで当然なんだ！」

僕はそれを口に出して言ったのか、頭の中で言ったのかさえ分からなかった。

掛井の腕に力を感じなくなった時、どこからか僕の名前を呼ぶ声がした。それが苗字だったのか、名前だったのかは分からない。だがその声は、はっきりと僕を呼んだことだけは確かだった。

幻聴だったのだろうか。いやその声は僕の耳がはっきりと捉えたものだった。つまりそれは僕の意識の中ではなく、外界から聞こえた音だということだ。

その声はもう一度、僕の耳に届いた。僕の名を呼ぶ声だった。僕は張り付いてしまったような瞼を開け、その声が聞こえた方向を探した。

遊歩道を見上げると、カーブミラーに映った車のヘッドライトで目が眩んだ。僕は小さくなった瞳孔を無理やり広げるように周囲を見回した。

先ほど僕がいた防護柵の辺りから、こちらを見下ろす人影があった。

僕は男の首から手を離していた。

⌛

外灯が雨上がりの遊歩道を照らし、水溜りには隙間が見えないほどの桜の花びらが浮かんでいる。辺りには人の気配はなく、山手通りから届く喧騒と目黒川のせせらぎだけが耳に届いていた。

文月は見覚えのある景色の前で立ち止まると、夜空を見上げるように防護柵を眺めた。柵は張り替えられており、簡単には超えられない高さになっていた。川に下りることを諦め、車が一台通れるほどの小さな橋の上に移動すると、文月は欄干に体を預けるようにその水流を見つめた。黒い川面《かわも》には歪んだ月と、外灯の光で浮かび上がった自分の影が映っていた。

あの日以来、沙耶が心理臨床センターに来ることは一度もなかった。つまり文月の初めてのカウンセリングは、あの夜をもって終了したのだ。文月はその後も彼女と連絡を取る方法を探したが、結局それも叶うことはなかった。掛井は沙耶の全てを管理するようになり、文月からの連絡は遮断されてしまったからだ。

そして沙耶の死を知ってからの文月は、ある二つの思想の狭間で激しい葛藤を抱えるようになっていった。「あの時、掛井を突き落とさなければよかった」という自責と「あの時、掛井を殺しておけばよかった」という後悔である。対立する二つの力は文月の自我さえ覆い尽くすほど膨れ上がり、今もなお心の中で激しく引き合っていた。

黒い川面に浮かんでいた月は消え、そこには自分の影だけが残っていた。

微かなせせらぎに耳を澄ませていると、どこからか文月の名を呼ぶ声が聞こえてきた。それは、一〇年前にこの場所で聞いた声と同じだった。

振り返ると、そこには一ノ瀬が立っていた。彼はTシャツの上にブルゾンを羽織りデニムのパンツを合わせていたため、先日会った時よりも若々しく見えた。院生だった頃のイメージのほうが強いせいか、文月は久しぶりに友人に会ったような懐かしさを覚えた。

一ノ瀬は外灯の光の中に入ると、怪訝と笑みを混ぜ合わせたような表情を浮かべて言った。

「珍しいじゃないか。文月がこんな日に、こんな場所に来るなんて」

文月は一ノ瀬の表情を真似るように答えた。

「まるで一ノ瀬さんは毎年ここに来ているような言い方ですね」

「三、四年くらい前からかな。ここへ来るようになったのは」

自宅が近いということは知っているが、たとえ数年前からであっても一ノ瀬がここへ来る理由が文月には分からなかった。

「僕の方こそ、一ノ瀬さんがこんな場所にいるとは思ってもいませんでした」

「だろうな」と一ノ瀬は眉をひそめて続けた。「実を言うとな、あの日文月を止めてしまったことをずっと後悔していたんだ。いや、数年前に掛井と会ってから後悔するようになったと言ったほうが正しいか……」

「掛井のカウンセリングをするようになり、当時のスーパービジョンの記憶が蘇ったというわけですね」

「鮮明にな。だがそれまでは、俺は正しいことをしたと思っていた。たとえあいつがどんな人間であったとしても、人を殺すなんて許されることではないと信じていた。それに俺はお前を殺人犯になどしたくなかった。あの頃の文月が正常な心理状態でなかったことは、電話からでも察することはできたからな。だから掛井の尾行を続けているというお前の話を聞いて、なんだか嫌な予感がしたんだ」

文月は橋の欄干に近づき、真下を覗き込むように言った。

「それでこの橋の下で掛井を殺そうとしていた僕を見つけた……」

「ああ。そして俺たちはあの夜のことを封印し、今後一切口にしないと誓い合った。掛井の口を封じる心配もなかったからな」

掛井は沙耶との関係が表沙汰《おもてざた》になることを恐れているため被害届は出さないはずだと、当時の文月と一ノ瀬は考えた。そして二人は互いの身を守るために、今後一切の連絡も取り合わないことを約束したのだ。

「年賀状は僕がまだ生きているかどうかを確認するために送ってくれていたのでしょう？」

「正直言って、お前が変な気を起こすのではないかと思うと毎日が気が気じゃなかった。文月のアパートの明かりが点《つ》いているか確認しに行ったこともあるほどだ」

青春時代を懐かしむように言う一ノ瀬に、文月はエゴイズムを押し付けられているような気分になった。

「そうだったんですね。でも一ノ瀬さんが僕を心配してくれていたことは年賀状からでも伝わってきました。返事は送りませんでしたが感謝してます。それにあの夜一ノ瀬さんが来てくれなければ僕は殺人犯になっていました。僕はこの先もずっと、一ノ瀬さんには頭が上がらないですよ。永遠にね」

文月は自分の言葉に刺を感じたが、それを止めることはできなかった。

「でもね、僕は止めてくれなんて頼んだ憶えはありません。あの時あいつを殺していれば、沙耶が死ぬことはなかったんです。余計なお世話だったんですよ。だってあいつは、死んで当然の男じゃないですか！」

文月は一ノ瀬に伝えたかった言葉を一〇年が経った今になってようやく吐き出した。

しかし一ノ瀬はそれを遮るように言った。

「苦しんでたのはお前一人じゃない。俺だって苦しんださ。自分がしたことは間違っていたんじゃないかとな。文月の言う通りあいつは死んで当然の男だった。あの時、俺が止めていなければ文月も沙耶さんも、そして真沙さんだってあんなに苦しむことは……だから俺は、あの日に止まってしまった時計をもとに戻したんだよ。進むべきだった正しい方向に！」

一ノ瀬は橋の欄干を力一杯叩いた。その鈍い音が、彼が抱えてきた痛みを文月に伝えた。

橋の下を流れる川には、つい先ほどまで消えていた月が浮かんでいた。

「警察は、もう気づいているんだろう」

川のせせらぎに掻き消されてしまいそうな声が聞こえてきた。川面に映る歪んだ月を見つめて肩を落とす一ノ瀬に、文月は自分が知っている警察の情報を伝えた。

「荻堂さんは一ノ瀬さんが言っていた通り、見た目とは違ってかなり鋭い人だと思います。彼は僕が掛井を殺そうとしたことも知っていましたし、僕らのような人間にしかできない殺害方法にまで辿り着いているのですから。ただ、捜査はすでに行き詰まっているようです。仮に一ノ瀬さんを疑ったとしても、彼はその証拠も、そして動機さえも見つけることができないと言っていました。つまり現状では、警察は僕の証言をあてにする以外にできることはないようです」

「そうか……」と一ノ瀬は緊張を解いたように続けた。「確かに俺は掛井には指一本触れていないからな。しかも俺とあいつの間には金銭のやりとりもなければ、面接記録さえ残されてない。もし俺に掛井を殺す動機があったとしても、それを説明できるのは文月くらいしかいないだろうな」

警察でさえ辿り着けなかった一ノ瀬の動機。文月はそれを本人の前で説明した。

一ノ瀬は一〇年前に行った文月のスーパービジョンで、会ったこともない掛井という男に逆転移を抱いた。そしてその数年後に一ノ瀬はある男に出会い、それがかつて自分が逆転移を抱いた人物だとは気づかぬまま交流を深めていく。あの夜、一ノ瀬は掛井の顔を見ることはなかったのだから気づかなかったのは無理もない。だが一ノ瀬はその男のカウンセリングを行うようになると、相手の話にデジャビュを覚える。男は文月のスーパービジョンに何度も登場した掛井だったのだ。そして今度は掛井の視点から沙耶の話を聞くことになり、一ノ瀬は再びその男に逆転移を抱くようになっていく。つまりは二重の逆転移である。

しかしその頃には一ノ瀬と掛井との間には強いラポールが形成されていた。臨床心理士である一ノ瀬がそう仕向けたのだ。一方、一ノ瀬に全幅の信頼を置いていた掛井は離れ離れになっていた実の娘に会いたいと彼に打ち明け、その協力を依頼する。一ノ瀬はラポールをより強固なものとするためにそれを受け入れるが、そこで予想もしていなかった展開が生まれる。繋がるはずのなかった二人が出会い、恋に落ちたのだ。次第に真沙への愛を深めていった一ノ瀬は、やがて掛井が彼女に危害を及ぼすのではないかという不安を募らせるようになる。そして一ノ瀬はその男から真沙を守るために、ある殺害方法を思いつく……。

二重の逆転移と真沙への愛。それこそが一ノ瀬の動機であると文月は説明を終えた。

一ノ瀬は文月の話を聞き終えると感心したように言った。

「二重の逆転移か……さすがは文月だ。俺なんかよりずっと立派な臨床心理士になったな」

「臨床心理士であることとは関係ありません。ただの個人的な推理です」

「いや、文月の説明は間違っていない。掛井との間には通常のカウンセリングとは比べ物にならないほどの強力なラポールが形成されていたことも事実だ。週に一度どころか、暫くは毎日のようにカウンセリングを行っていたほどだからな。しかも掛井はあれがカウンセリングだったことさえ気づいていなかったはずだ」

「臨床心理士の立場から言えば、自他の区別はおろか、自己意識さえ他者に委ねかねない非常に危険な状態とも言えますね」

「ある意味、掛井は感覚遮断実験の被験者に近い状態だったとも言える」

一九五〇年頃にアメリカやカナダで行われていた実験に、感覚遮断の実験というものがある。被験者にできるだけ感覚的な刺激を与えない状況を作り、それを観察するのだ。ところがそれが何日も続くと、被験者は簡単な計算ができなくなったり、幽霊の話を信じ込んでしまったりするようになり、正常な頭の働きが保てなくなってしまったという。しかも参加した被験者たちには強い後遺症が残ることが分かり、後にその実験は禁止となっている。ちなみに自己意識とは、自分が外界や他人と区別されている存在であることを意識する能力のことである。

「意図的にその状況を作ったのだとすれば、あまりにも危険な話です」

「掛井は俺と出会う前から、日常の行動範囲が異常なほど狭かった。一日のほとんどを自宅で過ごし、唯一の仕事であるマンションの管理も委託会社に任せていたからな。そのため人付き合いもほとんどなく、ゴルフでさえたまに飲みに行くクラブの女か、会員のゴルフコースにあてがわれたメンバーと回っていたほどだった。特に死ぬ前のあいつは、社会との繋がりをほとんど失ったような生活を送っていたよ」

「一ノ瀬さんがそう仕向けたのでしょう。社会との繋がりを遮断した上で単純接触を繰り返し、掛井の心に死を植え付けた」

一ノ瀬は息を吐き出すように頷くと言った。

「二年ほどカウンセリングを続けているうちに、掛井の意思決定能力は見事に低下していった。だが、それだけではあいつを自殺に誘導できるまでの材料としては不十分だった。だから俺は掛井が無意識の奥底に隠し持っていた心的外傷を見つけ出し、それを利用した。あいつはな、沙耶さんを妊娠させてしまったことを深く後悔していたんだ」

沙耶を虐げ続けた男がそんな感情を持ち合わせているなど、文月は考えたこともなかった。

「驚くのも無理はない。掛井は沙耶さんの妊娠が分かった時から、彼女の命をその子供に取られてしまうのではないかとずっと恐れていたんだ。自分と沙耶さんの関係が終わってしまうのではないかとね。どこまでも歪んでいたんだよ、あの男は……。そして結果的に沙耶さんを失ってしまうことになり、掛井はそれ以来ずっと後悔の中に生きていた。だから俺はそれを利用したんだ」

一ノ瀬は完全に言葉を失った文月に続けた。

「文月には申し訳ないと思っているが、俺が利用したのは沙耶さんの妊娠だけではない。実はな、掛井が彼女に執着し続けていたことには理由がある」

文月はその答えを前から知っていたような気がした。だが、唇を噛みしめて一ノ瀬の言葉を待った。

「沙耶さんが文月に遺した婚姻届だ。掛井はあれを見て、沙耶さんが最後まで自分の物にならなかったことを悟った。だからこそあの男は、沙耶さんが死んでもなお彼女に執着していたんだ。俺はその二つを利用し、沙耶さんと同じ死に方をすれば永遠に一緒になれると掛井に信じ込ませた」

「利用したって……一ノ瀬さんは臨床心理士でしょう。僕らは人を殺すために臨床心理士になったわけではありません！」

湧き上がった感情が体から勝手に溢れ出ていた。文月はこれまで抱えてきた行き場のない感情を吐き出すように続けた。

「勝手すぎるんですよ。僕の知らないところであいつを殺しておいて、全部終わった後にそんなこと言われたって……僕の中では、何一つ解決していないんです。僕だってね、あいつをずっと恨んでましたよ。それと同じ分だけ後悔もしてきました。あの時あいつを殺しておけば、沙耶は今も生きていたかもしれないって。

僕は一ノ瀬さんのことさえ恨んでいました。だけどあの時一ノ瀬さんに止めてもらったおかげで、今もこうして臨床心理士を続けていられる……まったく矛盾だらけですよ。僕は臨床心理士のくせに、一〇年経っても自分の葛藤さえ整理できないんですから。

あいつが死んだことを知った時、僕がどんな気持ちになったか分かりますか？　ざまあみろって思いましたよ。心の底から嘲笑《あざわら》ってやりましたよ。でもね、そのすぐ後に恐ろしい感情を抱きました。同情です。僕は沙耶をあんなにも苦しめたクソみたいな男に、同情なんてしてしまったんです。その感情を認識した時、僕がそれまで必死に守り続けてきた過去や沙耶への気持ちなんて、何の意味もないただのガラクタみたいに思えました。

僕はね、あのちっぽけな相談室の中で一〇年間も自分を押し殺すように生きてきたんです。あの時あいつを殺しておけばよかったという歪んだ正義を、ひたすら堪えながら生きてきたんです。涙なんてとっくに涸れてしまいました。そんな気持ち一ノ瀬さんには分からないでしょう」

文月は熱くなった目頭に拳を押し当てた。だが、その指先は乾いたままだった。

「ああ、俺には想像することさえできない。あいつは当時のスーパービジョンだけでも俺が逆転移を抱くほどの男だったのだからな。だがな、俺は正しいことをしたと思っていた。あれはお前を救うためにしたことだったと……。ところが掛井と出会い、直接あいつの話を聞くようになってからはそれが後悔に変わったよ。こんな男が生きているせいで文月や真沙さんのように今も苦しんでいる人がいると思うたびに、抑えることができないほどの後悔が膨れ上がっていった。俺の正義は間違ってた、あの時お前を止めるべきではなかったとな！」

一ノ瀬は込み上がった感情を鎮めるように息を吐いた。

夜風が二人の腕に小さな桜の花びらを一枚ずつ運んできた。

文月はそれを服の上から掴み、強く握りしめて言った。

「だからって僕の代わりに掛井を殺せば、一ノ瀬さんは人殺しじゃないですか」

一ノ瀬は腕についた花びらを払って言った。

「残念だよ。文月にそんなこと言われるとは思いもしなかった」

何も言い返すことができず、文月は地面に落ちていく花びらを見つめていた。


文月と一ノ瀬は目黒川に架かる小さな橋の上で川面に映る歪んだ月を眺めていた。

これまでの一ノ瀬の話に嘘はないことは文月も得心していた。一ノ瀬はあの男を殺すために感覚遮断に近い状況を作り、カウンセリングという名目で単純接触を繰り返した。そして掛井の無意識の中にあった心的外傷と沙耶への執着を利用し、二年という時間をかけて掛井を自殺へと導いたのだ。しかも警察から見れば一ノ瀬は掛井のゴルフ仲間であり、よき相談者以外の何者でもない。なぜならそこには金銭の授受もなければ面接記録もなく、掛井を殺したという証拠はおろか、その動機さえ見つけることができないのだから。それはまさに、純然たる完全犯罪だった。

しかしこれまでの一ノ瀬の話と先日荻堂から得た情報には、一つだけ不可解な点があった。

文月は外灯の光に照らされた一ノ瀬に尋ねた。

「あの夜のことは、僕と一ノ瀬さん以外に知っている人はいないはずですよね。しかし荻堂さんは知っていた。そして彼はそれを、ある人から聞いたと言っていました。もしかして一ノ瀬さんはその人物を知っているのですか？」

一ノ瀬は文月の質問に答えることなく、ただ黒い川面を見つめていた。

「掛井の殺害に関与している人間が、ほかにもいるということですね」

「残念ながら俺の口からは明かすことはできない。ただ、彼女も臨床心理士だということだけは知らせておいたほうがよいかもしれないな」

文月は体中に電流が走ったような衝撃に見舞われた。一ノ瀬の言葉で、荻堂が言っていた「ある人」の正体が分かってしまったからだ。文月は記憶のあちこちに散りばめられた「彼女」の情報を無理やり掻き集めた。

その人物とは、文月の前に沙耶を担当していた女性カウンセラーである。名前こそ聞いていないが彼女のことは沙耶から何度も聞いていたし、そのカウンセラーと特別な関係を結んでいたことも聞いていた。二人の間には文月が考えている以上に深い絆があったことは確かだった。文月は沙耶からキャンドルを用いてカウンセリングを行っていたというそのカウンセラーの話を聞かされるたびに、会ったこともない一人の女性に嫉妬していたのだ。当然ながらその女性カウンセラーであれば、沙耶が置かれてきた環境や、掛井がどんな男だったかはよく知っているはずだ。そしてその関係が深ければ深いほど、掛井に対する負の感情を抱いていたはずである。

それだけではない。もし文月と沙耶のカウンセリングが終わってからも二人の関係が続いていたとすれば、その女性カウンセラーがあの夜のことを知っていてもおかしくはなかった。沙耶は掛井からあの夜の話を聞き、それを彼女に相談していたはずだからだ。つまり文月と一ノ瀬以外にも、あの夜のことを知る人物が存在していたということになるのだ。

文月は次々と湧き上がる質問を諫《いさ》めるように言った。

「明かせないというのならそれでも構いません。でもその人は、一ノ瀬さんにとって不利な情報を警察に渡した人物ですよね。庇う理由なんてどこにもないじゃないですか」

一ノ瀬は文月の言葉を訝《いぶか》しむように言った。

「彼女はただ真実を警察に話しただけだ」

その仕草も言葉も、明らかに矛盾していた。文月はその原因をひもとくように一ノ瀬の真意を探った。

沙耶のカウンセリングを担当していた人物。つまりその女性カウンセラーは、文月と同じ立場で「沙耶」という一つの情報を共有していた人物ということになる。つまり臨床心理士である彼女であれば、文月が出した答えに辿り着くこともできたはずだ。しかし、文月はそれを警察には話していない。当然である。一ノ瀬は大切な友人なのだから。そして文月には、自分が人の心を扱う専門家であるという自負もある。そのため心理誘導を用いた殺害などという危険な話は、たとえ相手が警察でなくても容易に口にすることはできない。だがその女性カウンセラーは臨床心理士であるにもかかわらず、わざわざそれを警察に話したのだ。ところが、当の一ノ瀬はそんな彼女を庇うような素振りさえ見せている……。

そんな理解し難い矛盾を前に、文月はもはや一ノ瀬が真実を明るみに出そうとしているようにしか思えなかった。

「まさか、自分が犯した罪を認めようとしているのですか？」

一ノ瀬は質問には答えず、先ほどまで映っていた月を探すように夜空を見上げていた。

やはり真実を警察に打ち明けるつもりなのだろうか……。完全犯罪をしておきながら、わざわざそれを自白しようとする一ノ瀬の心理が文月には理解できなかった。

「そんなことしたら、一ノ瀬さんは間違いなく殺人事件の容疑者になってしまうじゃないですか」

力なく夜空を見上げる一ノ瀬の姿は、自らが犯した罪への自責と目的を達成したことによる虚脱感で、防衛機制さえ働かない状態に陥っているようにも見えた。

文月はそんな一ノ瀬に同情し、諭すように続けた。

「一ノ瀬さん。あの男はすでに事故死として処理されているんですよね。だったらもう終わったことにして、いや、何もなかったことにして放っておけばいいじゃないですか。あいつは死んで当然の男だった。僕や一ノ瀬さんが殺さなくたって、あんな奴はいずれ誰かに殺される運命だったんです。たとえ僕たちが殺さなくても……」

突如、文月の言葉が途切れた。まるで触れてはいけない巨大な秘密に塞《せ》き止められたように、声が出なくなった。自らの言葉の中に、先ほどから抱いていた違和感の根源を掴んだからだ。

その根源とは、文月もよく知る人物だった。一ノ瀬はその人を守ろうとしていたのだ。完全犯罪をしておきながら自分に疑いの目を向けようとする一ノ瀬。掛井が死んで当然の男と分かっていながら一ノ瀬が不利になる情報を警察に流した女性カウンセラー。一見、両立することのないそれらの関係は、全てが綿密に作り上げられた「矛盾」だったのだ。しかもそれは人間の心理を知り尽くした者でしか作り上げることのできない、繊細すぎるほどの計画だった。

「掛井を殺したのは、真沙さんなのですね」

一ノ瀬は探していたものを諦めたように夜空から視線を落とした。

「真沙さん……一ノ瀬さんが彼女のことをそう呼んでいることに、僕はずっと違和感を抱いていました。でもやっとその答えが分かりました。一ノ瀬さんと真沙さんの間には、初めから恋愛関係などなかったのです。

一ノ瀬さんは家庭がうまくいっていないという状況を利用して真沙さんとの不倫関係を偽装し、警察の目を彼女からそらした。そして真沙さんが遺産を相続しない限り、警察が彼女の動機を裏付けることができない状況を作り上げた。さすがの警察も男女の恋愛事情にまで立ち入ることはできませんからね。いや、むしろ彼らは秘められていたその関係を軸に捜査を進めることになったはずです。秘密を暴くことこそが、犯罪を捜査する側の心理なのですから……。

ところが真沙さんは遺産の相続人というだけでなく、掛井に恨みを持っていたと考えられてもおかしくはない立場にいました。浴室で溺死した男が、姉の沙耶を死に至らしめるほど虐げていたことは隠しようもない事実だからです。遺産の相続を放棄してもなお、彼女には十分すぎるほどの動機が残っていました。

そこで一ノ瀬さんは警察の目を確実に真沙さんからそらすために、全ての事情を知っていたある人物に協力を求めます。そして彼女は真沙さんを守るべく、警察にカウンセリングを利用した心理誘導の話を持ちかけ、一ノ瀬さんに疑いの目を向けさせたのです。

しかし警察はどんなに調べたところで、一ノ瀬さんを容疑者として特定することはできません。当然ですよね。そもそも一ノ瀬さんは掛井を殺してはいないのですから。物理的証拠が存在しない殺害方法、そして決して見つけ出すことのできない一ノ瀬さんの動機。警察の捜査はその二つを前に、遂に行き詰まってしまったのです」

黙って話を聞き終えた一ノ瀬は、視線をゆっくりと文月に向けて言った。

「この世の中で一番強力なラポールがあるとしたら、それはどんな関係だと思う？」

文月は考えたこともなかった問いと、そんな質問をする一ノ瀬の心理が再び分からなくなった。

「簡単さ。ラポールなど形成する必要のない関係だ」

「血の繋がり……つまり、真沙さんと掛井」

一ノ瀬はゆっくりと頷いて言った。

「文月の言う通り、掛井を殺したのは真沙さんだ。だが、彼女にその方法を教えたのは俺だ」

口を開いても何一つ言葉が出てこなかった。

橋の上を通りすぎて行く車のヘッドライトに目が眩んだ。

暗がりに耳を澄ませていると再び目黒川のせせらぎが聞こえるようになり、そこに重なるように一ノ瀬の声が聞こえてきた。

「掛井と親交を深めていくうちに、俺はあいつから実の娘に会いたいという相談を受けるようになった。あまりにもしつこく迫られたため、俺は掛井が実の父であることは明かさないという条件のもと真沙さんに接触し、二人を引き合わせた。そして二人が会う場所にはうちの相談室を使うこととなり、俺もそこに同席することになった。

面会のような形ではあったが、三人は定期的に会うようになっていった。そして真沙さんも徐々に掛井に心を開いていった。だがある日、俺が懸念していたことが起きてしまった。俺の知らないところで、掛井が真沙さんを自宅に招いたんだ。そこで何があったのかは分からない。真沙さんはあの男の部屋を見てしまったとしか言わなかったが、俺は掛井に意図的に見せられたのではないかと考えている。

そして全ての事情を知ってしまった真沙さんは俺に相談を求めるようになり、掛井とは別に彼女のカウンセリングを行うことになった。もちろん金はもらっていないし、面接記録も残していない。掛井と同じように、あくまでも個人的に時間を作っていただけだ。だが真沙さんはカウンセリングを進めていくうちに、姉を幼い頃から虐げ続け、遂には自殺にまで追い込んだ叔父に対して激しい憎悪を抱くようになっていった。俺はそんな真沙さんに心の底から同情した。彼女の感情は十分すぎるほどに理解できたよ。ただでさえ俺は文月とのスーパービジョンで逆転移を抱き、今度はその男から直接話を聞かされたことで二重の逆転移を抱いていたのだからな。

　俺と真沙さんは、掛井への憎悪という共通の感情を抱えたままカウンセリングを続けた。するとニ人の議題はやがてある一つの方向へと向かっていった。掛井をどう消すか……。いつしかそれだけがニ人の主訴に変わっていた。どちらが先にそれを口にしたわけでもなく、自然にそう進んでいったんだ。それが、あの男の殺害に至った本当の動機だ」

　一ノ瀬の動機が、いや一ノ瀬と真沙の動機がカウンセリングの中で自然発生したものだったなど、文月がどんなに考えても見つけられるはずがなかった。ましてやそれを警察が理解することなど不可能としか思えなかった。

　一ノ瀬はその表情を変えることなく静かに続けた。

「そして俺たちはニ人で立てた計画を実行に移した。真沙さんは俺が教えた通りに掛井を感覚遮断状態に追い込み、無意識の奥底に眠っていた心的外傷を利用して確実にあの男を死に近づけていった。何しろ真沙さんは実の娘だ。彼女の言葉があの男に与える影響は絶大だった。最後は亡くなった沙耶さんと永遠に一緒になれる唯一の方法を信じ込ませてしまったのだからな。文月の言う通り、俺と真沙さんの間には初めから恋愛関係など存在していない。その関係を言い表す言葉があるとすれば、共犯者ということになるのだろうな」

　一ノ瀬はゆっくりと歩を進めると、両手で文月の肩を掴んだ。痛みを感じるほどの力強さだった。

「掛井が死んだ真相は話した通りだ」

一切の迷いのない一ノ瀬の瞳がさらに近づいた。

「いいか、あいつは死んで当然のクソみたいな男だった。その男を文月は一〇年前に殺そうとし、今度は俺がお前に代わって実行した。だがそのどちらの証拠も残ってはいない。当たり前だよな、俺もお前も掛井を殺してはいないのだから。後は文月さえこれ以上の情報を警察に渡さなければ、あの男の死因は間抜けな事故死のままだ。これは良心とか正義とかそんな生温い話ではない。俺たちからの制裁なんだ」

その言葉に賛同しかけている自分が怖くなり、文月は思わず後退った。肩を掴んでいた一ノ瀬の両手が離れ、体が闇に投げ出されたように蹌踉《よろ》めいた。

文月はふらつく体を支えるように両足に力を入れ、一ノ瀬を見据えて言った。

「一ノ瀬さんに疑いの目を向かせたまま僕がその真実を誰にも喋らなければ、今後も警察の目が真沙さんに向かうことはない。つまり真実を封印しろと言うのですね。一〇年前と同じように」

一ノ瀬は文月のことをようやく親友として認めたような笑みを作って言った。

「お前なら分かってくれると思ってたよ」

文月は要求を受け入れることが当然のような話し方をする一ノ瀬に抗うように返した。

「まるで僕も共犯者のような言い方ですね。その女性カウンセラーのように」

一ノ瀬は先ほど見せた訝しむような表情を作ると、今度は腑に落ちたように言った。

「一つ勘違いしているようだな。彼女は文月を守るために協力をしたんだ」

「僕を守る？」

会ったことも、名前さえも知らない人に守られる筋合など、どこを探しても見つからなかった。

一ノ瀬は文月から離れ、外灯の光の外へ出ると言った。

「もし彼女がいなければ、俺たちの計画はもっと危ういものになっていたはずだ」

文月は暗闇に手を伸ばして言った。

「待って下さい！　一体どういう意味ですか」

暗闇の中から一ノ瀬の声が届いた。

「俺の口からは明かせない。だがいずれその協力者自身から真実を聞ける日が来るはずだ。そして文月も彼女のことを守りたいのなら、本人がそれを語るまではそっとしておくことだ。難しいことではないだろう？　俺たちは臨床心理士なのだから」

文月は深い闇の中に一人取り残されたように一ノ瀬を探した。だが、闇と同化していくようなその背中を追いかけることはできなかった。彼が言う「協力者」とは、文月が考えていた女性カウンセラーではなかったからだ。

握りしめていた拳をそっと開くと、そこにあったはずの小さな桜の花びらはどこかに消えていた。

最終話　僕とみかん

桜の季節が終わり、憂鬱な雨が降り続くキャンパスの景色を相談室の窓から眺めていた。今年は例年よりも早く梅雨明けを迎えそうではあるが、活気と若さ漲《みなぎ》る学生たちの声は連日の雨音に閉じ込められてしまったように静かだった。文月は間もなく相談室に現れるはずの人物を待ちながら、テーブルの上に置かれた一冊のノートに手を載せてそっと目を閉じた。

目黒川で一ノ瀬と別れて以来、彼から連絡が来ることは一度もなかった。文月のほうからも連絡はしていない。恐らく二人はこの先も連絡を取り合うことはないのだろう。互いにそう約束したわけではないが、もしまた彼に会うことがあるとすればそれは五年先か一〇年先か、幾つもの季節が通りすぎた後になるような気がしていた。そして二人はどちらともなく連絡を取り合って再会し、酒でも酌み交わしながら院生だったころの思い出話を楽しむのだ。何ごともなかったように……。

文月はそれでよかったと思っていた。二人はまた年賀状だけの関係に戻っただけなのだから。連絡を取ることがなくても互いの存在を意識し合い、この世界のどこかで同じ仕事に就き、そして心に問題を抱えた人々の手助けを続けている。文月と一ノ瀬にはそんな関係が合っていた。

うまくいっていないと言っていた家庭の問題がその後どうなったかだけは気がかりではあるが、その答えもいずれ送られて来る年賀状が教えてくれるだろう。文月はせめて来年からは一ノ瀬に年賀状を送ることを心に誓い、学生時代の大切な友人をそっと心の奥底に仕舞った。

一方、大崎警察署の刑事である荻堂からの連絡はその後も暫くの間続いていた。ただ、一ヶ月ほど前に心理臨床センターにその姿を見せてからは、一切の連絡も来なくなっていた。

荻堂は最後まで一ノ瀬を疑っていたが、結局は殺害の証拠も、そしてその動機さえ見つけることはできなかった。そのため彼は文月の証言をあてに何度もこの相談室に足を運んでいたのだが、遂には本来の仕事を放ったらかして一年も前に起きた事故死事案に固執し続けていることを上司に叱られ、新たな事件の捜査に割り振られてしまったのだ。

「もう掛井の捜査はできなくなりました。お世話になりました」

寝癖を掻き毟《むし》りながら律儀に挨拶に来た荻堂を見て、文月は少し気の毒になったほどである。しかし文月でさえ真相は藪《やぶ》の中なのだ。何度足を運ばれても「分からない」という事実を荻堂に伝えるほかなかったのだから仕方なかった。

もし荻堂がカウンセラーで文月がそのクライエントであれば、「分からない」ということ自体が主訴となり、その理由をカウンセリングという形で探し出していくこともできるだろう。だが彼は臨床心理士ではなく刑事である。共に人の話を聞くプロであっても「話を聞くこと」と「話を聞き出すこと」とではその意味は大きく異なる。そんな両者がそれぞれの主訴を探り合ったところで、決して答えに辿り着くことができないのは当然である。従って文月は「分からない」という事実を正直に荻堂に伝え、彼もまた文月の話を信じるほかなかったのだ。

文月が荻堂の前で淀みなく真実を伝え続けることができた理由は、一ノ瀬が言っていた「協力者」という存在があったからだ。そして文月はその人物がみかんであることは間違いないと考えていた。だが、彼女の口からそれを聞いたわけではないため確証はない。しかも文月はそれをみかんに問い質《ただ》すことはできないため、彼女がそれを打ち明けてくれるまでは真相を知ることができないという状況に立たされていた。

一ノ瀬が初めからこの状況を想定して計画を立てたのか、もしくは流動的にこの状況が作り出されていったのかは分からない。だが文月は後者のほうだと考えていた。

みかんは掛井が殺害された後にその隠蔽《いんぺい》に協力をした。それが文月が出した推論だった。つまり殺害を実行したのが一ノ瀬と真沙、そしてその隠蔽に協力をしたのがみかんだ。もちろんこれも確証がある話ではない。しかし今となっては、文月もその隠蔽に協力をした一人であるということだけは事実である。

「彼女は文月を守るために協力をしたんだ」

その一ノ瀬の言葉で、文月はようやくそれが誰であるかを悟った。「協力」という言葉が、その人物をみかんと結び付けたのだ。

協力とは、ある目的のために心をあわせて努力することを意味している。では、人はなぜ誰かを助けようとするのか？　答えは簡単だ。相手の事情を知っているからである。逆に言えば、相手の事情を知らなければ協力をしようという考えには至らない。つまりみかんは文月と沙耶、そして掛井に起きた全ての事情を知っていたからこそ、掛井殺害の隠蔽に力を貸したのだ。

それではなぜ、みかんはその全てを知っていたのか。当然ながら文月はあの夜のことは誰にも話していない。従ってそれを知っている人物は文月と一ノ瀬しかいないはずである。しかし文月がどんなに口を塞いでも、それを声に出すこともなく静かに伝え続ける語り部が存在していたのだ……。

文月は閉じていた瞼をゆっくりと開けた。

雨季の気鬱な光に包まれたテーブルの上には、色褪せた一冊のノートが置かれていた。沙耶の面接記録である。

文月は沙耶と初めてのカウンセリングを行った日からあの夜に起きたことまでの全てを、そのノートに克明に書き記していたのだ。みかんがそれをどのタイミングで読んだのかは定かではない。だが受付の奥の事務室にある文月の机の引き出しの中に、これまで担当した全てのクライエントの面接記録が保管されていることを彼女は知っていた。そして文月が時折その面接記録を読み返している姿も目にしていたはずだ。つまりあの夜のことを知っていた人物がほかにもいるとすれば、みかんしか考えられなかった。彼女は全てを知っていたからこそ、一ノ瀬と真沙に協力をしたのだ。

もう一人の協力者はみかんである。その事実は一ノ瀬の話を補完するには十分すぎるほどの説得力を持っていた。真沙が心理臨床センターを訪ねて来てからのできごとを彼女の視点から追認していくだけで、全ては行き止まりのない迷路のように繋がってしまうのだ。

真沙が心理臨床センターに現れたのは去年のちょうど今頃のことだった。そしてみかんは約束もなく訪ねて来た女性のことが気にかかり、後日文月にその説明を求める。そこで文月は真沙という女性を説明するために、自身がまだ実習生だった時のクライエントである沙耶とのできごとを打ち明け、彼女はその話に強い共感と同情を抱く。もちろんその際、文月は掛井を殺そうとしたことまでは話していない。

するとその数ヶ月後に警察が現れ、みかんが抱いていた共感や同情は好奇心へと変わる。そして真沙が失踪したという情報を得た彼女はその女性から連絡先を聞いていたことを思い出し、文月には知らせぬまま連絡を取る。みかんの行動の理由が単純な好奇心だったのか、それともそこに恋心が含まれていたのかは文月には知る由《よし》もない。ただ、彼女が面接記録を見たとすればこの時期だったのではないかと文月は考えいた。

その後、交流を深めた二人はカウンセラーとクライエントのような関係を築き上げていったのだろう。みかんはラポールを容易に形成できるという優れた資質を備えているため、彼女を前にした相手は不思議と隠し事ができなくなってしまうからだ。現に文月はその資質を前に、それまで誰にも話したことのなかった沙耶の話を打ち明けてしまったほどである。真沙もまた文月と同じように、みかんにその全てを打ち明けるようになっていったはずだと文月は推察していた。

そしてみかんは真沙から掛井を殺害したという事実を聞き、協力することを決める。従って彼女が文月のスマートフォンから真沙にメールを送った頃には、すでに二人の間には深いラポールが築かれていたはずだ。浜名湖近くの施設で食事をした時、初めて会うはずの二人が文月の目にはまるで旧知の間柄のように映ったのはそのためだろう。それもそのはずである。そもそもあの食事会は、文月にあることを信じ込ませるために仕組まれたものだったのだ……。

それは、一ノ瀬と真沙の不倫関係だった。みかんと真沙は、文月にそれを信じ込ませるためにわざわざあの席を用意したのだ。もちろん一ノ瀬もその計画は承知の上である。つまり一ノ瀬は初めからあの場所に来る予定ではなかった。もし来れば、二人の間に恋愛関係がないことを見抜かれてしまうため、電話のみで参加したのだ。だがその効果は絶大だった。文月はたった一本の電話で二人の関係をすっかり信じてしまったのだから。

そして真沙と一ノ瀬の不倫を偽装したのは外でもない、みかんである。文月がそう考える理由は、一ノ瀬にも真沙にもそんな発想は思い浮かばないはずだからだ。もし共犯関係にある両者の心理を分析するのであれば、どのような関係であろうとそれを隠すほうが自然である。なぜなら、その結びつきこそが犯行の動機となってしまうからだ。

しかし、みかんは警察が介入することのできない男女の関係をあえて作り上げることで、掛井殺害にかかる疑いを真沙からそらした。そして捜査に協力するという名目で荻堂と接触し、心理誘導という殺害方法があることを打ち明け、その疑いを一ノ瀬に向けたのだ。

しかし警察はどんなに一ノ瀬を疑ったところで、容疑者として彼を特定することはできない。なぜなら一ノ瀬は掛井を殺していないため、どこを探してもその証拠も動機も出てこないからだ。

もしみかんがいなければ、警察は真沙を容疑者として捜査を進めていただろう。事実、真沙には十分すぎるほどの動機があり、さらには失踪さえしているのだ。そして一ノ瀬もその共犯者として疑いをかけられていたはずである。たとえ証拠のない殺害方法だったとしても、真沙の動機までは隠しきれないからだ。つまり、みかんは一ノ瀬と真沙を不倫という関係で結ぶことで殺害の動機そのものを隠蔽してしまったのだ。

ここまでが、今回の計画が掛井の殺害後に流動的に作られていったものだと文月が考える理由である。

しかし、全ては文月の推論でしかない。そして文月はその真実を聞くことさえ許されていなかった。もしみかんがそれを口にすれば、その瞬間から彼女は事件に協力をした「共犯者」となってしまうからだ。みかんを守るためにも、文月は真実を知ってはならないのだ。

一ノ瀬はいずれ本人が事実を話す時が来ると言っていたが、それこそ五年先か一〇年先の話だろう。いや、幾重にも季節を繰り返したところでその日は来ないのかもしれない。

「待ってあげてもいいですよ。まあ、先生が私を待てるかどうかは分かりませんけど……」

文月はその言葉と共に、雪に覆われたキャンパスで青空を見上げるみかんを思い浮かべた。そして、彼女が真実を打ち明けてくれる日は来ないことを悟った。それで構わないと思った。だが文月には一つだけ知っておきたいことがあった。それは、みかんが隠蔽に協力をした「動機」だった。もし彼女が文月に好意を抱いていたとしても、それだけで殺人の隠蔽に加担するとは到底思えないのだ。考えられるとすれば、文月が打ち明けた沙耶の話とその面接記録、そして真沙からの相談による三重の逆転移だろう。しかし殺人の隠蔽は言うまでもなく重犯罪だ。よほど強い感情が働かない限り、協力はおろか、関わりを持つことさえ躊躇うはずである。

みかんの動機。その答えだけは、文月がこの先どんなに考えたところで見つけることはできそうになかった。

窓を優しく叩くような雨音の中、相談室の扉をノックする音が聞こえて来た。

文月の鼓動は不規則な雨音に合わせるように高鳴った。

時計を確認すると、約束の時間を少しすぎた頃になっていた。

文月は色褪せたノートをテーブルの下に仕舞い、みかんを部屋に迎え入れた。

「私はあなたに興味があります。そしてあなたに好意を抱いています」

そんな瞳をしたみかんを前に、文月は糸が切れた凧《たこ》のような心を必死に手繰り寄せていた。

白いブラウスの上に柔らかそうな生地のグレーのジャケットを着て姿勢を正すみかんは、社会経験豊かな洗練された大人の女性そのものだった。そのため文月は彼女が相談室に入って来た瞬間から、ずっと自分の居場所を探しているようで心が落ち着かなかった。

みかんが大人に見えるのは化粧のせいなのだろうか。もともと彼女は目鼻立ちがはっきりとしているため、化粧などしなくても人目を引くほど美しかった。だが今日はその印象を落ち着かせるために化粧を施しているようにも見えた。さらには髪を後ろで結んでいることも、みかんが大人に見えている理由なのかもしれない。パーカー姿の元気溢れる女学生。それが文月が持っていた彼女の印象なのだから気後れしてしまうのは無理もなかった。しかし会話を進めていくうちに、みかんは徐々に文月の知っているみかんに戻っていき、文月はようやく心を一つの場所に留めておくことができるようになっていった。

文月は大きな瞳を輝かせながら自身の職場の話をするみかんに耳を傾けていた。

みかんの職場である自立訓練施設は、精神科病院から地域に移行した患者や障がいを持つ人が家族から自立するための生活訓練を行う施設だった。そのため仕事は思っていた以上にハードで責任のある内容ではあったが、やりがいと自身の成長を感じることができるという。施設は東京都が運営しているため働く環境としてはかなり充実しているようで、彼女は今の仕事にとても満足している様子だった。また、今日のように平日にもかかわらず簡単に半休を取れる理由は、数ヶ月先に控えた臨床心理士試験の勉強に専念できるよう職場が支援してくれているからだそうだ。

文月は生き生きと仕事の話をするみかんを見ているだけで、自分が肯定されているような嬉しさを味わっていた。そして、初めての教え子が社会に出て活躍をしていることが心底誇らしかった。

しかしその一方で、文月はみかんが訪ねて来た理由を今も探すことができずにいた。

『最近、荻堂さんは来てますか？』というみかんからのメッセージを受信したのは、二週間ほど前のことだった。それが彼女が就職をしてから初めての連絡だったため少し戸惑ったが、文月は『もう一切の連絡は来なくなった』と正直にメッセージを返した。すると、今度は日時を指定したメッセージが送られて来たのだ。そして文月のほうもその日の午後はカウンセリングが入っていなかったため、二人は久しぶりに会うことになったわけである。

みかんが複数の選択肢を用意せずにピンポイントで日時を指定してきたのは、恐らく今日この時間にカウンセリングが入っていないことを知っていたからではないかと文月は推察していた。なぜなら、彼女は今も心理臨床センターと繋がっているからだ。

心理臨床センターにはこの春から新たに受付の業務を手伝う女性のアルバイトが入っているのだが、彼女はみかんに紹介されたスタッフだった。宮松ライムという名前の同じキャンパス内にある大学に通う学生だ。彼女は少し落ち着きがないところがあるが、気配りがよくできて安心して仕事を任せられるため、すでにセンターのスタッフから頼りにされる貴重な人材となっていた。特に男性スタッフからは人気があるようで、受付周辺には絶えず人が集まるようになってしまったほどである。そんな経緯もあって、みかんはライムから文月のスケジュールを確認した上で、今日という日を指定してきたのだと文月は推察したのだ。

しかしどんなに文月が思惑を巡らせたところで、みかんが半休を使ってまでこの相談室を訪ねて来た理由は見つからなかった。やはり考えすぎなのだろう。文月は余計な邪念を払うように彼女が買ってきてくれたブラックの缶コーヒーを飲み、「今日は教え子がわざわざ会いに来てくれたのだから快く迎えてあげよう」とあらためて自分に言い聞かせた。

みかんは砂糖がたっぷり入ったミルクティーを一口飲むと、文月の襟もとを覗き込むように言った。

「で、先生のほうはどうなんですか？　ネクタイもなかなか様になってきたようですけど」

文月は今朝選んだネクタイが以前みかんに結んでもらったものだったことに気づき、照れを隠すように答えた。

「綿谷教授に毎日するように言われたんだよ。実習生と区別をつけないと、彼らが担当するクライエントのご家族が心配するって」

「なるほど。そういえばマイカさんのカウンセリングが終了した日も、ネクタイしてましたもんね」

みかんはテーブルの上のペットボトルを端によけて続けた。

「ちょっと近づいてもらえますか？　ズレてるから直してあげます」

文月は内心とは裏腹に少し面倒臭そうな表情を作ってテーブルの上に身を乗り出した。襟もとに触れたみかんの指先が、彼女の体温を文月に伝えた。それは、いつか沙耶が灯したキャンドルのような優しい温もりだった。

「はい、いい感じです」

みかんの指先が離れても、その温もりはまだ二人の間に存在しているような気がした。

「今日はもうカウンセリングは入ってないんだけどね。せっかくだから家に帰るまでは崩さないようにするよ」

文月は素直に礼を告げたかったのだが、なぜか母親を前にした子供のような態度をとっていた。

「でも綿谷教授に言われたことを素直に守ってるってことは、先生もいよいよ教員職に就く決心がついたってことですね」

「本当は今年から僕に手伝わせようと思っていた仕事があったみたいなんだけど、あと一年だけ待ってもらえますかって頼んだんだ。そしたら実習生を三人に増やされたよ」

「え、私一人でも大変そうだったのに？」

「正直、本来のカウンセリングにも影響が出そうで参ってる」

「それはそうでしょう……ていうか、あの綿谷教授の誘いを断り続ける人なんて先生くらいしかいませんよ。さすがにもう逃げ道はなさそうですけどねえ」

みかんはバチが当たった人を哀れむように文月を見つめていた。

「来年はもう断れないだろうな。おまけに最近はゴルフの練習に付き合わされてる。来月は遂にコースデビューの予定まで組まれてしまったよ」

「うそ、綿谷教授ってゴルフとかやる人なんですか？　私、教育と臨床一筋の人だとばっかり思ってました」

やはりそれが綿谷に対する世間一般的なイメージなのだと文月は密かに安堵した。

これは社会的証明の原理と言って、多くの人が行っていることや感じていることこそが正しいと思ってしまう心理である。

「そういえば先生、免許持ってましたっけ？」

「車は持ってないけどね」

「分かった、それですよ。綿谷教授は先生をゴルフ場までの運転手にしようと企んでるんです。ほら、私のうちって車大きいじゃないですか。だからお父さんがゴルフ行く時はいつも運転手にされちゃうんです。お父さん、そのたびに嘆いてますもん。車の大きさなんて口実で、本当はみんなお酒飲みながらプレイしたいだけだって」

「確かにこないだ練習場に行く時、免許持ってるならたまには運転しておいたほうがいいぞって言われて、僕が運転した……」

「やっぱり。綿谷教授って見た目は先生と同じでぼうっとしてるように見えますけど、あれってわざとだと思うんですよね。本当は全てが計算ずくなんじゃないかな」

「なんだよ、僕がぼうっとしてるだけの人間みたいじゃないか」

みかんはまっすぐに文月を見つめて言った。

「私は先生のそういうところが好きです」

その大きな瞳の中には、ほかの誰でもなく文月が映っていた。

みかんはなぜ文月に会いに来たのか。そんな理由など、もうどうでもよかった。そして本当は文月のほうが彼女に話したいことがあるのだと悟った。だが文月がそれを尋ねることは許されていなかった。

　二人の関係は、一つの秘密を共有しているにもかかわらず、それを口にはできないという不文律のジレンマの上に成り立っているようだった。

　みかんはそんな文月の葛藤を削ぎ落とすように言った。

「今日は先生に話しておきたいことがあって来たんです」

　その表情からは、みかんがこれから伝えようとしていることが冗談なのか、真面目な話なのかも分からなかった。それどころか、彼女の表情にはつい先ほどまであったはずの温もりさえ感じられなかった。

　文月はみかんの話が掛井の殺害に関することだとすれば、それを制する必要があることを留意しながら彼女に耳を傾けることにした。

「先生と最後に会った日に、親友の女の子がいたっていう話をしたの、憶えてますか？」

　掛井の話ではないようで少し安堵したが、みかんは一切の感情をどこかに閉じ込めてしまったような表情のままだった。文月はその冷たい瞳を覗き込むように、ゆっくりと頷いた。

「実は、あの話にはまだ続きがあるんです。だから今日は、それを先生に伝えようと思って来ました」

　窓を叩く雨音はいつの間にか聞こえなくなっていた。

みかんは窓の外を見つめ、失った音色を奏でるように語り始めた。

「私は小学校にあった遊具の上で、その親友の女の子と遊んでいた時に足を滑らせて落ちてしまい、大きな怪我を負いました。そして車椅子の生活となり、通っていた小学校から特別支援学校に移ることになりました。私はその子とまた一緒に遊べるようになりたいという一心で、少しでも普通の生活を取り戻すことができるように頑張りました。

どうにか普通学級に戻ることができたのは、中学に上がるタイミングでした。その時、彼女はもう三年生になっていたけど、私はそんなこと気にせずに昔のように一緒に遊ぶことができると思っていました。でもその子は私が入学した日に、遠くから一度私に手を振っただけでした。そしてその後は、私に近づこうともしませんでした。それだけではありません。彼女は廊下や校庭ですれ違うたびに、迷惑そうな顔さえ浮かべて遠ざかって行くんです。

おかしな話だと思いませんか？　だって私が無理してまでその中学に入ったのは、その子を許してあげるためだったんですよ。私を遊具の上から突き落としたことを……」

みかんは窓から染み込む鈍い光を辿るように、ゆっくりと視線を文月に向けた。

絶対零度に到達しそうなほど冷たい瞳の中には、どこまでも続く氷の世界が広がっていた。

文月はバランスを崩しただけで崩れ落ちてしまいそうな薄氷の上に立たされているような感覚に陥った。時折聞こえてくる氷の軋みに足が竦み、ただその場所に立ち尽くすことしかできなかった。

　誰かの泣き声のようなその音に共鳴するように、みかんの言葉が温もりを失った世界に響いた。

「だから私は彼女が中学を卒業した後、手紙を送ることにしました。好きな人ができたとか、苦手な勉強のこととか、将来なりたい職業を見つけたとか、そんなとりとめのない話ばかりを書き綴《つづ》っては、季節が変わるたびに送りました。中学生の時に私が言いたかったことに彼女が気づくまで、それを続けようと思ったのです。私はそんな手紙を何年も何年も、送り続けました。でも、彼女からの返事は一度もありませんでした。

　正直に言いますね。私が待っていたのは手紙の返事なんかではありませんでした。謝罪を待っていたのです。そしてその言葉さえあれば、許してあげようって思ってました。だって彼女は親友なのですから。だからこそ私は彼女を信じ、手紙を送り続けたのです」

　生命の気配すらない氷の世界で、凍えるようなみかんの声だけが存在しているようだった。文月は縋《すが》るようにその小さな声を探し続けた。彼女の言葉を失えば、二度ともとの世界に戻ることができないような気がしたからだ。

「彼女から一通の手紙が届いたのは、私が手紙を送り続けて一〇年が経ったある日のことでした。私は封筒の裏に書かれた彼女の名前を見て思いました。私の気持ちは届いていたんだ、やっぱり彼女は親友だったんだって。返事を出せなかったのはきっと事情があったのだと、彼女に同情さえしました。私ははやる気持ちを抑えるように丁寧に封を開け、その手紙を一文字ずつ指でなぞるように読みました。

しかしそこには思いもよらない事実が書かれていました。彼女は大きな病気を患い、一年もの間寝たきりの生活になっていたのです。そして手紙の最後には、車椅子で生活をする私は同類だから、また昔のように友達になりたいと書かれていました。私は何度もその手紙を読み返しましたが、謝罪の言葉はどこにもありませんでした。いえ、彼女は罪の意識どころか、私の体と、私の人生を壊したことさえ自覚していなかったのです。

普通学級に戻るために必死に頑張ったのも、涙を流しながら笑顔の練習を続けたのも、みんな彼女のためでした。彼女が中学の時に私に近づけなかったのは、自分が犯してしまった取り返しのつかない罪を悔やんでいるからだと信じていました。だから私は彼女に手紙を書き続けたのです。謝罪の言葉さえ口にできないほどの彼女の後悔を、少しでも軽くしてあげるために……。でも、全ては私の勘違いでした。私は彼女のために手紙を書き続けた自分を呪《のろ》うほど蔑《さげす》みました。そして、手紙を送ることをやめました。

すると今度は、彼女のほうから手紙が届くようになったのです。私は半年間、毎週のように届く彼女からの手紙を限なく読み続けました。しかしどこを探しても、謝罪の言葉はありませんでした。ただ、そこに綴られた言葉やその筆跡からは、彼女の病状が悪化の一途をたどっていることだけは伝わってきました。

そんな彼女から最後の手紙が届いたのは、去年のちょうど今頃でした。そこにはこう書かれていました。私も同じ立場になったのだから許してくれるよね、と。そして手紙の最後には弱々しい字で、どうか返事を下さいと添えられていました。

あろうことか、彼女は罪を自覚していたのです。中学の入学式で私に手を振った時も、私が一〇年も手紙を送り続けていた間も、彼女は私の人生を壊したことを自覚していたのです。そして自らの死期が近いことを悟り、その人生が終わりを遂げるほんの少し前に、ようやくその事実を認めたのです。

もしそれが謝罪なのだとしたら、まったくもって都合のいい話ですよね。だって私の人生はこれからも続いていくんですよ、この体のままで。買い物に行っても棚に手を伸ばすことさえできず、そのたびに笑顔を作って誰かに助けを求める人生が、これからもずっと続いていくのです。

だから私は、最後に一通の手紙を彼女に送ることにしました。あなたは死んで当然の人間だったのです、とだけ書いて……」

みかんの瞳が滑るように近づいて来た。

「世の中には、許す必要のない人間もいるのです」

その瞳の奥にあった一面の氷は、月を燃やし尽くすほどの熱源に晒されたように溶け出していた。だが、彼女の瞳に涙はなかった。煮えたぎる冬の太陽がその涙さえ涸らしているのだ。

どれほどの沈黙が続いたのかは分からない。文月は二人が作り出した小さな世界から抜け出すための呪文を探すように、みかんの話を何度も頭の中で繰り返していた。彼女は自らの「動機」を伝えるために来たのだと……。

みかんにハンカチを差し出されるまで、文月は自分が涙を流していたことに気づかなかった。自身の過去を悲観することのできない彼女の涙が、文月の瞳から溶け出すように溢れていた。

「ごめんなさい、こんなこと人に話したことなかったから。でも、先生が沙耶さんとの思い出を全て話してくれたから、私も先生には全てを話そうって思っていたんです。きっと返報性の原理ってやつですね」

みかんは壁時計を確認すると、ハンドリムに手をかけて続けた。

「駐車場でお母さんが待ってるから、そろそろ帰りますね」

文月は立ち上がり、車輪を進めるみかんを呼び止めた。

振り返ったみかんの笑顔に、これまで文月が抱えてきた全ての葛藤が癒されていくようだった。

「ありがとう。全て話してくれて」

「ハンカチは今度返して下さいね。いつか先生の涙が止まった時に」

みかんはそう言うと、扉をそっと閉めた。

優しい西陽が相談室の窓を照らしていた。

文月は止まらない涙をハンカチで拭き、心の中で呟いた。

これは誰の涙なのだろう。


（了）

平沼正樹（ひらぬま まさしげ）

1974年生まれ。神奈川県小田原市出身。帝京大学文学部心理学科卒業後、アニメーション製作会社スタジオ4℃へ入社。2005年にウェルツアニメーションスタジオを設立し、日本初となる3Dアニメーション『アルトとふしぎな海の森』を監督。その後、オーディオドラマレーベルを発足し『キリノセカイ』（角川文庫より小説化）、『さくらノイズ』『盗聴探偵物語』『マネーロード』などの作品をプロデュース。2019年「しねるくすり」で第6回「暮らしの小説大賞」を受賞し、『しねるくすり』（ダイスケリチャード／画　産業編集センター／刊）として上梓。他に『いきるりすく』（ダイスケリチャード／画　産業編集センター／刊）がある。

僕たちの正義

2021年4月15日　第一刷発行

著者　平沼正樹

装画　ダイスケリチャード

装幀　bookwall

編集　福永恵子（産業編集センター）

発行　株式会社産業編集センター
〒112-0011東京都文京区千石4-39-17

印刷・製本　株式会社シナノパブリッシングプレス

ISBN978-4-86311-295-7 C0093